Siegmund Schüller

Die Schule des Feuerlöschwesens

SALZWASSER
VERLAG

Siegmund Schüller

Die Schule des Feuerlöschwesens

Unveränderter Nachdruck der Originalausgabe von 1865.

1. Auflage 2022 | ISBN: 978-3-37500-953-3

Verlag: Salzwasser Verlag GmbH, Zeilweg 44, 60439 Frankfurt, Deutschland
Vertretungsberechtigt: E. Roepke, Zeilweg 44, 60439 Frankfurt, Deutschland
Druck: Books on Demand GmbH, In de Tarpen 42, 22848 Norderstedt, Deutschland

Die Schule des Feuerlöschwesens.

Die Schule
des
Feuerlöschwesens.

Von

Siegmund Schüller

Leipzig

1865

Vorwort.

Die rege Entwickelung, welche das Feuerlöschwesen seit den beiden letzten Jahrzehnten gewonnen hat, und die allgemeine Theilnahme, welche die Feuerwehren in den weitesten Kreisen gefunden, haben diesen Zweig der gesellschaftlichen Bildung rasch emporblühen lassen. Man kann sich in der That nicht verhehlen, daß eine Association, falls sie sich diese Zwecke zum Ziele gesetzt hat, unbedingt auf Unterstützung und Förderung des Gemeinwohles hinarbeitet und darum auch unser regstes Interesse in Anspruch zu nehmen berechtigt ist. Vorliegende Schrift nun will das Interesse am Feuerlöschwesen durch eine möglichst ausgedehnte Kenntniß desselben heben, und sind in derselben daher so ziemlich alle einzelnen Theile dieses Feldes behandelt worden. Da dieselbe jedoch vorzugsweise für den großen Leserkreis berechnet wurde, bei dem die allgemeinen Grundregeln der Mechanik nicht genügend bekannt sein dürften, so sind aus derselben alle streng mathematischen Berechnungen weggelassen worden, und die Begründung und Durchführung der vorkommenden Rechnungen ist auf Grundlage der vier ersten Rechnungsoperationen geschehen.

Indem der Verfasser vorliegendes Schriftchen den Lesern übergiebt, bittet er, seine Arbeit nachsichtig beurtheilen zu wollen, und schließt mit dem Versprechen, bei einer etwaigen zweiten Auflage alle ihm zukommenden Winke und Verbesserungen bestens zu benutzen.

Der Verfasser.

Inhaltsverzeichniß.

Die Schule des Feuerlöschwesens.

Einleitung.

1. **Was verstehen wir unter dem Worte Schadenfeuer?**

Unter dem Worte Schadenfeuer verstehen wir einen solchen Brand, der des Menschen Habe in irgend einer Weise schädigt, vernichtet, Menschen und Thiere in Lebensgefahr bringt, und dem wir daher durch alle möglichen Mittel entgegentreten im wohlverstandenen Interesse unser selbst und unserer Mitbürger.

2. **In welcher Weise kann dies geschehen?**

Auf zweierlei Art. Entweder wir suchen das Feuer zu ersticken durch Absperrung der atmosphärischen Luft, da ohne Luft nichts brennen kann, oder wir entziehen demselben Wärme. — Wir werden daher das Feuer in solche Berührung mit Körpern bringen, die diese Ziele in möglichst vollkommener Weise erreichen.

3. **Welches sind solche Körper?**

Hierunter rechnen wir Erde, Löschpulver und hauptsächlich Wasser. Erstere erstickt das Feuer durch direkte Absperrung der atmosphärischen Luft, indem man den brennbaren Gegenstand damit bedeckt. Das Löschpulver geräth selbst in Brand, sobald es in Berührung mit Feuer kömmt, bildet jedoch eine Menge Gase, die durch Verdrängung der Luft das Feuer gleichfalls absterben lassen. Die Anwendung dieser beiden ist jedoch zu beschränkt, um für die weitaus größte Mehrzahl der Brände genügen zu könne und werden wir uns daher hier hauptsächlich mit dem Wass als Feuerlöschmittel zu beschäftigen haben, da dasselbe über in größerer oder geringerer Menge zur Verfügung steht.

4. In welcher Weise wirkt das Wasser als Feuerlöschmittel?

Die Wirksamkeit des Wassers als Feuerlöschmittel eine doppelte: eine mechanische und eine physikalische. – Die mechanische Wirksamkeit des Wassers besteht darin, dur den direkten Stoß das Feuer zu ersticken, die Luft von de selben abzusperren und dadurch überhaupt auf diesem Pun das Feuer unmöglich zu machen. Diese Wirkung des Wasse ist jedoch eine zu beschränkte und ist nur zum kleinern The beim Feuerlöschen ins Auge zu fassen.

5. Worin besteht die physikalische Wirkung des Wassers als Feuerlöschmittel?

Die hauptsächlichste Wirkung des Wassers ist sei physikalische, und diese beruht darauf, daß das Wasser du seine wärmebindende Eigenschaft beim Verwandeln desselb in Dampf eine ungemein große Menge Wärmeeinheiten a sogenannte latente oder gebundene Wärme in sich aufnim und auf diese Weise dem Feuer sein Lebenselement entzie

6. Was muß man also thun, um das Wasser wirksam zu verwenden?

Um das Wasser wirksam zu verwenden, muß m also möglichst große Mengen desselben auf den brennbar Gegenstand schleudern, daß nicht nur die gesammte fr Wärme gebunden, sondern auch noch Wasser im Ueberschu vorhanden ist, um durch Bedecken des brennenden Gege standes die Luft abzusperren.

7. Durch welche Mittel geschieht dies?

Man hat zu diesem Behufe, außer den primitiv Einrichtungen der Eimer, Stielpatschen, Wurfschaufel hauptsächlich Maschinen in Verwendung, die man Feue löschspritzen oder richtiger Wasserspritzen nennt.

8. Wie sind die Wurfeimer, Stielpatschen und Wurfschaufeln beschaffen

Die Wurfeimer sind gewöhnlich entweder aus Ho Leder, Hanfstoff, Kautschuk oder Blech gefertigte, wä dichte, 6—7 Maß haltende Gefäße, mit denen man im Stande ist, durch einige Uebung das Wasser auf horizontale Entfernungen von 5—6 Klaftern und in eine vertikale Höhe von höchstens 2—3 Klaftern zu werfen.

Zu bemerken ist noch, daß man den vollen Rauminhalt des Eimers nicht ausnützen kann, da, um gut werfen zu können, derselbe höchstens $^2/_3$ gefüllt sein darf, und ferner, daß schon ein großer Theil des Wassers unter dem Wurfe verloren geht, da derselbe unterwegs zu Boden fällt, ohne sein Ziel zu erreichen.

Anmerkung. Die zweckmäßige Verwendung des Wurf- oder Wassereimers folgt später im Kapitel „Wasserbeschaffung".

Die Stielpatsche ist ein in vielen Gegenden Süddeutschlands heimisches Werkzeug. Dieselbe besteht aus einem ziemlich langen Holzstiele, der an seinem Ende mit Stroh und Hadern umwunden ist. Mit diesem so vorgerichteten Kopfe, der gehörig befeuchtet ist, ist man im Stande, kleine brennende Stellen, zu denen man gelangen kann, im Keime zu ersticken. Vorzügliche Dienste leistet die Stielpatsche beim Löschen des Flugfeuers, d. i. der herumgeschleuderten Feuerbrände bei niedrigen Dächern.

Die Wurfschaufel wird gleichfalls zum Feuerlöschen angewendet. Dieselbe ist meistentheils aus einem Stücke Buchenholz angefertigt. Derselben kleben aber die Mängel des Wurfeimers in noch höherem Maße an, da man mit derselben weniger Wasser auf geringere Entfernungen mit größerem Kraftaufwand zu schleudern im Stande ist.

Alle diese Requisiten werden jedoch nur als ganz primitive Einrichtungen zu betrachten sein, da dieselben blos für ganz spezielle Fälle zur Anwendung kommen können.

9. Worin besteht die Wirksamkeit der Feuerspritze?

Als vorzüglichstes Feuerlöschrequisit ist die Wasser- oder Feuerlöschspritze zu betrachten. — Ihre Wirksamkeit besteht darin, daß man auf eine gewisse Wassermasse einen Druck ausübt und dieselbe zwingt, durch eine kleine Oeffnung ins Freie zu treten. Da durch diese Oeffnung das Wasser entweichen muß, so erreicht dasselbe eine dem Drucke entsprechende Geschwindigkeit und erzeugt auf diese Art einen Wasserstrahl von einer gewissen Höhe und Entfernung.

10. **Von wem wurde die Feuerspritze erfunden?**

Die Feuerspritze wurde von Ktesibius, einem Zeitgenossen Heron's, etwa 150 Jahre vor Christus erfunden und Fig. 1 zeigt ihre primitive damalige Einrichtung.

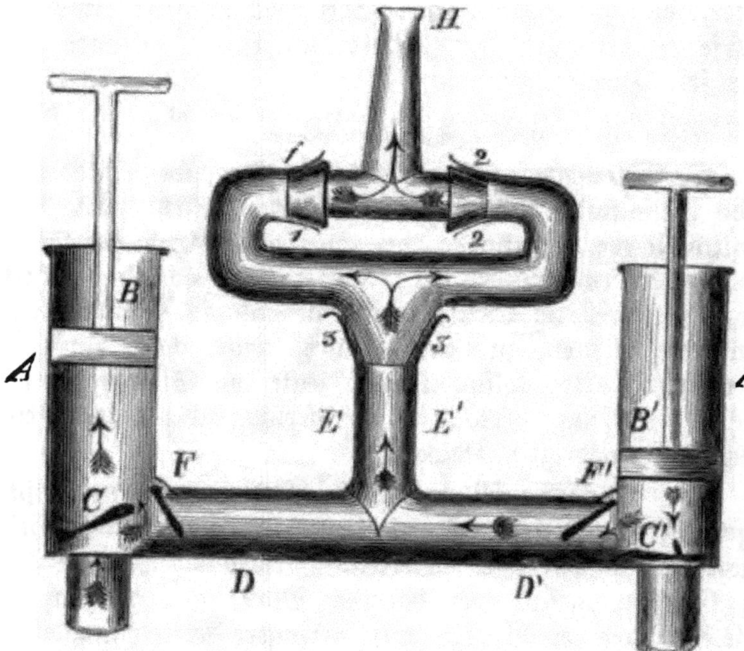

Fig. 1.

11. **Wodurch erzeugt die Spritze den Wasserstrahl?**

Es ist z. B. in Fig. 2 der runde hohle genau calibrirte Cylinder (A), in dem sich ein Kolben (B) luft- und wasserdicht

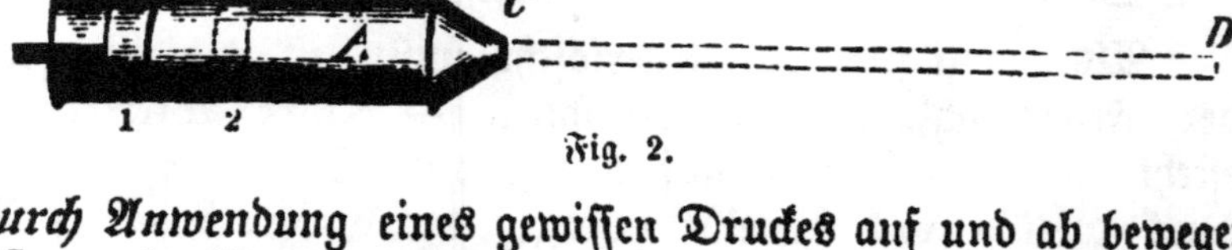

Fig. 2.

durch Anwendung eines gewissen Druckes auf und ab bewegen läßt, mit Wasser gefüllt von C bis zur untern Fläche des Kolbens B. Wird nun der Kolben von 1 bis 2 geschoben, so muß soviel Wasser, als derselbe verdrängt, durch die Oeffnung des Cylinders bei C entweichen. — Denkt man sich nun gleichfalls die Oeffnung bei C vollkommen kreisrund, so wird ein Cylinder von der Grundfläche C und der Höhe CD existiren, der genau den gleichen Raum innehält wie der Cylinder, dessen Grundfläche der Kolben und dessen Höhe die Linie 1 2 zeigt. Der Wasserstrahl wird nun eine horizontale Weite von CD erreichen unter der Voraussetzung, daß

1) die Bewegung des Kolbens vom Standpunkt 1 nach 2 gehörig rasch geschieht,
2) man die Anziehungs- oder Gravitationskraft der Erde nicht vernachlässigt, da dieselbe den Wasserstrahl aus der ihm gegebenen vertikalen oder horizontalen Richtung abzulenken sucht, und ihn gegen den Mittelpunkt der Erde zieht.

Die von Ktesibius erfundene Spritze ist bereits so ausgerüstet, daß man an derselben das ganze Spiel der Maschine ersehen kann.

12. **Welche sind die wichtigsten Bestandtheile der Spritze?**

Die Spritze (Fig. 1) besteht in ihren hauptsächlichsten Bestandtheilen aus

1) den Cylindern A A′, welche innen genau rund ausgedreht und egalisirt sind und in denen sich
2) die Kolben B B′ luftdicht auf und ab bewegen lassen;
3) den Cylinderventilen C C′; dieselben öffnen sich nach innen des Werkes, d. h. sie lassen wohl Wasser oder irgend eine andere Flüssigkeit in das Innere der Cylinder treten, schließen sich jedoch, sobald dieselbe durch diese Oeffnungen austreten will;
4) den Gurgelröhren D D′; dieselben stellen die Communication her zwischen den Cylindern A A′ und dem Windkessel E;
5) dem Windkessel E sammt
6) den beiden Steigventilen F F′, welche, ähnlich den Cylinderventilen, wohl Wasser in den Windkessel, nicht aber zurücktreten lassen;

7) der Schlange, d. h. einer solchen Verbindung von Röhren, die es ermöglicht, die Oeffnung H nach allen Richtungen der Windrose drehen zu können.

Anmerkung. Bei der vorliegenden Construction wird dies dadurch erreicht, daß sich das Rohr mit dem Mundstücke H mittelst der Gelenke 1 2 in einer vertikalen Ebene drehen läßt und durch ein drittes Gelenk 3 jede horizontale Stellung einzunehmen im Stande ist.

13. Wie arbeitet die Feuerspritze?

Denkt man sich nun die vorliegende Maschine in Ruhe, so daß sämmtliche Ventile gut auf ihren Sitzen liegen und genau schließen, den Kolben AB auf seinem höchsten, den Kolben A′B′ auf seinem niedrigsten Standpunkte, und bei den Cylinderventilen Röhren angebracht, die eine Communication mit irgend einem Wasser haltenden Behälter herstellen, so wird nun sich folgendes Spiel der Maschine entwickeln. — Bewegen sich die Kolben AA′ BB′ in entgegengesetzten Richtungen, so entsteht dadurch, daß der Kolben A′B′ von seinem niedrigsten Standpunkte sich auf seinen höchsten stellt, im Cylinder anfangs ein luftverdünnter Raum, indem die Luft jetzt ein viel größeres Volumen ausfüllen muß denn früher, daher an Dichtigkeit Einbuße erleidet. Wird nun der Kolben herabgedrückt, so wird zuvörderst die Luft zusammengepreßt, sodann dieselbe durch das Steigventil zum Austritt in den Windkessel getrieben. Bei abermaligem Aufziehen des Kolbens ist die Luft bereits so verdünnt, daß die äußere Luft einen Ueberdruck über die in dem Cylinder befindliche erhält, dieselbe drückt auf die Oberfläche des Wassers und drängt dasselbe gegen den Cylinder; hier angekommen, hebt das Wasser die Cylinderventile und füllt den Raum im Cylinder bis zu dem Kolben aus. Wird nun der Kolben abwärts bewegt, so drängt derselbe das Wasser vor sich her; da dasselbe aber durch den von ihm ausgeübten Druck das Cylinderventil schließt, so muß es durch das Druckventil in den Windkessel eintreten und bei der Mündung in Form eines Wasserstrahls ausfließen.

Wird dieses Spiel rasch genug von beiden Cylindern *wiederholt*, so wird auch der Wasserstrahl eine gewisse *Continuirlichkeit* erlangen.

14. Was ist bezüglich der Communications- oder Saugröhren zu bemerken?

Bezüglich der Communications- oder Saugröhren ist zu bemerken, daß

1) dieselben vollständig luftdicht schließen müssen;
2) darf die senkrechte Entfernung vom mittleren Kolbenstande bis zur Oberfläche des Wassers 28—30 Fuß als Maximalgrenze nicht übersteigen.

Die erste Bedingung ist darum unbedingt nöthig, damit die Luftleere in den Saugröhren vollständig hergestellt werden kann, denn nur unter dieser Bedingung ist an eine Arbeit der Spritzen zu denken. Sind nun die Saugröhren nicht vollständig luftdicht zusammengefügt, so wird man eben diese Luftleere nie erreichen können. — Nun beruht aber die Saugkraft der Spritze darauf, daß man im Saugkanal Luft von geringerer Spannung (oder noch besser Luftleere) als die atmosphärische Luft erhält. Dadurch bekommt die letztere einen Ueberdruck und drückt das Wasser in die Saugröhren; was offenbar nicht der Fall sein wird, wenn die Saugröhren nicht luftdicht schließen, da somit eine zweckmäßige Verdünnung der Luft im Saugraum nicht stattfinden könnte.

Da die atmosphärische Luft im Stande ist, im luftleeren Raume eine Wassersäule von 32 Fuß Höhe zu tragen, so geht daraus hervor, daß man auch mit den Saugröhren sich auf dieses Maß beschränken muß. Denn würden die Röhren höher sein und wäre auch die Luftleere vollkommen hergestellt, so würde doch das Wasser in den Saugröhren nicht höher als 32 Fuß steigen und von dieser Grenze bis ins Werk ein luftleerer Raum entstehen, durch den das Wasser zu führen eben ein Ding der Unmöglichkeit würde.

Ja, die angegebene Höhe von 32 Fuß wird in der Praxis gar nicht zu erreichen sein, denn mannigfaltige Ursachen wirken mit, um dieselbe zu verringern. So ist man z. B. nicht im Stande, vollständigen luftleeren Raum zu erreichen. Der sogenannte schädliche Raum in den Cylindern, d. i. jener Theil, der vom tiefsten Kolbenstande bis zum Cylinderventil reicht, die Reibung des Wassers in den Saugröhren, die Zusammenziehung des Strahles sind mächtige Faktoren, um diese Größe zu reduziren.

Man thut daher gut, in der Praxis die Saughöhe nie höher als 28 Fuß im Maximum anzunehmen. Für gewöhnlich begnügt man sich mit 24 Fuß.

15. **Wie werden die Spritzen eingetheilt?**

Die Spritzen zerfallen in 2 große Hauptgruppen und zwar

1) in solche, die sich ihr Speisewasser selbst aus irgend einem Wasserbehälter, Teich, Bassin, Bach aufsaugen, sogenannte Saugfeuerspritzen;
2) in solche, denen das Wasser zugeführt und in den sogenannten Spritzenkasten gefüllt werden muß, und aus welchem erst das in demselben befindliche Spritzenwerk das Wasser aufsaugt und weiterspritzt.

16. **Welches sind die Vortheile der Saugspritzen?**

Die Saugspritzen bieten gegenüber den andern Feuerlöschspritzen mannigfache Vorzüge, unter denen besonders hervorzuheben sind:

1) Die ununterbrochene Arbeit der Spritzen; denn da diese Spritzen nie an Wasser Mangel leiden können, so lange das Objekt, aus dem sie saugen, als Bach, Fluß, Teich, Wasser enthält, so ist es einleuchtend, daß bei gehöriger Abwechslung der Bedienungsmannschaften dieselben ununterbrochen arbeiten können. Dies letztere ist eben bei anderen Spritzen nur dann der Fall, wenn für genügende Wasserzuleitung gesorgt ist, welches letztere jedoch mit mannigfachen Schwierigkeiten verknüpft ist.
2) Ist man im Stande, durch Wegfallen des Wasserkastens das ganze Werk und die ganze Maschine compendiös zusammen zu bauen, so daß ihre Transportfähigkeit unendlich gewinnt.
3) Lassen sich die Saugfeuerspritzen noch außerdem mit Vortheil als Zubringermaschinen verwenden, indem dieselben, bei irgend einem Wasser aufgestellt, dasselbe

aufsaugen und als Speisung an andere am Brandplatze arbeitende Spritzen abgeben.

4) Sind dieselben noch außer ihrer Verwendung als Feuerlöschspritzen vielfältig als Wasserzubringemaschinen zu verwenden.

17. Welches sind hingegen die Nachtheile der Saugfeuerlöschspritzen?

Die Saugfeuerlöschspritzen haben trotz ihrer ausgezeichneten Verwendbarkeit auch Schattenseiten, die einer unbedingten Anwendung derselben im Wege sind. Darunter gehören

1) Die complizirte Manipulation mit denselben. — Es kömmt nämlich sehr darauf an, die Feuerspritze, so bald sie am Schauplatze ihrer Thätigkeit angelangt ist, möglichst rasch in Wirksamkeit zu setzen. Nun erfordert aber die Herstellung des Saugrohres, durch welches die Spritze saugen soll, auf die gehörige Länge nicht nur eine bedeutende Zeit, sondern auch einige Umsicht und Gewandtheit, damit an den Kupplungsstellen der einzelnen Schläuche oder Röhren vollständiger luftdichter Schluß hergestellt werde. Diese Röhren selbst werden der leichtern Transportfähigkeit halber meistens in Längen zwischen 5—9 Fuß angefertigt, so daß man, um beispielsweise aus einem 24 Fuß tiefen Brunnen zu saugen, 3—4 Kupplungsstellen zusammenzufügen hat.

Es ist daher leicht einzusehen, daß ungeübte Leute, mit der Handhabung derselben betraut, in den meisten Fällen entweder den luftdichten Verschluß gar nicht werden herstellen können oder zum mindesten geraume Zeit zu dieser Manipulation benöthigen werden. Im ersten Falle wird dann die Spritze gar nicht zu verwenden sein.

2) In Gegenden, die an starkem Wassermangel leiden, und in solchen, wo das Wasser hauptsächlich nur in *Brunnen* oder an steilen Uferwänden in Tiefen über *24—28* Fuß zu erreichen ist, sind die Saugspritzen gar

nicht als solche zu verwenden, da eben laut dem oben angeführten Naturgesetze das Wasser blos auf Höhen bis 28 Fuß angesaugt werden kann.

Anmerkung. In solchen Fällen wird wohl die Saugspritze nicht ganz unbrauchbar, leidet aber doch Einbuße an ihrer Verwendbarkeit. Man hilft sich nämlich in solchem Falle dadurch, daß man ein beliebiges Wasserbehältniß, Faß, Bottich ꝛc., in die Nähe der Spritze stellt, und das zugeführte Wasser in dasselbe entleert. — Von der Spritze aus wird hierauf der Saugschlauch in den Bottich geworfen, und durch denselben saugt die Spritze. Es ist ersichtlich, daß die Spritze in diesem Falle genau so wirkt, wie eine Feuerlöschspritze ohne Saugvorrichtung, der man erst das Wasser zuführen muß.

3) Auch in Gegenden, die von fließenden Gewässern durchschnitten sind, die seichte Brunnen haben, kann doch öfters die Saugspritze nicht mit dem gehörigen Erfolge angewendet werden, weil es sich wohl öfters trifft, daß das Wasser in ziemlich bedeutender Entfernung vom Brandplatze sich befindet. Mit der Spritze muß man sich nun in der Nähe desselben aufstellen, und man kann daher den Wasserstrahl nur mit sehr geringem Erfolge gegen das Feuer führen, weil die lange Entfernung seine Kraft bedeutend mindert, denselben vielleicht oft das Feuer gar nicht erreichen lassen wird, auch bei der ausgedehntesten Anwendung von Schläuchen anstatt eines springenden Strahles ein pladdernder erzielt wird.

18. Welches sind die Vortheile der Spritzen, welche nicht mit Saugvorrichtung versehen sind?

Diejenigen Feuerlöschspritzen, welche nicht mit Saugvorrichtung versehen sind, haben trotzdem mannigfache Vorzüge; so

1) lassen sich dieselben unter allen Umständen anwenden, da man bei ihnen das Wasser in den Spritzenkasten einfüllt und es daher gleichgültig ist, ob das Wasser in geringerer oder größerer Tiefe, in weiter Entfernung oder in der Nähe des Brandplatzes sich befindet, wenn nur, als einzige Bedingung, Wasser in gehöriger Menge zugeführt wird;

2) sind dieselben einfacher zu behandeln und können von den einfachsten Leuten bedient werden.

Allerdings fällt dagegen in die Wagschale, daß ihr etwas schwerfälliger Bau und die Wasserspeisung ihre Wirksamkeit öfters behindern können.

Im Allgemeinen jedoch werden für gewöhnliche Zwecke diese Spritzen vorzuziehen sein.

19. Lassen sich die Vortheile der Saug- und Kastenspritzen nicht vereinen?

Die Vorzüge der Saug- und der Kastenfeuerspritzen lassen sich sehr gut und in der Weise vereinen, daß man die Spritze mit Saugvorrichtung baut, sie jedoch trotzdem mit einem Kasten versieht. In diesem Falle ist man nun in den Stand gesetzt, beliebig nach Maßgabe der Umstände die Saugvorrichtung gar nicht zu benutzen und mit der Maschine blos aus dem Kasten zu spritzen, oder im gegebenen günstigen Falle die Saugvorrichtung anzuwenden und die Spritze mit derselben zu benutzen. Auch lassen sich solche Spritzen als Hydrophore oder Wasserzubringer verwenden.

20. In welche Abtheilungen zerfallen die Spritzen in Bezug auf ihre Intriebsetzung?

In Bezug auf die Betriebskräfte, die die Spritzen in Bewegung setzen, zerfallen dieselben in 3 große Abtheilungen und zwar

1) in solche, die von Menschenkraft in Bewegung gesetzt werden;
2) in stabile Spritzen, die von irgend einer Elementarkraft, als Wasserkraft, Dampfkraft, hin und wieder auch von thierischen Kräften getrieben werden;
3) in Dampfspritzen, d. h. solche Spritzen, die mittelst Dampfkraft betrieben werden und locomobil sind, d. h. ihren Standpunkt selbstthätig verändern können.

Die unter 1 angeführten Spritzen sind die weitaus gebräuchlichsten und werden wir im Folgenden uns eingehender mit denselben beschäftigen.

Die in 2 angeführten Spritzen sind solche Maschinen, die hauptsächlich zum Schutze einzelner Gebäude verwendet werden, daher erklärt sich auch ihre stabile Aufstellung und ihr Antrieb durch irgend eine Elementarkraft, die hauptsächlich sonst zum Betrieb anderweitiger industrieller Einrichtungen benutzt wird.

Anmerkung. Locomobile Feuerspritzen, die mittelst Pferden angetrieben werden können, sind bisher noch nicht im Gebrauche. Obwohl diese Art von Feuerspritzen für die meisten Fälle die zweckmäßigste wäre, so ist es doch den Spritzenbauern bisher nicht gelungen, eine einfache brauchbare Construction hierfür zu finden.

Wir halten diese Art von Einrichtung an Feuerspritzen aus dem Grunde für ungemein wünschenswerth, weil die Bespannungspferde, die die Spritze an den Brandplatz schaffen, dieselbe gleich antreiben können. Die Kraft zweier Pferde läßt sich in runder Zahl 16—18 Männern gleich setzen. In diesem Falle jedoch, wo man die Leistung auf ihr Maximum steigern kann, darf man 20—22 Mannskräfte annehmen. Hierzu kömmt nun noch der Vortheil, den die andauernde Arbeit der Pferde gewährt, da dieselben im Stande sind, gut 2—3 Stunden angestrengt zu arbeiten, während Menschen es nie länger als 20—30 Minuten aushalten. Es läßt sich daraus ermessen, wie nützlich derartige Constructionen wären, da man erstlich die Menschenkraft, falls dieselbe zu Gebote steht, nützlich verwenden kann, und andererseits, im Falle dieselbe mangeln sollte, dennoch Kräfte zur Bewältigung des Elementes vorhanden wären. — Letzteres Moment fällt besonders stark in die Wagschale bei landwirthschaftlichen Anlagen.

21. Wie unterscheiden sich die von Menschen angetriebenen Spritzen in Bezug auf ihre Bauart?

Die durch Menschen betriebenen Feuerlöschspritzen, welche wir überhaupt eingehender betrachten wollen, unterscheiden sich hauptsächlich durch ihre Bauart. Dieselbe ist bedingt durch die Verwendung, die dieselben hauptsächlich finden sollen. Die früher angegebene Unterscheidung von Saug- und Druckspritzen findet hier insofern statt, daß eine jede Spritze, sie möge was für Bauart immer haben, entweder Saug- oder Druckspritze oder combinirte Saug- oder Druckspritze sein kann. Daher die Eintheilung in Saug- oder Druckspritzen eine ganz allgemeine, auf den gesammten Spritzenbau anwendbare ist.

Wir zählen hierher:

1) Wagenspritzen,
2) Karrenspritzen,
3) Schubkarrenspritzen,
4) Tragspritzen,
5) Handspritzen,
6) Prahmspritzen.

22. Was versteht man unter der Bezeichnung Wagenspritze?

Unter der Bezeichnung Wagenspritze versteht man im Allgemeinen ein Spritzenwerk, welches auf einem Wagengestelle derart angebracht ist, daß dasselbe mit Leichtigkeit durch Pferde rasch an den Ort des Brandes gefahren werden kann.

23. **Was versteht man unter Karrenspritzen?**

Unter Karrenspritzen zählt man gemeinhin jene Spritzen, die auf kleinen Fuhrwerken, meist 2—3=, seltener 4rädrig, montirt sind und die größtentheils von Menschen auf den Brandplatz dirigirt werden.

24. **Was versteht man unter Schubkarrenspritzen?**

Schubkarrenspritzen sind, wie schon der Name andeutet, solche auf einem Schubkarren angebrachte Spritzenwerke, welche durch eine Person leicht geführt werden können.

25. **Was sind Tragspritzen?**

Tragspritzen sind Spritzenwerke kleineren Calibers, welche durch einen oder zwei Menschen getragen werden. Dieselben werden in ziemlich mannigfaltigen Arten gebaut, von denen unten mehr die Rede sein wird.

26. **Was sind Handspritzen?**

Die kleinsten, blos für den ersten Angriff des Feuers berechneten, leicht transportablen Spritzen nennt man Handspritzen, weil dieselben ungemein leicht dirigirt werden können.

27. **Was sind Prahmspritzen?**

Unter Prahmspritzen versteht man solche Spritzenwerke, welche auf einem Prahme, einem Flosse angebracht sind, mit welchem man auf einem Flusse, Bache, Kanale an den Ort des Brandes rudert. Daß ihre Verwendung eine sehr beschränkte ist, leuchtet ein; nichtsdestoweniger werden dieselben in speziellen Fällen mit Erfolg angewendet.

Erstes Kapitel.

Die Wagenspritzen.

28. **Wie vielerlei Wagenspritzen giebt es?**

Es giebt dreierlei Wagenspritzen und zwar

1) Wagenspritzen als reine Saugspritzen,
2) Wagenspritzen als reine Druckspritzen,
3) Wagenspritzen als Saug- und Druckspritzen gleich anwendbar.

29. **Welches sind die hauptsächlichsten Theile bei dem Bau der Wagenspritzen?**

Bei dem Bau der Wagenspritzen unterscheiden wir als hauptsächlichste Theile folgende:

1) Den Wagen oder den eigentlichen Fortschaffungsapparat.
2) Das Spritzenwerk.
3) Den Antrieb des Spritzenwerkes, d. i. jene Theile, mittelst welcher die ausübenden Kräfte auf das eigentliche Spritzenwerk wirken.
4) Die Strahlführung, d. i. jene Mechanismen, welche den gebundenen Wasserstrahl erzeugen und die uns in den Stand setzen, demselben eine beliebige Richtung zu geben.
5) Die Wasserzuleitungen, d. i. bei den reinen *Saugspritzen*, die wir von nun an, der Einfachheit halber, *blos* Saugspritzen nennen wollen, die Saugvorrich*tung*, bei den Druckspritzen der Wasserbehälter oder

Wasserkasten, und bei den Saug- und Druckspritzen die Saugvorrichtung und der Wasserkasten, sowie die Verbindung dieser beiden, um abwechselnd saugen und aus dem Kasten spritzen zu können.

6) Die Werkzeugs- und Utensilienladen und andere Vorrichtungen.

30. Welche Anforderungen stellen wir an den Wagenbau einer Spritze im Allgemeinen?

Der Wagenbau einer Spritze muß vor allem derart beschaffen sein, daß er den Transport der ganzen Maschine, der ganzen constanten und zufälligen Belastung derselben, d. h. der mit derselben fahrenden Mannschaft, sowie der mitgeführten Werkzeuge, rasch und mit Leichtigkeit ermögliche.

31. Welcher Umstand ist hier besonders zu berücksichtigen?

Da bei einem ausbrechenden Brande es natürlich ist, daß man mit möglichster Schnelligkeit mit der Spritze an Ort und Stelle erscheinen will, so wird man auch beim Fahren derselben, ohne Rücksicht auf die schlechten Straßen und anderweitigen Weghindernisse, den Wagen derselben wenig schonen. Hieraus geht hervor, daß, um etwaige Störungen und Unglücksfälle zu verhüten, der Wagen der Spritze äußerst solid angefertigt sein muß.

32. Aus welchen Theilen besteht der Wagen einer Spritze?

Der Wagen einer Spritze besteht aus folgenden Theilen:

1) Aus dem Rahmen.
2) Aus den Rädern.
3) Aus dem Radgestelle.
4) Aus den Achsen.
5) Aus den sonstigen Wagenbeigaben.

33. Wie soll der Rahmen einer Spritze beschaffen sein?

Der Wagenrahmen einer Spritze soll aus gesundem, kräftigem, trockenem Holze angefertigt sein und möglichst wenig durch Einschnitte, Verzapfungen von Querhölzern, Schraubenlöcher verschwächt werden, da derselbe, außer der bedeutenden Last der Maschine, noch die durch das rasche Fahren der schweren Last entstehenden Erschütterungen, sowie die Vibrationen während der Arbeit der Spritze aushalten muß.

34. **Aus welchem Holze wird derselbe am besten angefertigt?**

Der Wagenrahmen wird am besten aus Eichenholz, oder, sollte dies nicht zu Gebote stehen, aus Rothbuchen- oder Eschenholz angefertigt.

35. **Was ist sonst von demselben zu bemerken?**

Ferner ist von dem Wagenrahmen zu bemerken, daß er am besten aus ganzen Stücken bestehe, daher wo möglich Schiftungen zweier Hölzer zu vermeiden sind. Im Uebrigen richtet er sich in seinen Dimensionen nach dem Spritzenbau.

36. **Welches sind die hauptsächlichsten Theile des Rahmens?**

Der Wagenrahmen besteht aus den beiden Langhölzern, Langwieden (siehe Fig. 3), und den Querhölzern. Erstere sind die eigentlich tragenden Bestandtheile und die Quer-

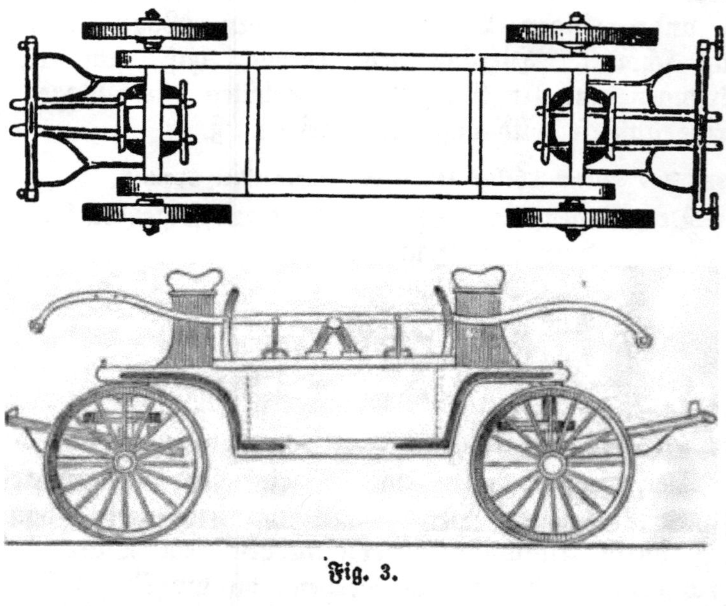

Fig. 3.

hölzer dienen blos zur Versteifung der Langhölzer. Die Anzahl der Querhölzer ist von dem Bau der Spritze abhängig.

doch sind in den meisten Fällen blos zwei angebracht; bei Spritzen mit geschiftetem Rahmen findet man deren auch drei.

37. **Was ist ein gerader Rahmen?**

Ein gerader Rahmen ist derjenige, bei dem die Langhölzer aus Einem Stücke Holz angefertigt sind (siehe Fig. 5).

38. **Was ist ein geschifteter Rahmen?**

Ein geschifteter Rahmen wird derjenige genannt, bei dem die Langhölzer aus verschiedenen Stücken Holz zusammengesetzt sind, welche dann zweckmäßig durch Eisenspangen, sogenannte Schwanenhälse, verbunden werden (siehe Fig. 3).

39. **Was ist von den Spritzenrädern zu bemerken?**

Die Räder einer Spritze sind entweder Vorderräder oder Hinterräder.

Die Hinterräder sitzen auf der Hinterachse, drehen sich um dieselbe, die Vorderräder hingegen sind außer um die Vorderachse noch um einen Bolzen drehbar, den man den Reibnagel nennt.

40. **Warum sind die Vorderräder um den Reibnagel drehbar?**

Die Vorderräder bei einer Spritze sind aus doppeltem Grunde um den Reibnagel drehbar und zwar:

1) Um durch das drehbare Vordergestell den Wagen einlenken zu können, was auf dieselbe Weise geschieht, wie bei einem andern gewöhnlichen Wagen.
2) Um während der Arbeit die Spritze feststellen zu können. Wenn man nämlich die Vorderräder um den Reibnagel derartig dreht, daß dieselben gegen ihre frühere Stellung rechtwinkelig stehen, was durch eine Viertelskreiswendung erreicht wird, so gewinnt die Spritze sehr viel an Stabilität, so daß dieselbe die Stöße, die beim Arbeiten mit derselben vorkommen, viel leichter erträgt. — Würde man das Vordergestell nicht einreiben, so würde bei jeder Spritzenhebelbewegung die Spritze einige Zoll vor und rückwärts rutschen, was nicht nur den arbeitenden Menschen äußerst lästig, sondern auch der Maschine hinderlich wäre.

41. Welches sind die zweckmäßigsten Dimensionen der Wagenspritzenräder?

Da die Spritzenräder möglichst rasch fahren sollen, trotzdem dabei jedoch fest und solid sein müssen, so wird man ihnen erfahrungsmäßig am besten folgende Dimensionen geben:

1) Vorderräder: Durchmesser 26—30 Zoll,
Speichenzahl 8—10—12;
2) Hinterräder: Durchmesser 45—48 Zoll,
Speichenzahl 12—14.

Die Breite der Felgen richtet sich je nach der Schwere der Maschine, und wechselt dieselbe zwischen 18 Linien bis 27 Linien.

42. Was ist von den Radgestellen zu bemerken?

Die Radgestelle einer Spritze müssen fest und solid aus Holz angefertigt und zweckmäßig mit Eisen beschlagen sein. Das Hinterradgestell ist fest mit dem Spritzenrahmen verbunden, hingegen das Vordergestell um einen Reibnagel drehbar.

43. Giebt es auch noch andere Radgestelle?

Für Städte, deren enge Straßen ein rasches Wenden der Spritzen nicht gestatten, wendet man mit Vortheil auch solche Spritzengestelle an, bei denen sowohl das Vorderrad- als auch das Hinterradgestell um einen Reibnagel drehbar sind (siehe Fig. 3); man ist hierdurch in den Stand gesetzt, ohne die Spritze selbst wenden zu müssen, die Pferde entweder vorn oder hinten anzuspannen und gleich weiter zu fahren. In diesem Falle macht man Vorder- und Hinterradgestelle vollkommen gleich. Bei dieser Construction muß jedoch noch ferner eine einfache Vorrichtung angebracht sein, um je das Radgestelle, welches im speziellen Falle das Hinterradgestell repräsentirt, so feststellen zu können, daß sich dasselbe nicht um den Reibnagel dreht.

44. Was versteht man unter Geleisweite?

Unter Geleisweite versteht man die Entfernung zwischen den Spurkränzen der Räder oder manchmal auch die Entfernung von Mitte Rad zu Mitte Rad gemessen. Zweckmäßiger ist es jedoch, die erstere Dimension anzugeben, da man dieselbe erstens genauer an der Spritze selbst messen kann und zweitens dieselbe auch an den Spurlinien der Wege besser zu beurtheilen in der Lage ist.

45. **Für welche Spritzen ist die Geleisweite von Wichtigkeit und für welche nicht?**

Für alle jene Spritzen, die hauptsächlich zum Ausfahren über Land bestimmt sind, ist die richtige Wahl der Geleisweite von großer Wichtigkeit. Denn nur mit jenen Spritzen, die die richtige Geleisweite haben, wird man auf Land-, Hohl-, Bergwegen mit Leichtigkeit fahren können. Sollte eine solche Spritze nicht derart eingerichtet sein, so werden die Räder je einer Seite auf dem holperigen Wege laufen und alle Stöße, die zufällig im Wege liegende Hindernisse, als Erdschollen, Schotter, Steine, dem Rade verursachen, der ganzen Maschine mittheilen. Daß dieselben der Maschine nichts weniger als vortheilhaft sind, ist einleuchtend. Ja bei Hohlwegen wird man mit solchen Spritzen gar nicht fahren können, weil diese Wege größtentheils so schmal sind, daß blos Wagen von genau übereinstimmender Geleisweite dieselben passiren können.

Spritzen, welche in Städten verwendet werden, brauchen jedoch keine bestimmte Geleisweite zu haben, da diese hauptsächlich gepflasterte oder macadamisirte Straßen haben.

46. **Ist die Geleisweite der Spritzen eine constante?**

Die Geleisweite der Spritzen ist in verschiedenen Gegenden eine verschiedene. Da die Oertlichkeit, die verschiedenen Terraincoupirungen, endlich die Gewohnheit ein gewisses Maß der Geleisweite adoptirt haben, so wird man sich in gegebenen Fällen immer an dieses Maß zu halten haben.

47. **Welches sind die gewöhnlichsten Geleisweiten?**

Obwohl sich, wie gesagt, für die Geleisweite kein bestimmtes Maß angeben läßt, so kann man doch als ziemlich zutreffendes Mittel nachfolgende Zahlen ansehen:

für Bergländer, Weingegenden, 38—40 Zoll;
für ebene oder schwach hügelige Terrains, 40—43 Zoll;
für Straßen in Städten, 45—50, ja auch manchmal 60 Zoll.

48. Was ist von der Bespannungsvorrichtung zu bemerken?

Die Bespannung einer Spritze muß möglichst rasch ausgelöst werden können. Dies ist schon aus dem Grunde nöthig, weil man, um die Spritze in Thätigkeit zu setzen, das Vordergestell einreiben muß. Man wird zu diesem Behufe die zur Bespannung nöthigen Wagentheile, als Deichsel, Drittelwage sammt 2 Zugdritteln so construiren, daß dieselben möglichst rasch abgenommen werden können. Fig. 4 zeigt solche Construction im Detail. Es sind hier

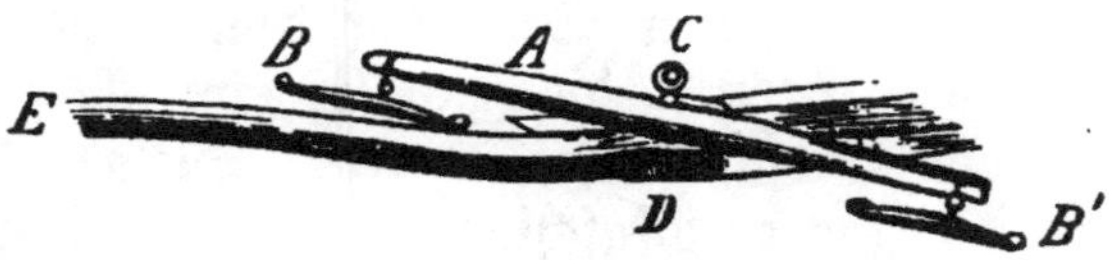

Fig. 4.

A die Drittelwage, B B' die beiden Zugdrittel. Die Drittelwage wird durch Lösung einer Schraube C losgenommen und die Wagendeichsel E nach Herausnahme des Stangennagels D gleichfalls losgelöst. Diese Construction hat sich als bedeutend praktischer bewährt, als jene, wo die Drittelwage am Vorderradgestelle festgeschraubt ist und die Drittel losgeschraubt werden müssen. Man hat hier anstatt einer Schraube zwei Riemen loszumachen, was jedenfalls langathmiger ist.

49. Wie sollen die Achsen einer Spritze beschaffen sein?

Die Achsen einer Spritze müssen aus Eisen sein, da nur solche auf die Dauer die Erschütterungen, die das Fahren und das Arbeiten der Maschine hervorbringt, ertragen können. In frühern Zeiten und wohl auch, wenn auch seltener, noch jetzt, pflegte man hölzerne, mit Eisen beschlagene Achsen anzuwenden.

Diese machen jedoch den ganzen Wagenbau unzuverlässig, abgesehen davon, daß alle andern Radgestelltheile plump ausfallen.

50. Was pflegen sonst für Beigaben an dem Wagen der Spritze zu sein?

An dem Spritzenwagen pflegt man auch noch eine Radsperre anzubringen. In bergigen Gegenden wird diese sogar zur unerläßlichen Bedingung.

Hin und wieder finden sich auch die Radgestelle der Spritzen mit Sprungfedern versehen, um eben die nachtheiligen Stöße beim Fahren und Arbeiten aufzufangen.

51. Was für Radsperren wendet man an?

Bei ordinären Wagenspritzen wendet man den ganz gewöhnlichen Radschuh mit Kette an, wie er allgemein üblich ist. Derselbe empfiehlt sich jedoch für Spritzen aus dem Grunde nicht, weil man, um denselben zu befestigen, die Spritze anhalten muß, wodurch die zum Löschen so kostbare Zeit des ersten Feuerangriffs verloren geht. Zum Oeftern kommt es jedoch vor, daß man die Spritze augenblicklich zum Stehen bringen soll, wenn z. B. schon in der Nähe des Brandplatzes ein Gewirre von andern Spritzen, Wasserwägen oder sonst irgend ein anderes Hinderniß solches erheischt. Viel zweckmäßiger ist daher eine mechanische Radbremse. Man ist mit Hülfe derselben im Stande, ohne die Spritze im Laufe zu hemmen, ein oder zwei Räder zu sperren, oder, wenn man will, die Spritze ganz zum Stillstand zu bringen. Diese Operationen kann der Roßlenker der Spritze mit einer Hand vollführen.

52. Wie ist eine derartige Radsperre construirt?

Fig. 5 zeigt eine solche Radsperre und zugleich die Art und Weise, wie dieselbe an der Spritze befestigt ist. Durch Umdrehung der Kurbel a wird die Schraube b gedreht und zieht die Schraubenmutter c in die Höhe. An diese ist eine Zugstange d angehängt, die andererseits an den Winkelhebel e befestigt ist. Der andere Schenkel dieses Winkelhebels zieht nun mittelst der Zugstange f den Bremshebel g nach vorn und drückt somit den Bremsklotz h gegen das Rad. Die hierdurch hervorgebrachte Reibung bewirkt nun das Schleifen des Rades am Boden oder seinen völligen Stillstand. Gewöhnlich macht man den Bremsklotz h aus Holz, was jedoch nicht so zweckmäßig ist, als wenn derselbe von Eisen hergestellt wird. — Wenn man nämlic was man mit dem hölzernen Bremsklotz vollständig ir Stande ist, das abzusperrende Rad vollständig bremst, s schleift sich der Radreif an der Straße ab. Bleibt nun de Bremsklotz eine längere Zeit durch eingesperrt, was z. B beim Fahren auf einem ziemlich langen Bergwege geschehe

Fig. 5.

kann, so leidet der Radreif an der schleifenden Stelle ziem lich erheblichen Schaden. Ist hingegen der Bremsklotz au Eisen, so wird zwar die drehende Bewegung des Rade gehemmt, aber nicht in einem so hohen Grade, daß si dasselbe gar nicht drehen könnte. Der Radreifen kömm nun mit allen Theilen zum Schleifen und dadurch ist sein Abnützung eine gleichmäßigere.

53. Wendet man Sprungfedern oft bei Spritzen an, und wie sind dieselbe beschaffen?

Die Radgestelle bei Spritzen werden nicht oft, so zweck mäßig es auch wäre, mit Sprungfedern versehen, weil di Einrichtung derselben die Spritzen nicht unbedeutend ver theuert. — Man wendet zu diesem Behufe Blattfedern Spiralfedern, Kautschukbuffer an.

54. Welche Einrichtung ist nothwendig bei Spritzen, die mit Federn ver sehen sind?

Bei Spritzen, die mit Federn versehen sind, muß ein Einrichtung getroffen werden, die Federn auslösen zu können Dies ist aus dem Grunde nöthig, weil sonst beim Arbeiten mit der Spritze das Auf- und Anschlagen des Hebels

Federn spielen lassen würde, was aus mehrfachen Gründen unstatthaft ist. Erstens würden dieselben viele Kraft absorbiren und zweitens würde die Maschine durch das taktmäßige Auf- und Abschnellen zu viel leiden. Diese Einrichtung ist jedoch nur an dem Hinterradgestell nöthig, da das Vorderradgestell ohnehin eingerieben ist und daher nicht so viel zu leiden hat. — Fig. 6 zeigt eine der Berliner Feuerwehrspritze ähnliche Einrichtung sammt Abstellvorrichtung mittelst Schraubenspindel.

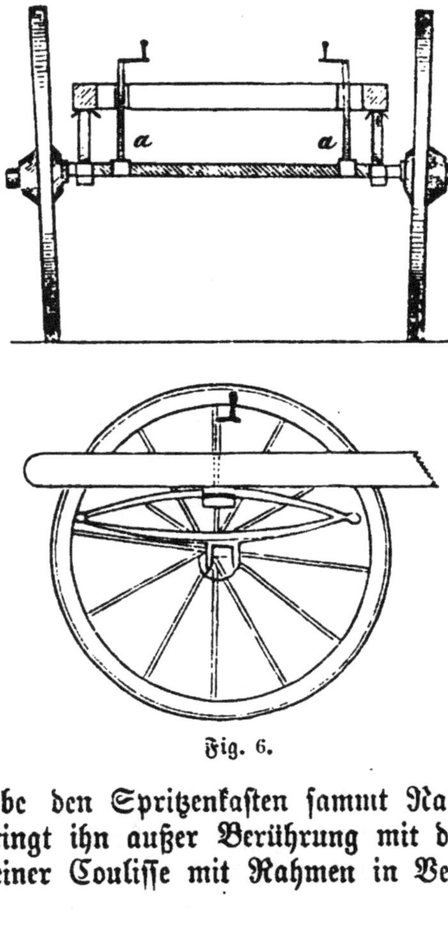

Fig. 6.

Soll die Maschine nämlich in Thätigkeit gesetzt werden, so werden die Kurbeln der Schrauben a a, von rechts nach links gedreht, dadurch geht die Schraube abwärts und ergreift endlich mit ihrem Maule die Achse. Dreht man nun noch weiter, so hebt man mittelst der Schraube den Spritzenkasten sammt Rahmen in die Höhe und bringt ihn außer Berührung mit der Feder, welche blos in einer Coulisse mit Rahmen in Verbindung bleibt.

55. Giebt es verschiedene Gattungen Spritzenwerke?

Man hat eine große Menge von Spritzenwerken construirt und theilen sich dieselben ein

1) in Spritzenwerke mit einfach wirkendem Cylinder,
2) in Spritzenwerke mit doppelt wirkenden Cylindern.

56. Was versteht man unter einem doppelt wirkenden Cylinder?

Unter einem doppelt wirkenden Cylinder versteht ma eine solche Construction desselben, daß derselbe abwechseln je auf einer Seite des Kolbens saugt, während er mit de andern das Wasser drückt, wie es die ideale Darstellung i Fig. 7 vor Augen führt. Geht der Kolben im Cylind

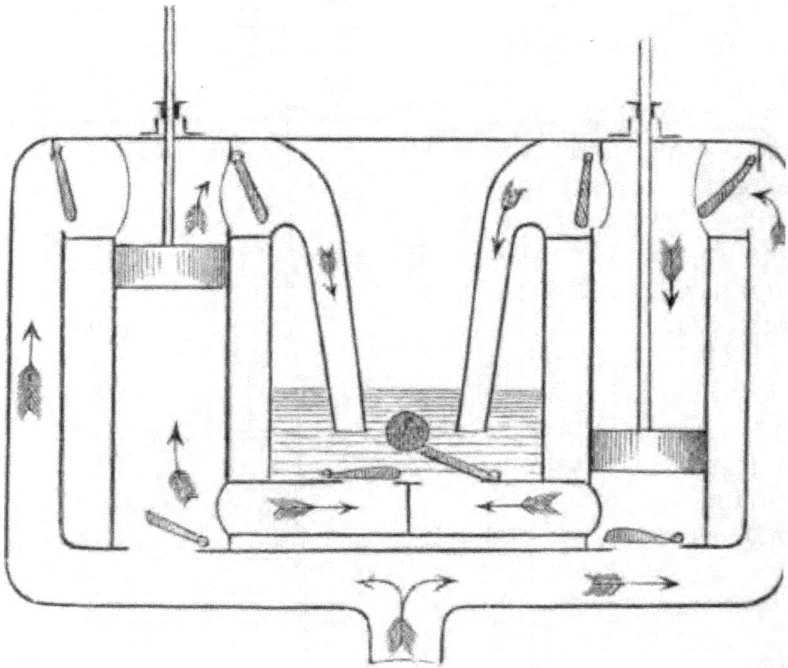

Fig. 7.

in die Höhe, so entsteht unter ihm ein hohler Raum, i welchen das Wasser nachströmt. Hier saugt er also. Vo dem Kolben aber wird durch Hinaufgehen desselben alles vor geschoben; der hierdurch bewirkte Druck schließt das Saug und öffnet das Druckventil und bringt auf diese Weise da Wasser zum Ausfluß. Geht nun der Kolben abwärts, s wiederholt sich dasselbe Spiel in umgekehrter Richtung.

Ein solcher Cylinder ist daher, gegenüber einem andern *der oben offen* und nur mit 2 Ventilen arbeitet, doppel *wirkend.* — Eine Combination von 2 einfachen Cylinder *giebt auch ein* doppelt wirkendes Spritzenwerk; dagegen gi eine Combination von 2 doppelt wirkenden Cylindern ein vierfach wirkendes Spritzenwerk, weil jeder Cylinder an und für sich ein doppelt wirkender ist.

57. **Was ist von den doppelt wirkenden Cylindern zu bemerken?**

Bei einem doppelt wirkenden Cylinder muß selbstverständlich sowohl hinter als auch vor dem Kolben vollständig luftdichter Schluß herrschen. Zum Antrieb des Kolbens muß man sich jedoch auch der Kolbenstange bedienen, die entweder unten oder oben aus dem Cylinder geführt und dann im Deckel desselben mittelst einer Stopfbüchse verdichtet wird.

58. **Sind die Stopfbüchsen eine zweckmäßige Einrichtung bei Spritzenwerken?**

Die Stopfbüchsen, so unerläßlich und oft unumgänglich nöthig ihre Anwendung im Maschinenbaufach ist, sind bei den Spritzen durchaus nicht zu empfehlen. Eine Spritze ist nämlich ein Requisit, das öfters monatelang unbeachtet steht, bis es in Gebrauch genommen wird. In solchen Fällen verlieren die Stopfbüchsen ihre Wirksamkeit, die Packung derselben wird locker und daher die Kolbenstange undicht. Nun ist der luftdichte Verschluß aufgehoben und die Spritze arbeitet entweder nur mit sehr geschwächtem Effekt oder gar nicht.

59. **Für welche Spritzen sind Spritzenwerke mit Stopfbüchsen daher nicht zu empfehlen?**

Für alle jene Besitzer von Spritzen, denen nicht ein tüchtiger Maschinist zu Gebote steht, der mit derlei Einrichtungen umzugehen weiß, und für alle diejenigen Fälle, wo nicht ein constantes Feuerwehrcorps die Bedienung und Erhaltung der Spritzenwerke übernimmt, sind Spritzenwerke mit doppelt wirkenden Cylindern durchaus nicht zu empfehlen.

60. **Wie sind die Cylinder beschaffen?**

Die Cylinder der Spritzen sind größtentheils aus Messing oder Bronze, seltener aus getriebenem Kupferblech, und dies hauptsächlich nur bei alten Spritzen, hergestellt. Hin und wieder finden sich auch Cylinder aus Gußeisen, welche jedoch der schnellen Rostbildung wegen, die die genaue Bohrung des Cylinders sehr bald ruinirt, nicht zu empfehlen sind. Um eben diese Rostbildung zu verhindern und die Cylinder möglichst leicht zu machen, wendet man hierzu obige halbedle Metalle an.

61. Welche Eigenschaften muß ein guter Kolben haben?

Der Kolben, welcher im Cylinder auf- und abbewegt wird und der der eigentlich treibende Gegenstand ist, muß unter allen Umständen ein vollständig dichter Körper sein und mit seiner Wandung an dem innern Umfange des Cylinders genau schließen oder dichten. Jedoch darf letzteres nicht so weit getrieben werden, daß er sich schwer bewegen würde.

62. Giebt es verschiedene Kolbenconstructionen?

Es giebt eine große Anzahl Kolbenconstructionen für Spritzen, doch lassen sich dieselben in drei Hauptgruppen theilen:

1) In Metallkolben mit und ohne Federung.
2) In Dichtungskolben.
3) In Ventilkolben (sogenannte Letestukolben), jetzt nicht mehr stark gebräuchlich.

63. Wie sind die massiven Kolben eingerichtet?

Bei den massiven Kolben hat man verschiedene mehr oder minder complicirte Einrichtungen versucht. Nebenstehende Fig. 8 zeigt jedoch eine Construction, die sich bereits vielseitig bewährt hat und sich auch durch ihre Einfachheit empfiehlt. Es ist nämlich A die Kolbenstange, welche in dem massiven Mittelstück B eingeschraubt ist. C C′ sind zwei aufgeschnittene Metallringe, deren federnde Eigenschaft dazu dient, den dichten Wändeverschluß herzustellen. D ist eine Gegenplatte,

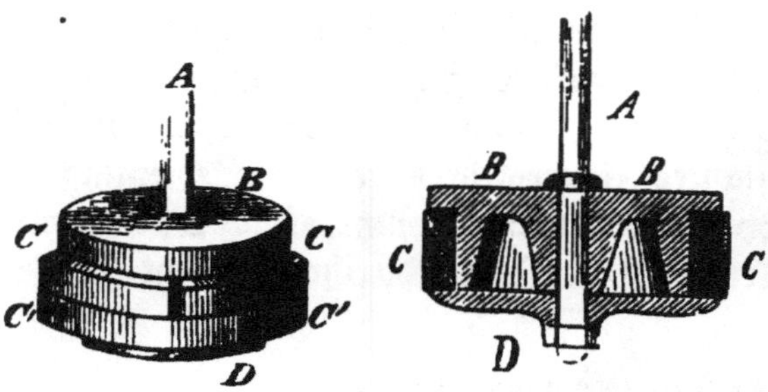

Fig. 8.

welche die Ringe an dem Kolbenkörper hält. — Das Spritzenwerk Fig. 21 zeigt einen ganz massiven Kolben.

64. Wie sind die Dichtungskolben beschaffen?

Die Dichtungskolben bestehen ihrem Prinzipe nach ebenfalls aus einem massiven Mittelstück, in welches die Kolbenstange eingeschraubt ist. An demselben sind nun entweder Leder- oder Kautschukplatten angebracht, welche die Dichtung des Kolbens herstellen. — Auch Hanf in Zöpfen gedreht wird zu diesem Behufe angewendet.

Fig. 9 ist ein Kolben mit 2 gußeisernen Platten und 2 Kappen aus Leder oder Kautschuk.

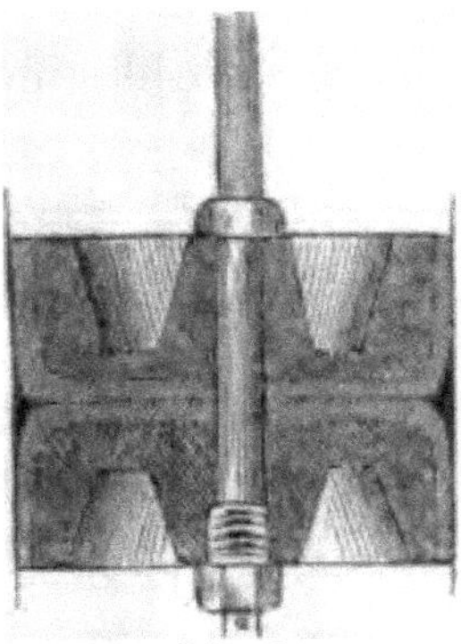

Fig. 9.

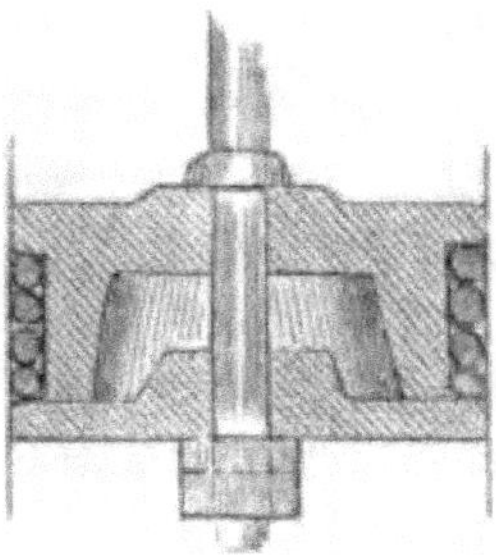

Fig. 10.

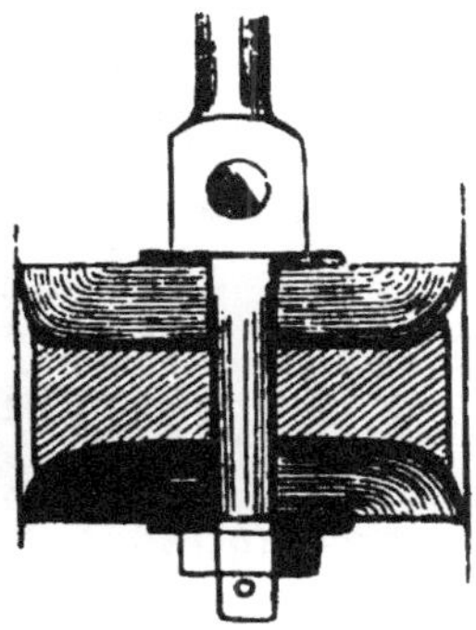

Fig. 11.

Fig. 10 zeigt einen mit Hanfzöpfen dichtgemachten Kolben.

Fig. 11 zeigt einen Kolben mit massivem Zinkzwischentheil und Lederdichtung, hinter welcher sich zusammengepreßte Scheiben aus Filz befinden. Diese letztere Construction ist eine der zweckmäßigsten, denn wenn eine Spritze auch noch so lange ungebraucht steht, so verliert der Kolben nichts an seiner Dichtigkeit. Das eindringende Wasser saugt sich in die Filzscheiben, diese dehnen sich aus und bilden eine natürliche Feder, welche die Ledermanschette immer gegen die Cylinderwandungen drückt.

Bei den andern Constructionen kann es sich öfters ereignen, daß das Leder oder der Kautschuk hart wird und sich nur in warmem Wasser erweichen läßt.

65. **Welche Vor- und Nachtheile haben die Metallkolben?**

Die Vortheile der Metallkolben bestehen darin:

1) Daß dieselben ihre Dienste nie versagen;
2) daß sie stets gut und dicht schließen;
3) daß sie, wenn dieselben gut angefertigt sind, sehr wenig Reibung verursachen, daher zur Erhöhung des Nutzeffektes wesentlich beitragen;
4) daß sie dauerhafter sind.

Dagegen erscheinen als ihre Nachtheile:

1) bei schlammigem, sandigem Wasser reißt der mitgeführte Sand zwischen den Federringen und der Cylinderwandung Rillen ein, die den luftdichten Schluß aufheben;
2) daß sie schwieriger und nur von einem Maschinisten zu repariren sind.

66. **Wodurch empfehlen sich die Dichtungskolben?**

Die Dichtungskolben empfehlen sich jedoch für den allgemeinen Gebrauch aus den Gründen:

1) Wenn dieselben gut gehalten sind, d. h. öfters geschmiert und gereinigt werden, daß dem Hartwerden derselben vorgebeugt werden kann, halten dieselben auch auf ziemlich lange Jahre dicht.
2) Gestatten sie ohne Anstand sandigem und schlammigem Wasser den Durchlauf durch die Spritze; denn sollten solche harte Körper zwischen Kolbenliederung und Cylinderwandung kommen, so werden sie sich in die Liederung als den weichern, nachgiebigern Theil eindrücken und den guten dichten Schluß der Liederung am Cylinder nicht aufheben.
3) Lassen sich dieselben an jedem Orte leicht repariren, da sich wohl überall etwas Leder finden wird, welches genau nach dem alten im Kolben befindlichen zugeschnitten, in Oel getränkt und statt des alten in den Kolben eingelegt wird.

67. **Was ist von den Ventilen zu bemerken?**

Die Ventile sind die zartesten und empfindlichsten Theile eines Spritzenwerkes; von ihnen hängt die gute Functionirung des Werkes ab, und daher hat man sowohl bei der Construction, wie bei der Erhaltung, denselben die größte Aufmerksamkeit zuzuwenden.

68. Welche Theile sind bei jedem Ventile zu beachten?

Bei jedem Ventile kommen folgende Theile in Betrachtung:

1) Das Ventilgehäuse.
2) Der Ventilsitz oder Ventilspiegel.
3) Das Ventil selbst.
4) Die Hubbegrenzung desselben.
5) Die Zu- und Abflußkanäle.

69. Welche Ventile kommen hauptsächlich bei Spritzen vor?

Bei den Spritzenconstructionen finden wir hauptsächlich angewendet:

1) Das Klappenventil.
2) Das Kegelventil.
3) Das Kugelventil.

70. Wie sind die Klappenventile beschaffen?

Die Klappenventile sind im Allgemeinen derart beschaffen, daß eine um eine meist horizontale Achse sich drehende Klappe durch den Wasserdruck gehoben und geschlossen wird.

Die Dichtung, die bei denselben nöthig ist, wird entweder durch Metallklappen, welche auf dem gleichfalls aus demselben Metalle bestehenden Spiegel aufgeschliffen sind, hergestellt, oder es ist blos der Ventilspiegel geschliffen und die Klappe selbst beliedert.

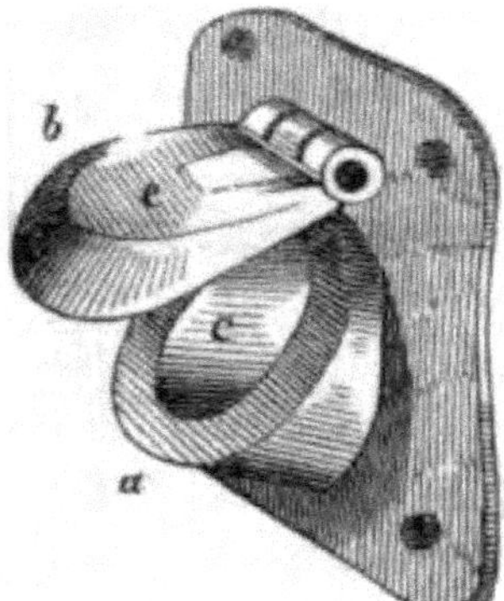

Fig. 12.

Fig. 12 zeigt ein Klappenventil, wo Klappe und Spiegel aus Metall sind.

Fig. 13 zeigt ein Klappenventil, wo die Klappe entweder mit Leder oder Kautschuk beliedert ist.

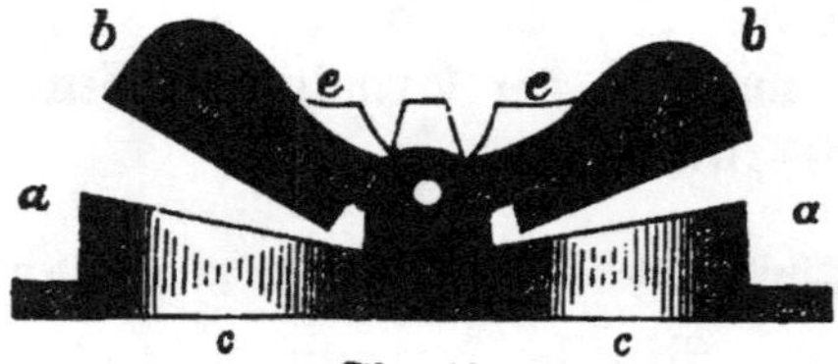

Fig. 13.

Fig. 14 zeigt ein Kautschukklappenventil.

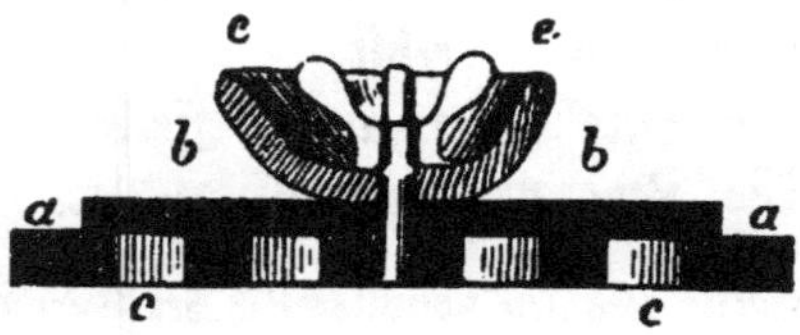

Fig. 14.

Bei allen 3 Figuren bedeutet a den Ventilspiegel, b das Ventil, c die Zuflußröhre, e die Hubbegrenzung des Ventils.

71. **Wodurch zeichnen sich die Klappenventile aus?**

Die Klappenventile empfehlen sich zu ihrer Anwendung bei Feuerspritzen aus folgenden Gründen:

1) Sind dieselben leicht im Stand zu halten und werden viel schwerer untauglich als die später folgenden Kegelventile und Kugelventile.

2) Lassen dieselben nicht so viel Wasser zurückfallen wie die erstern in dem Moment des Hubwechsels.

Anmerkung. Bei einem jeden Ventile fällt nämlich in dem Moment, wo der Kolben seinen Gang wechselt, Wasser zurück. Geht nämlich der Kolben vom Saugen zum Drücken über, so wird der auf das Saugventil ausgeübte Druck dasselbe schließen: dasselbe benöthigt aber eine gewisse Zeit, um zurück zu fallen, und während dieses Momentes fällt allerdings Wasser aus dem Cylinderraum zurück. — Dies ist jedoch bei gut ausgeführten Constructionen nur in solch geringem Maße der Fall, daß man von diesem Wasserverluste, wenn sonst das Ventil gut schließt, füglich absehen kann.

3) Sind sie leicht und ohne besondere Vorrichtung als Drehbänke 2c. zu repariren.

72. **Wie sind die Kegelventile beschaffen?**

Die Kegelventile bestehen aus einem abgestutzten, ziemlich konischen Kegel, welcher in einer genau ihm anpassenden

Kegelform dichtet. Der Ventilkegel muß hierbei eine Führung bekommen, damit derselbe stets genau in der Achse des Kegels sich auf- und abbewege. Auch hier ist die Dichtung des Ventils entweder Metall auf Metall oder ein anderes Dichtungsmaterial auf Metall. So zeigt Fig. 15 ein Kegelventil, wobei der Kegel aus Metall und der Ventilspiegel aus demselben Material gefertigt ist, Fig. 16 dagegen ein Kegelventil, wo blos der Ventilsitz aus Metall, dagegen der Kegel mit einer Platte von Leder oder Kautschuk versehen ist, welche hier den eigentlich dichtenden Theil abgiebt.

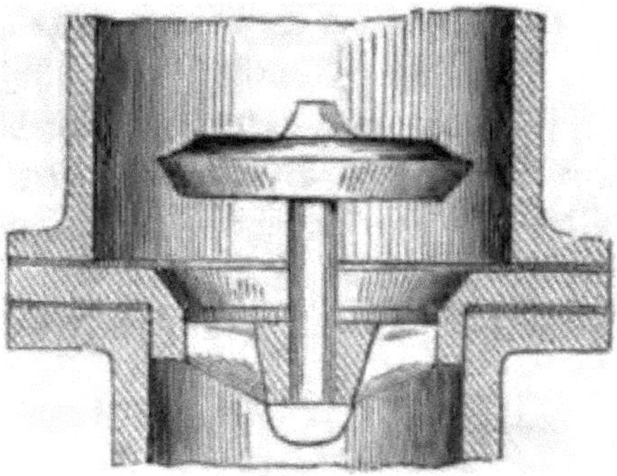

Fig. 15.

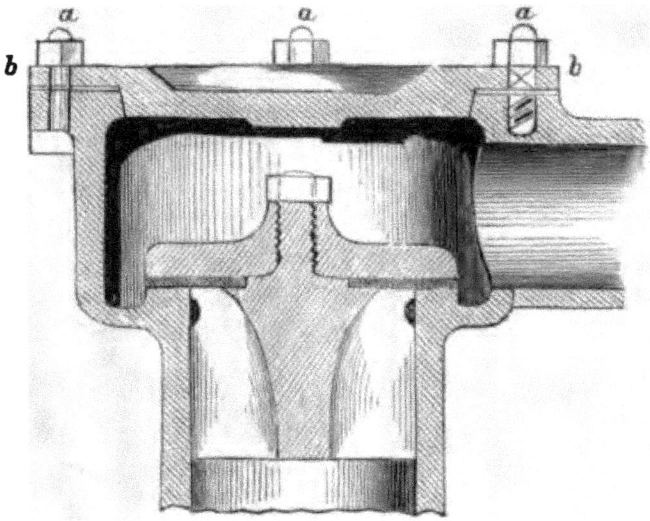

Fig. 16.

73. Wodurch zeichnen sich die Kegelventile aus?

Die Kegelventile haben den Vortheil der billigen und leichten Herstellung vor den Klappenventilen voraus, dagegen

1) halten dieselben nie so dicht wie letztere,
2) lassen dieselben mehr Wasser zurückfallen beim Hubwechsel der Kolben,

3) werden dieselben bei schlechter Construction des Ventiles und Ventilgehäuses leicht unrund geschlagen und verlieren dadurch natürlich an Dichtigkeit.

74. Wie sind die Kugelventile beschaffen?

Die Kugelventile sind ähnlich den Kegelventilen construirt, nur mit dem Unterschiede, daß hier statt des Kegels eine Kugel das Ventil oder den eigentlich dichtenden Körper bildet. Auch bei ihnen finden verschiedene Abänderungen in der Construction statt. So zeigt Fig. 17 ein Kugelventil, wo Kugel und Ventilsitz aus Metall ist.

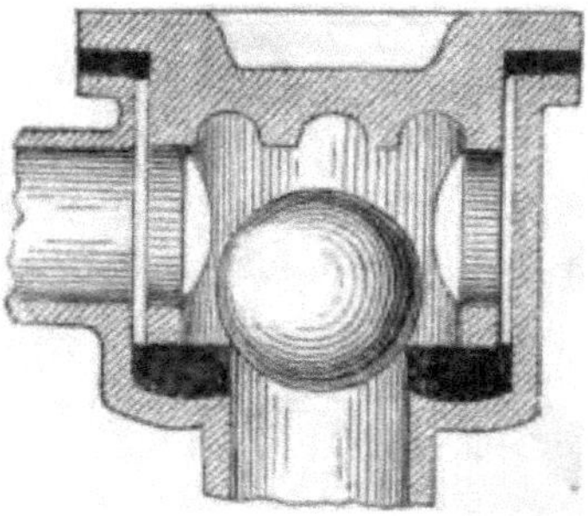

Fig. 17.

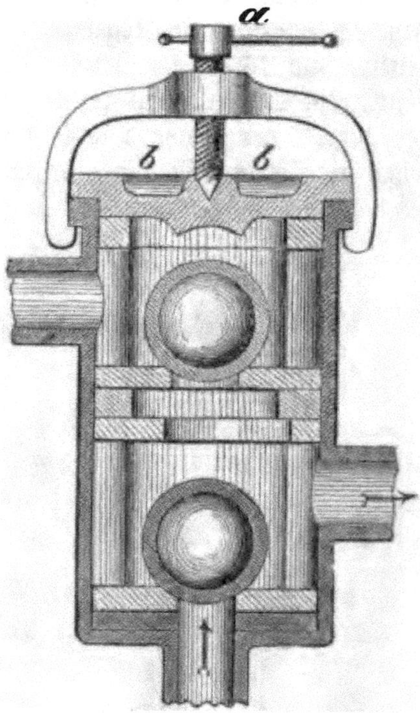

Fig. 19. Fig. 18.

Fig. 18 zeigt ein Ventil, wo die Kugel aus Kautschuk besteht (gewöhnlich innen mit Bleikern versehen, damit dieselbe schwerer wird und daher desto leichter zurückfalle).

Fig. 19 zeigt ein Ventil, wo der Sitz aus Kautschuk und die Kugel aus Metall besteht. Letztere Construction, von Herrn Kirchweger aus Hannover angewendet, hat sehr viel Vortheilhaftes für sich, und verdient es sehr, anempfohlen zu werden.

75. **Welches sind die Vortheile der reinen Metallventile gegen die mit Liederungen versehenen, und welches sind die Nachtheile?**

Die reinen Metallventile, gleichviel ob Klappen-, Kegel- oder Kugelventile, besitzen gegenüber allen Liederungsventilen den Vorzug:

1) Daß dieselben, auch noch so lange ungebraucht, dennoch ungestört functioniren, da sich Ventil und Ventilsitz bei ihnen nie festsetzen, wie dies häufig bei den Liederungsventilen der Fall ist. Bei denselben bildet sich oft eine derartig innige Verbindung zwischen Ventilliederung und Sitz, daß sich das Ventil überhaupt nicht heben kann und daher auch die ganzen Arbeiten des Cylinders stört. Ist dieses beim Saugventil der Fall, so wird die Spritze leer gehen, da bei geschlossenem Saugventile die Spritze überhaupt nicht saugt. Ist das Saugventil jedoch im guten Zustande und das Druckventil schadhaft, so kann das durch den Kolben angesaugte Wasser nicht in den Windkessel treten. Durch das Saugventil, im Falle dasselbe gut ist, kann es auch nicht zurückfallen; es muß sich somit einen andern Ausweg schaffen: es wird versuchen, die Kolbenliederung zu durchbrechen, was man daran erkennt, daß sich auf dem Kolben Wasser zeigt oder sonst irgendwo an ungehöriger Stelle hervorschießt.

Anmerkung. Bei Lederventilen wird dies Zusammenhaften des Ventiles mit dem Spiegel durch die Schmiere, mit der man das Dichtungsleder getränkt hat, hervorgebracht. Bei Kautschuk jedoch, besonders wenn derselbe nicht vorzüglicher Qualität ist und die Vulkanisirung desselben nicht gut genug vorgenommen wurde, bringt die Wärme sehr leicht denselben pickigen Zustand hervor.

2) Dagegen halten die Liederungsventile auch bei Verwendung von sandigem, unreinem, schlammigem Wasser dicht, da sich bei ihnen, wie schon oben bei dem Kolben erwähnt wurde, die ungehörigen Theile in die Liederung eindrücken und den dichten Schluß des Ventiles nicht aufheben. Bei den Metallventilen ist dies nicht der Fall. Ein zufällig hineingerathenes Korn ritzt entweder in dem Ventile Rillen ein, oder es

hemmt, wenn es auf demselben liegen bleibt, den dichten Schluß desselben.

3) Bei Lederventilen kömmt noch der eine Umstand dazu, daß dieselben, wenn sie lange ungebraucht stehen, hart werden und man das Wasser eine lange Zeit durchlaufen lassen muß, bis sich das Ventil erweicht hat.

76. Ist eine richtige Ventilconstruction für Spritzen von Wichtigkeit?

Aus dem Obengesagten sowie aus dem bereits früher entwickelten Spiele der Maschine ist zu ersehen, von welcher Wichtigkeit die Construction der Ventile für Feuerspritzen ist. Die Ventile sind die zartesten, empfindlichsten Theile eines Spritzenwerkes, und der kleinste Fehler an ihnen genügt, um die Wirksamkeit der Spritze zu mindern oder vielleicht gar auf Null herabzuziehen. Die Mächtigkeit des erzielten Wasserstrahles hängt unbedingt in erster Linie von den Ventilen ab. Sind dieselben nicht dicht genug, so lassen sie viel Wasser zurückgehen, und die natürliche Folge hiervon ist, daß die Spritze nicht so viel Wasser liefert als sie soll.

77. Worauf hat man also bei Ventilconstructionen sein Augenmerk zu richten?

Man wird also bei Ventilconstructionen sein Augenmerk dahin zu richten haben, daß die Ventile möglichst dauerhaft und richtig construirt sind, daß dieselben in möglichst meisten Fällen zu functioniren im Stande sind, und endlich muß es möglich gemacht werden, entstandene Mängel auf die schnellste Weise, wo thunlich am Brandplatze selbst, im Verlaufe von einigen Minuten zu beseitigen.

78. Auf welche Weise wird das Letztere erreicht?

Die schnelle Beseitigung aller in den Ventilen etwa entstehenden Mängel wird durch die leichte Zugänglichkeit der Ventile erreicht. Ist man im Stande, rasch zu den Ventilen zu gelangen, so kann man etwa hineingerathenen Schmutz und Sand abwischen und das Ventil sogleich wieder diensttauglich machen. In den meisten Fällen wird dies ohnehin die Hauptursache der Ventilstörung sein, da man leider noch immer in dem Eifer, mit welchem beim Feuerlöschen vorgegangen wird, dem zu verwendenden Wasser nicht die gehörige Aufmerksamkeit schenkt, und öfters sich die ganze Spritze dadurch ruinirt, daß man nur ja ein Schaff schlammigen, unreinen Wassers, das oft die unglaublichsten Beimengungen enthält, verwende.

79. **Wie wird die Zugänglichkeit der Ventile erreicht?**

Die Zugänglichkeit der Ventile wird auf zweierlei Weise erreicht, entweder

1) durch Ventilkästen, die mit abnehmbaren Deckeln versehen sind, oder
2) durch die sogenannten Ventilhähne.

80. **Wie sind die Ventilkästen construirt?**

Die Ventilkästen sind derart construirt, daß man durch Abschrauben eines Deckels das Ventil mit der Hand herausnehmen kann; man kann dann den Ventilspiegel mit einem Tuche reinigen und die vorhandenen Unreinigkeiten entfernen. Um die Construction zu vereinfachen, sind öfters, wie bei den Berliner Spritzenwerken, zwei Ventile in einem Kasten angebracht, so daß man durch Lösung einer einzigen Schraube zu beiden Ventilen gelangen kann. Oft sind auch die Sitze oder Ventilspiegel zum Herausnehmen eingerichtet, und zeigen Fig. 17 und 18 derartige Einrichtungen. Das Vorhergesagte sowie die Deutlichkeit der Zeichnung läßt jede weitere ausführliche Erklärung als überflüssig erscheinen. Durch Lösung der Schrauben a (Fig. 18) kann man den Deckel b abheben und die Ventile reinigen. Desgleichen sind solche zerlegbare Ventilkästen dargestellt in Fig. 16.

81. **Wie sind die Ventilhähne construirt?**

Die von dem berühmten Wiener Etablissement von Wilhelm Knaust zuerst eingeführten Ventilhähne bestehen im Prinzipe darin, daß sowohl Ventil als Ventilspiegel in einem Hahngehäuse eingeschlossen sind. Der Hahnkörper läßt sich durch Lösung einer einzigen Schraube herausnehmen, worauf nicht nur die Reinigung des Ventiles anstandslos vorgenommen werden, sondern auch, ohne zu einer weitern Zerlegung des Spritzenwerkes schreiten zu müssen, die Reparatur desselben ausgeführt werden kann.

Die Ventilhähne unterscheiden sich durch die einfachere, leichtere Herausnahme vortheilhaft von den zerlegbaren Ventilkästen, weil hier der Manipulirende mit weniger einzelnen Bestandtheilen zu handthieren hat. Dieselben werden in der verschiedenartigsten Weise gebaut, oft ist blos ein Ventil, oft zwei in dem Hahngehäuse eingeschlossen. Die Engländer haben sogar auch vier Ventile (siehe Fig. 20) in einen Hahn gelegt. Diese Construction schließt aber anderweitige Nachtheile in sich, da bei derselben der schädliche Raum bedeutend ist, und dadurch die Spritze an ihrem Effekte leidet. — Fig. 21 zeigt eine Ventilhahnconstruction im Detail. Durch Lösung der Hahnschraube wird der Hahn aus dem Gehäuse herausgenommen, worauf das Ventil anstandslos gereinigt, nachgeschliffen werden kann. Beim Einsetzen des Hahnkörpers in das Gehäuse hat man darauf zu achten, daß das Ventil genau in die frühere Lage eingelegt wird, und ist zu diesem Behufe an dem Hahn ein Führungsstift a angebracht, der eine unrichtige Stellung des Hahnes nicht zuläßt.

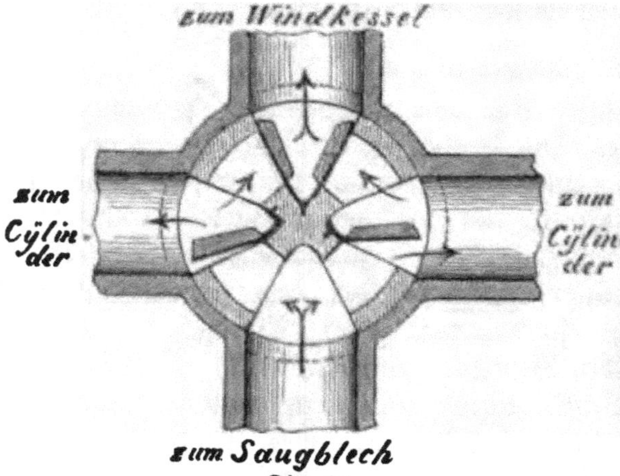

Fig. 20.

82. **Was ist der Windkessel?**

Der Wind- oder Luftkessel ist ein hohler, vollständig dichter Raum, in den die Spritzencylinder das Wasser drücken und aus welchem dasselbe erst durch die Strahlführung ins Freie tritt.

83. **Welche Function hat der Windkessel zu verrichten?**

Der Windkessel dient dazu, den abwechselnd von den Cylindern ausgeübten Druck auszugleichen, damit der Wasserstrahl ein beständiger, continuirlicher bleibe, was ohne denselben nicht der Fall wäre.

Im Falle kein Windkessel angewendet würde, wäre der Strahl auch kein beständiger, da der Druck, den die beiden Cylinder ausüben, ein abwechselnder ist. Da die Cylinder das eine mal saugen und das andere mal drücken, so würde auch in dem Momente, wo der Wechsel des Kolbenspiels eintritt, der Strahl abnehmen. Denn denkt man sich den einen Kolben im Niedergange, den andern im Aufgange begriffen, so wird dieser saugen, jener drücken und den Strahl erzeugen. In dem Augenblicke, da beide Kolben auf dem höchsten, respective niedersten oder sogenannten todten Punkte stehen, hört der eine Kolben zu drücken und der andere zu saugen auf. In diesem Momente wird der Strahl gewaltig abnehmen. Gehen nun die Kolben wieder in die Höhe, so wird der früher drückende saugen und der niedergehende drücken und den Strahl wieder auf die gewisse Höhe schleudern. Dieses Wanken in der Strahlhöhe würde sich nun bei jedem Kolbenspiele wiederholen und sehr beträchtlich den Effekt der Spritze beeinträchtigen, da durch das Wanken des Strahles ein bedeutendes Wasserquantum verloren ginge, und man auch schwer im Stande wäre, mit dem Wasserstrahl ruhig einen Punkt bespritzen zu können.

84. Wie wirkt nun der Windkessel?

Der Windkessel hat, um den Strahl continuirlich zu machen, zweierlei Functionen zu verrichten, er muß

1) eine gewisse Kraft aufsammeln, um während des Hubwechsels durch eben diese aufgesammelte Kraft Wasser in die Höhe schleudern zu können;
2) einen gewissen Wasservorrath aufnehmen können, um während des Hubwechsels genug Wasser zum Ausspritzen vorräthig zu haben.

Zu diesem Behufe dient die in dem Windkessel eingeschlossene Luft. Dieselbe wird abwechselnd zusammengedrückt, bis sie eine solche Pression erhält, daß sie bei Ausdehnung auf das Wasser im Windkessel einen solchen Druck auszuüben im Stande ist, der dem Drucke der Kolben äquivalent ist. —

Die Luft wirkt also hier als Kraftaufsammler und Abgeber.

85. **Wie muß nun der Windkessel gebaut sein?**

In Rücksicht auf das Obengesagte muß der Windkessel

1) genügend groß gemacht werden, um die gehörige Quantität Luft und Wasser aufnehmen zu können,
2) die gehörige Festigkeit besitzen, um den starken Druck, dem er abwechselnd ausgesetzt ist, ohne zu platzen oder sich zu dehnen, aushalten zu können.

86. **Aus welchem Material werden die Windkessel hergestellt?**

Die Windkessel werden aus den verschiedensten Materialien hergestellt. Man fertigt welche aus Kupfer, oder Eisen, oder Messingblech, die dann entweder verlöthet oder vernietet sind. Aus Kanonenmetallguß oder Gußeisen, entweder im Ganzen oder mit aufgesetzter Blechblase. Die hauptsächlichsten Formen, die man ihnen giebt, sind die cylindrischen, kegel- oder kugelförmigen. — Der ziemlich bedeutende Körper, den der Windkessel bildet, läßt es jedoch angemessen erscheinen, denselben aus Blech zu fertigen, damit die Spritze nicht zu schwer wird.

87. **Was ist von den Communicationsröhren der Spritzen zu bemerken?**

Die Communications- oder Spritzenröhren, auch Gurgelröhren, sind jene Kanäle, durch die das Wasser zum Saugventil und vom Cylinder zum Druckventil und in den Windkessel gelangt. — Die Verbindung zwischen Saugventil, Cylinder und Einströmung heißt Sauggurgel oder Saugkanal zum Unterschiede von der Verbindung zwischen Cylinder, Druckventil und Windkessel, welche Druck- oder Steiggurgel oder Druckkanal genannt wird.

88. **Welche Anforderungen stellen wir an die Spritzenkanäle?**

Die Spritzenkanäle müssen sowohl in ihrem Körper als auch an den Verbindungsstellen mit einander und mit dem Werke vollständig schließen, so daß dieselben dem in der Spritze herrschenden Drucke widerstehen können. Dies *ist aus dem* Grunde nöthig, damit man eben in der Ma*schine jene* Pression erzeugen kann.

89. **Welche Nachtheile bringen Undichtigkeiten in den Spritzenkanälen mit sich?**

Sind die Spritzenkanäle undicht, so können die Nachtheile, die hieraus erwachsen, zweifacher Natur sein. Sind nämlich die Saugkanäle undicht, so wird das Saugen entweder erschwert, oder vielleicht gar unmöglich gemacht; sind dagegen die Druckkanäle undicht, so wird bei dieser Oeffnung Wasser entweichen und die Spritze an ihrem Effekte Einbuße erleiden.

90. **In welcher Weise sind die einzelnen Theile einer Spritze zusammengefügt?**

Die einzelnen Theile einer Spritze können in dreierlei Weise mit einander verbunden sein, und zwar

1) durch Löthstellen,
2) durch Gewindverschraubungen,
3) durch Flanschenverschraubungen.

Selten findet man jedoch eine dieser Verbindungsarten ganz allein angewendet, sondern man benützt nach Bequemlichkeit bald die eine, bald die andere. Es können daher Spritzenwerke vorkommen, welche Löth-, Gewinde- und Flanschenverbindungen gleichzeitig haben.

91. **Wann werden Löthverbindungen angewendet; durch was empfehlen sich dieselben und welches sind ihre Nachtheile?**

Löthstellen werden bei Verbindungen von Blechröhren mit Metalltheilen oder zur Verbindung von Metalltheilen unter sich angewendet. — Eisentheile findet man äußerst selten durch Löthung mit andern Eisentheilen verbunden, da durch dieses Verfahren weder eine genügend feste, noch dichte Verbindung bei Eisen zu erzielen ist. Die Löthstellen sind nie stumpf, sondern stets überplattet oder eingemufft. Sie gewähren durch das Wegfallen aller sonst zur Verbindung nöthigen Theile den Vortheil, daß dieselben ungemein leicht ausfallen. Daher sind Spritzenwerke, welche gelöthet sind, bedeutend leichter als andere, wozu noch der Umstand kömmt, daß dann diese Werke ganz aus Metall und Kupfer gefertigt sind, was sie an und für sich schon leichter macht, da die *Spritzenwerke, aus* diesen Metallen angefertigt, sehr geringe *Stärkedimensionen* erheischen. Dagegen haben solche Constructionen insofern einen immensen Nachtheil, daß sie Reparaturen äußerst erschweren, da man alle einzelnen Theile im Feuer loslöthen und wieder zusammensetzen muß. Auch halten Löthstellen bedeutenden Druck auf die Länge der Zeit nicht aus. Man findet übrigens Löthverbindungen jetzt hauptsächlich nur dann angewendet, wenn man sich nicht anders gut zu helfen weiß. Außer den ordinären Spritzenwerken baut heutzutage wohl kein Fabrikant mehr Spritzen nach diesem Prinzipe. Die alten Spritzen waren fast durchgängig gelöthet. — Fig. 22 (S. 46) zeigt ein Spritzenwerk, welches ganz aus Kupfer und Metall angefertigt ist und nur Löthstellen enthält, zur Hälfte im Durchschnitt, zur Hälfte in Ansicht. Das Saugventil ist ein Kegelventil, das Druckventil ein Klappenventil. Die Cylinder sind aus Metall, der Windkessel und die Druckgurgeln aus Kupfer. Die Ventile sind sämmtlich unzugänglich. Die Cylinderfüße sind aus Gußeisen, bei ordinären Spritzen wohl auch nur aus Holz gefertigt. Die Spritze ist zweicylindrig und jeder Cylinder ein einfach wirkender.

92. **Wie sind die Gewindeschraubenverbindungen beschaffen?**

Bei den Spritzenwerken, wo Gewindverschraubungen angewendet werden, wird auf den einen Theil Gewinde (Vatergewinde), auf den andern hingegen Muttergewinde aufgeschnitten. Die beiden Theile werden sodann in einander verschraubt und zur bessern Verdichtung eine Dichtungsscheibe aus Leder oder Kautschuk beigelegt. — Diese Construction ist wohl sehr vortheilhaft, aber kostspielig. Dieselbe erfordert nämlich zum größten Theile die Anwendung von Kupfer oder Messing und vertheuert auch die Arbeit bedeutend. Dagegen ist das Werk leicht zerlegbar und sehr leicht im Gewichte, was für Spritzen jedenfalls ein Vorzug ist. Selten findet man diese Construction ganz allein bei einem Werke angewendet. Man wendet sie häufig blos bei einzelnen Theilen der Spritzenwerke an.

93. **Was sind Flanschenverbindungen und wie ist ihre Anwendung?**

Bei Spritzenwerken, deren einzelne Theile mittelst Flanschen verbunden sind, wird das Dichthalten der Verbindungsstelle durch eine eingelegte Dichtungsscheibe aus Kautschuk, Leder oder in Oelfirniß getränkte Pappe hervorgebracht. Unter Flanschen versteht man entweder runde oder sonst geformte Scheiben oder an den einzelnen Theilen angebrachte Ansätze, die mittelst Schrauben zusammengefügt werden. — Diese Art der Verbindung ist die richtigste, denn dieselbe erleichtert das Zerlegen des Werkes bei etwaiger Reparatur bedeutend. Flanschenverbindungen findet man sehr häufig angewendet. Seitdem man angefangen hat, die Spritzenwerke durch Anwendung des Gußeisens aus möglichst wenig Theilen zu construiren, sind auch die Flanschenverbindungen am allerhäufigsten in Gebrauch gekommen. Das Dichthalten derselben besteht darin, daß man mittelst der Mutterschrauben die Flanschen fest zusammenschraubt; dadurch wird die eingelegte Dichtungsscheibe zusammengepreßt und dichtet die beiden zusammenstoßenden Flächen. Hierbei ist zu beobachten, daß dieselbe eine gewisse Breite und Stärke haben muß, die mit der Dimension der Flanschen, dem auszuübenden Drucke und der rauhen Beschaffenheit der Dichtungsflächen wachsen. — Die Schrauben sind früher öfters aus Messing gemacht worden wegen des Einrostens; in neuerer Zeit ist dies jedoch nicht mehr üblich.

94. **Wovor sind die Spritzenwerke zu schützen?**

Die Spritzenwerke sind in erster Linie zu schützen

1) vor dem Hineingerathen grober Unreinigkeiten, welche die Ventile verlegen und unbrauchbar machen können;
2) vor dem Einfrieren.

95. **In welcher Weise schützt man die Werke vor dem Hineingerathen fremder Körper?**

Am besten durch Anbringung von Seiherblechen an den Saugkanälen, durch die das Wasser passiren muß und Gelegenheit findet, an denselben fremde Körper abzusetzen, da die gelochten Seiherbleche wohl dem Wasser, jedoch nicht den andern Bestandtheilen den Durchgang gestatten. Ist die Spritze eine reine Druckspritze, so müssen diese Seiherbleche an den Saugkanälen angebracht werden. Ist dieselbe eine Saugspritze, so muß der Saugschlauch an seinem Saugende einen förmlichen Seiher haben. Eine Saug- und Druckspritze muß daher sowohl Seiher am Saugschlauch als auch an den Saugkanälen haben, da dieselbe sowohl im Falle des Saugens aus dem Wasser als auch aus dem Kasten vor dem Hineingerathen von Unreinigkeiten geschützt sein muß. — Die frühern Spritzen, die fast sämmtlich Druckspritzen waren, hatten sogenannte Eingußbleche oder Eingußkörbe, durch welche das Wasser passiren mußte. Bei richtiger Anwendung der Seiher werden jedoch diese gänzlich entbehrlich.

96. In welcher Weise beugt man dem Einfrieren der Spritzenwerke vor?

Dem Einfrieren der Spritzenwerke beugt man am zweckmäßigsten dadurch vor, daß man sämmtliches Wasser aus dem Spritzenwerke entfernt. Ist dies geschehen, so kann es nicht mehr frieren. Dies ist aus dem Grunde nöthig, weil das Wasser bei seinem Uebergange in Eis ein größeres Volumen annimmt und dabei die Spritze sprengen würde. Auf beste Weise wird dies dadurch erreicht, daß man an den tiefsten Stellen des Spritzenwerkes sogenannte Ablaßschrauben anbringt. Will man das Wasser entfernen, so werden dieselben geöffnet, um hernach wieder dicht verschraubt zu werden.

97. Welche Spritzenwerke sind die gebräuchlichsten?

Am gebräuchlichsten sind Spritzenwerke mit zwei einfach wirkenden, oben offenen Cylindern, und dieselben haben sich auch als zweckmäßig bewährt. Für reine Druckspritzen wendet man manchmal auch doppelt wirkende Werke an. Spritzenwerke mit Einem Cylinder werden selten verwendet, sind auch nicht zweckmäßig. Früher hat man öfters einen Cylinder in horizontaler Lage angewendet. Wegen der vielen Unzukömmlichkeiten in der Bewegungsübertragung ist man jedoch hiervon abgegangen. — In folgenden Figuren sind einige gebräuchlichere Spritzenwerke dargestellt. So zeigt Fig. 21 ein Spritzenwerk mit Ventilhähnen. Beide Ventile für je einen Cylinder befinden sich in einem Hahn. Die Untersätze sind aus Gußeisen, Cylinder, Ventile und Ventilhahn aus Metall, der Windkessel aus Kupfer, mit Eisenflansche aufgeschraubt. — Fig. 22 zeigt ein Spritzenwerk mit unzerlegbaren Ventilkästen, mit Ausnahme der Cylinder und Ventile, welche aus Metall sind, Windkessel, Seiher, Gurgelröhren aus Kupfer.

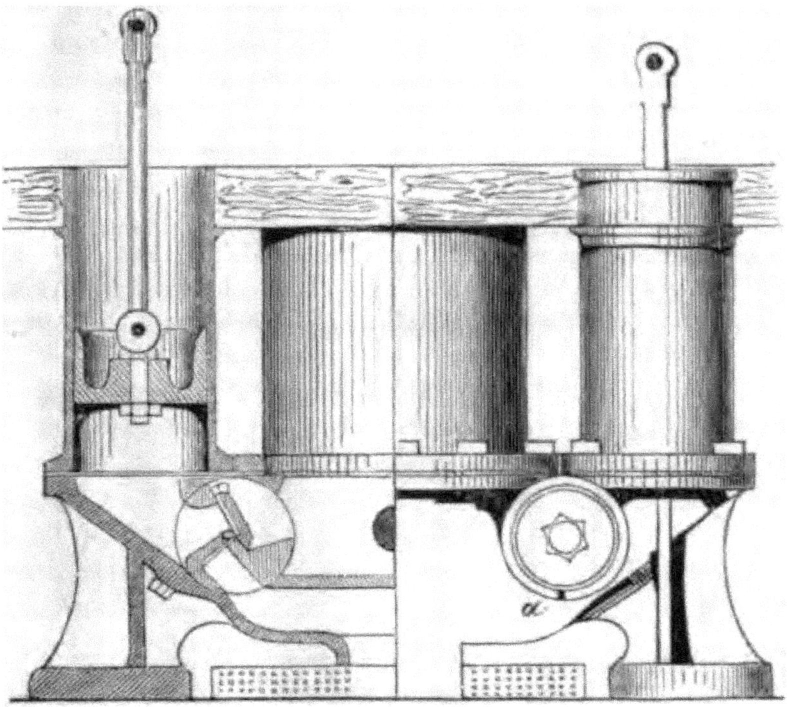

Fig. 21.

98. In welcher Weise geschieht der Antrieb der Spritzen?

Der Antrieb der Spritzen geschieht durch Niederdrücken eines Hebels durch Menschenkraft, und wird die hierdurch ausgeübte Kraft mittelst einer Kolbenstange entweder direkt oder durch Schubstangen auf den Kolben übertragen.

99. Aus welchen hauptsächlichsten Theilen besteht der Hebel und die Bewegungsübertragung?

Die hauptsächlichsten Theile der Bewegung bestehen 1) aus dem Hebel, 2) den Hebelarmen, 3) dem Hebelbolzen sammt Lagerstuhl, 4) den Druckstangen, 5) den Kolbenstangen, 6) der Hebelführung, 7) der Hubbegrenzung, 8) der Fixirung des Hebels.

100. Wie ist der Hebel beschaffen?

Der Hebel, mittelst dessen man den Druck auf die Spritze ausübt, ist ein zweiarmiger, wohl ausbalancirter wagebalkenähnlicher Hebel, der genügend stark ist, den ausgeübten Druck auszuhalten. Er ist entweder aus Eisen

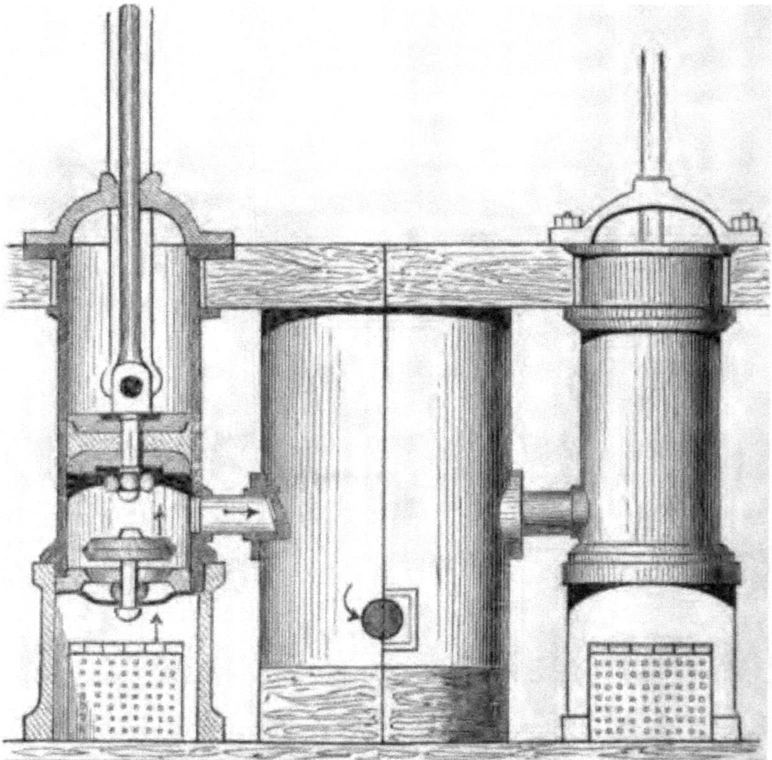

Fig. 22.

oder aus gutem Rüstern- oder Ulmenholz angefertigt. Bei Spritzen mit eisernen Druckhebeln ist man im Stande, das ganze Objekt zweckmäßiger und leichter zu bauen, während dagegen die Anordnung eines hölzernen Hebels eine billigere Herstellung ermöglicht. Der hölzerne Hebel muß solid mit Eisen beschlagen sein, einestheils der Festigkeit wegen, anderntheils um den Anschluß der Armirungen zu gestatten.

101. Zu welchem Zwecke dienen die Hebelarme?

Die Hebelarme sind entweder feste oder beweglich gemachte Hebelverlängerungen aus Eisen, die an ihren Enden mit Augen versehen sind, um die Druckstangen aufzunehmen. Bewegliche Hebelarme sind so construirt, daß sie stets, außer während der Arbeit der Spritze, zurückgeschlagen werden. Dadurch erreicht man:

1) daß die Spritze weniger Raum einnimmt als bei ausgeschlagenen festen Armen, daher in einem kleinen Raume leichter unterzubringen ist;
2) beim Fahren werden durch das Aufschlagen der Hebelarme die Oscillationen und Schwingungen des Hebels auf ein bedeutend geringeres Maß reduzirt und dadurch das Fahren erleichtert, die Maschine geschont;
3) endlich gewinnt man durch den zurückgeschlagenen Hebelarm Raum zur bessern Bewegung der auf der Spritze zur Bedienung mitfahrenden Leute.

102. **Wie ist der Drehungspunkt des Hebels construirt?**

Der Drehungspunkt der Spritzenhebel ist meistentheils ein einfacher rundgedrehter Bolzen, der sich in einer Pfanne, welche mit Messing gefüttert ist, dreht. Oefters findet man auch eine förmliche Welle angeordnet, auf welche dann der Hebel oder auch zwei, wenn solche angeordnet sind, festgeschraubt oder gekeilt sind. — Da der Hebel einen nicht unbedeutenden Gewichtstheil der Spritze repräsentirt, so sucht man diesen Drehungspunkt, der zugleich der Schwerpunkt ist, möglichst tief zu legen, weil hierdurch die Maschine an Stabilität gewinnt. Bei eisernem Hebel wird dies dadurch ermöglicht, daß man den Hebel nach Erforderniß in gebogenen Linien formen kann. Letzteres ist beim Holzhebel nicht möglich, daher man in dieser Beziehung an gewisse Grenzen gebunden ist.

103. **Wie ist der Lagerstuhl beschaffen?**

Der Lagerstuhl ist derjenige Theil, in dem sich die Pfanne des Hebelbolzens befindet. Bei eisernen Hebeln ist letzterer gewöhnlich aus Gußeisen construirt, in dem sich dann der schmiedeiserne Hebelbolzen dreht. Bei Holzhebeln findet man auch blos Ständer aus gutem Eichenholz angewendet, in denen die Lagerpfannen eingelassen sind. —

Geht der Hebelbolzen in eine Welle über, so dreht sich dieselbe in zwei förmlichen Zapfenlagern.

104. **Was sind die Druckstangen?**

Die Druckstangen sind runde, 2—3 Zoll starke, 5—6 Fuß lange Stangen aus gutem, kräftigem Rüsternholze. Sie dienen dazu, die Kraft der arbeitenden Menschen auf den Hebel zu übertragen.

105. **Wie sind die Druckstangen befestigt?**

Die Befestigung der Druckstangen wird eine zweifache sein müssen. Während der Arbeit der Spritze müssen dieselben durch die Hebelaugen gesteckt werden, damit eben die arbeitende Mannschaft antreten kann. Während der Fahrt und Ruhe der Spritze sind dieselben jedoch an passender Stelle der Spritze angebracht, damit dieselben nicht zu viel Raum einnehmen. Zur Befestigung werden hauptsächlich zweierlei Constructionen angewendet: der Schuh und die Feder; jenes ist die ältere, nur bei Holzhebeln anwendbare, dieses die neuere, allgemein angenommene Construction.

106. **Wie sieht der Schuh aus?**

Der Schuh ist ein aus Flacheisen gebogener viereckiger Ring, der genau auf den Holzhebel paßt; an seinem untern Ende sind an demselben die Druckstangen befestigt. Während der Arbeit wird derselbe auf den Hebel geschoben und durch einen Durchsteckbolzen festgemacht, während der Fahrt jedoch an dem Hebel mittelst Riemen festgeschnallt. Ein solcher Schuh sammt Druckstangen und einem Theil des Hebels ist in Fig. 23 dargestellt.

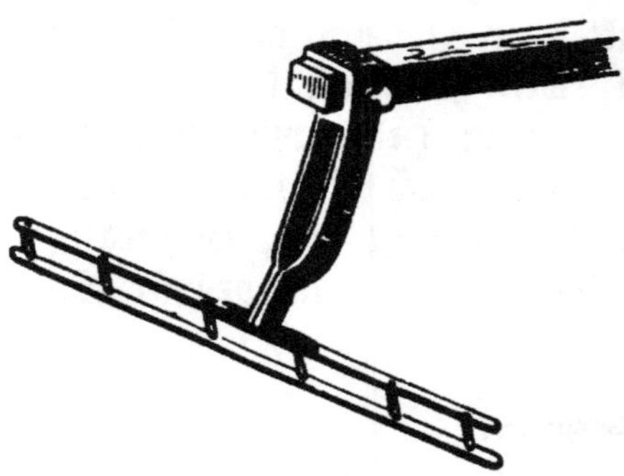

Fig. 23.

107. **Wie ist die Befestigung mittelst Feder hergestellt?**

In diesem Falle ist auf der glatten runden Druckstange blos eine Feder aus Stahl oder wohl auch nur aus Schmiedeeisen aufgeschraubt. Diese Feder ist mit zwei Schnapphaken versehen. Wird nun die Druckstange durch die Hebelaugen geschoben, so legt sich beim Durchschieben der erste Haken zurück, geht jedoch gleich in die Höhe, sobald er aus dem Auge heraustritt; der zweite Haken verhindert nun das Weitergehen der Stange. Will man nun die Stange herausziehen, so muß man die Feder niederdrücken; dadurch drückt sich der erste Schnapphaken in die Vertiefung der Stange und geht aus dem Auge wieder heraus. — In ganz ähnlicher Weise werden auch diese Druckstangen während der Fahrt befestigt, indem man an der Spritze zwei solche Befestigungsaugen anbringt, in welche die Stange geschoben wird, um sodann von der Feder festgehalten zu werden.

Fig. 24.

Fig. 24 zeigt so einen Druckbaum sammt Feder im Durchschnitt, und Fig. 25 in perspektivischer Ansicht an einem

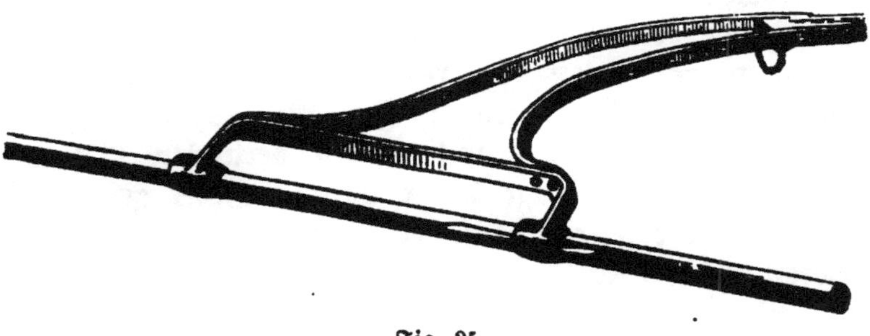

Fig. 25.

eisernen Hebel. — Bei der Spritze Fig. 37 ist der Hebel für je zwei Druckstangen hergerichtet.

108. Was ist von den Kolbenstangen zu bemerken?

Die Kolbenstangen dienen dazu, den durch den Hebel ausgeübten Druck auf die Kolben zu übertragen. Sie müssen daher genügend stark sein, denselben auszuhalten. Die Art der Uebertragung ist entweder eine direkte oder indirekte, d. h. die Kolbenstangen sind an den Spritzenhebel direkt angeschlossen oder der Druck wird durch Einschaltung eines oder mehrerer Zwischentheile vom Hebel auf die Kolbenstangen übertragen.

109. In welcher Weise wird dies ermöglicht?

Die Art und Weise, wie dies ermöglicht wird, ist oft eine sehr verschiedene. In erster Linie hängt sie davon ab, ob die Cylinder vertikal oder horizontal sind, und in zweiter Linie, ob die Cylinder einfach oder doppelt wirkend sind. Doppelt wirkende Cylinder müssen stets, gleichviel ob horizontal oder vertikal angebracht, ein Zwischenglied zwischen Hebel und Kolbenstange haben, aus dem Grunde, weil die Kolbenstange in diesem Falle schon durch die Stopfbüchse gerade geführt wird, daher ein Theil da sein muß, um die hin- und hergehende Bewegung des Hebels in die geradlinige des Kolbens zu verwandeln. Jedoch pflegt man auch bei offenen, d. h. einfach wirkenden Cylindern Zwischentheile (Schubstangen) einzuschalten, aus dem Grunde, um den Kolben durch die Kolbenstange gerade zu führen und dadurch die Reibung des Kolbens an seinen Wänden auf ein geringeres Maß zu reduziren. In welcher Weise dies ausgeführt ist, zeigen die Fig. 22, 49, 37. Fig. 21 bei einem Spritzenwerke mit offenen vertikalen Cylindern; hier ist die Kolbenstange direkt an den Hebel gehängt; es muß daher der obere Gelenktheil die hin- und herschwingende Bewegung des Hebels, der untere die geradlinige Bewegung der Kolbenstange mitmachen. Fig. 22 ebenfalls bei einem Spritzenwerke mit zwei einfach wirkenden Cylindern. Hier ist die Bewegung durch Schubstangen vermittelt, die Kolbenstange hingegen in einem Führungsbügel gerade geführt. Bei jedem Kolben greifen zwei Schubstangen zu beiden Seiten des Hebels und des Kolbens. Fig. 49 zeigt die Uebertragung bei einem Spritzenwerke mit zwei doppelt [wir]kenden Cylindern in ganz ähnlicher Weise. Fig. 51 zeigt [die] Bewegungsübertragung bei einem horizontal angebrach[ten] doppelt wirkenden Cylinder.

110. Welche Bedingungen stellt man an die Schubstangen?

An die Schubstangen, als die bewegungsübertragenden Theile, stellt man die Bedingung, daß dieselben
1) wenig Reibung verursachen sollen, damit möglichst wenig Kraft verloren gehe;
2) daß dieselben möglichst lang seien, weil hierdurch der Wechsel in den Bewegungen am wenigsten sich fühlbar macht;
3) daß ihre Aufhängung eine geometrisch richtige sei, denn in diesem Falle werden sie am wenigsten Widerstand verursachen. Als allgemeine Regel mag hier angeführt werden, daß bei der höchsten und tiefsten Kolbenstellung bei horizontalen Cylindern die Schubstangen horizontal und bei vertikalen Cylindern stets vertikal stehen sollen.

111. Welchen Zweck haben die Hebelführungen?

Die Hebelführungen dienen dazu, den auf- und abgehenden Hebel gerade zu führen und die durch die Arbeit unausweichlich entstehenden seitlichen Oscillationen auf ein geringeres Maß zu reduziren. Man wendet dieselben hauptsächlich nur bei eisernen Hebeln an.

112. Was versteht man unter Hubbegrenzung?

Unter Hubbegrenzung versteht man eine derartige Einrichtung bei Spritzen, die durch ein Hinderniß, das sie dem Hebel entgegensetzt, seinen Hub und mithin auch den Kolbenausschub begrenzt. Einen kleinern Hub kann man dann mit dem Hebel machen, aber keinen größern. Zu diesem Behufe bringt man an jeder Seite der Spritze eigens aus Eisen geformte Stücke an, auf welche der Hebel aufschlägt und dadurch in seinem Weitergange gehemmt wird. Den Theil, auf den der Hebel aufschlägt, pflegt man mit dicken Kautschukplatten zu belegen, um die üble Einwirkung des Stoßes zu mildern.

113. Zu welchem Zwecke dient die Hubbegrenzung?

Die Hubbegrenzung dient hauptsächlich dazu, um die Arbeit der Mannschaft zu reguliren und zu erleichtern. Sie erleichtert die taktmäßige Arbeit und schont die Kräfte der Leute, denn während die eine Seite des Hebels niedergedrückt wird, geht die andere in die Höhe und es übt dann die Mannschaft keinen Druck aus. Sie erspart Kraft, indem durch das Aufschlagen des Hebels je eine Seite ein Zeichen erhält, um den Hebel auf ihrer Seite niederzudrücken. Ist keine Hubbegrenzung vorhanden, so fängt die eine Seite schon an niederzudrücken, bevor der Hebel auf seinem höchsten Stande angelangt ist, und paralysirt hierdurch einen großen Theil der Kraft, da auf der andern Seite der Hebel in derselben Weise bewegt wird. Es kann in solchem Falle, wie leicht einzusehen, blos der Ueberschuß an Kraft zur Verwendung kommen, abgesehen von der Störung und der Verwirrung, die sonst unter den Arbeitenden entsteht.

114. Muß der Hebel fixirt werden?

Der Hebel muß derart construirt sein, daß sowohl er als auch die Hebelarme während der Fahrt fixirt, d. h. festgestellt werden können, da sonst durch die Erschütterungen des Wagens der Hebel auf- und abschlenkern würde. Darunter würde nicht nur die Maschine leiden, sondern auch die Mitfahrenden würden gefährdet werden. Die Holzhebel werden so festgestellt, daß der rückwärtige Hebelarm am tiefsten Stande steht und dann durch einen Charnierbolzen niedergehalten wird. Bei Spritzen mit eisernen Hebeln, welche keine zusammenlegbare Arme haben, geschieht dies auf dieselbe Weise. Hat jedoch eine Spritze zusammenlegbare Arme, so werden dieselben umgeschlagen, mittelst Riemen festgebunden und hierauf der so gekürzte Hebel in der Mitte festgestellt.

115. Welche Lage nimmt der Hebel gewöhnlich ein?

Der Hebel ist gewöhnlich so angebracht, daß er mit der Längenachse der Spritze parallel läuft. Diese Art der Befestigung findet sich bei allen oder wenigstens den meisten deutschen und französischen Spritzen. Bei vielen englischen Spritzen hingegen geht der Hebel quer über die Spritze, und es arbeiten hier die Mannschaften parallel mit der Längenwand der Spritze. Fig. 26 zeigt eine solche Spritze. Der Vorzug, den diese Construction vor andern voraus hat, besteht

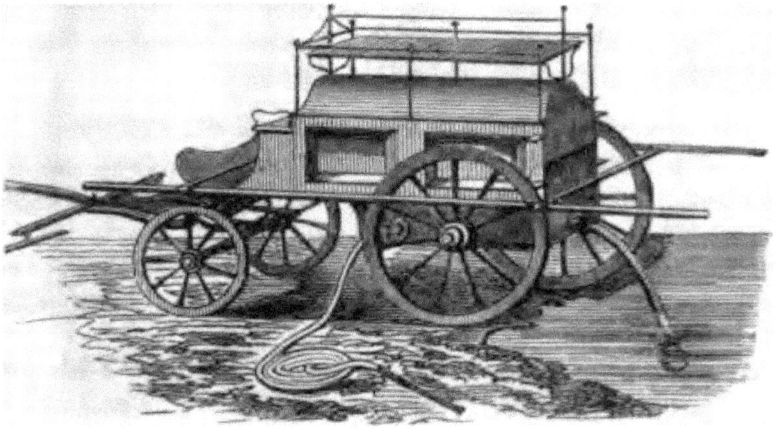

Fig. 26.

darin, daß sie die Anstellung einer größeren Mannschaft gestattet. Dagegen ist der Wassereinguß in die Spritze ziemlich erschwert und muß man die Spritze hauptsächlich als Saugspritze verwenden. — Fig. 49 und 37 sind Spritzen mit Hebeln, welche mit der Längenachse parallel laufen.

116. Wie sind die Strahlführungen beschaffen?

Die Strahlführungen bei Spritzen sind von zweierlei Art, und zwar solche, wo eine Combination metallener Gelenke ein Drehen und Wenden des Auslaufrohrs nach allen Seiten ermöglicht, und solche, wo ein einfacher Schlauch, der ebenfalls nach verschiedenen Seiten drehbar ist, das Mundstück trägt. Man unterscheidet sonach in dieser Beziehung

Schlauchspritzen (Fig. 49) und
Rohrspritzen (Fig. 37).

117. Aus welchen Theilen besteht ein metallenes Wenderohr?

Ein metallenes Wenderohr besteht gewöhnlich

1) aus dem Steigrohr, d. i. der Zuleitungsröhre aus dem Windkessel,
2) aus den 2 Wendeknieen sammt Wendungsschlössern,
3) *aus dem Wurfrohre,*
4) *aus dem Mundstücke.*

Das ganze System von Wenderohren muß, um einen schönen gebundenen Strahl zu erzeugen, immer eine möglichst glatte Oberfläche haben, keine plötzlichen scharfen Krümmungen zeigen und vom Windkessel bis zum Mundstück sich im Querschnitt möglichst gleichmäßig verengen.

118. **In welcher Weise sind die metallenen Wenderohre construirt?**

Die metallenen Wenderohrtheile sind entweder aus gegossenem Messing oder aus Kupferblech angefertigt. Letzteres ist jedoch unbedingt vorzuziehen, weil

1) Gußmessing innen nie die reine Fläche erhält, die Kupferblech hat, sondern stets durch den anhaftenden Gußkernsand unrein bleibt;
2) weil Kupferblech wegen seiner geringern Dicke bei gleicher Festigkeit bedeutend leichter im Gewichte ist als Gußmessing.

119. **Wie sind die eigentlichen Wendungsrohre construirt?**

Die eigentlichen Wendungsrohre sind Knierohre unter einem Winkel von 45—90 gebogen, welche an ihren Verbindungsstellen sich in einer vertikalen und horizontalen Ebene drehen lassen und es dadurch ermöglichen, daß man mit dem Auslauf jede beliebige Richtung einhalten kann. Sie müssen an diesen Verbindungsstellen außer der Drehbarkeit auch noch vollständig dichten Verschluß erhalten, damit erstens kein Wasser verloren gehe und zweitens der Rohrführer nicht an seinen Füßen, mit denen er die Wendungsknice dirigirt, naß wird. Fig. 27 zeigt ein solches Wendungsschloß halb im Durchschnitt, halb in Ansicht, und Fig. 28 eine complete Spritzenwendung mit Kupferrohren und angelötheten Wendungsschlössern. Mittelst der Mutterschraube wird der hohlkonische Zapfen, in dem das *obere* Wenderohr eingelöthet ist, auf den konischen Ansatz *des Steigrohres* gedrückt. Die Schraubenmutter hält dicht, *und mittelst* der aufgeschliffenen konischen Flächen dreht sich

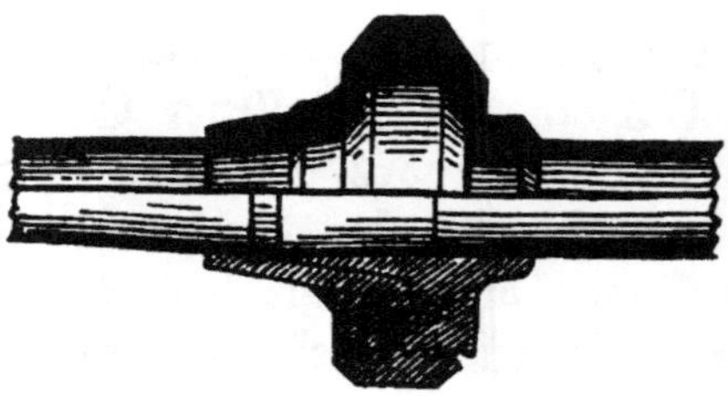

Fig. 27.

das Knie auf dem Steigrohr in einer vertikalen Ebene. Mittelst des zweiten Wendungsschlosses ist man im Stande, jede horizontale Wendung hervorzubringen, daher, wie leicht erklärlich, jede beliebige Richtung eingeschlagen werden kann.

120. Wie sind die Wendungsrohre an der Spritze angebracht?

Die Wendungen sind hauptsächlich nur bei Kastenspritzen, gleichviel ob mit ob ohne Saugwerk, angebracht. Es ist dann gewöhnlich das Steigrohr innerhalb des Kastens in die Höhe geführt, über dem Kasten eine Brücke angebracht, auf welcher der Rohrführer bequem stehen kann und welche zu gleicher Zeit das Steigrohr hält. Auf das Steigrohr ist nun die Wendung aufgesetzt. Dabei ist als erste Bedingung hervorzuheben, daß sich die Wendung vollständig im Kreise herumdrehen lasse, ohne an dem Hebel anzustoßen.

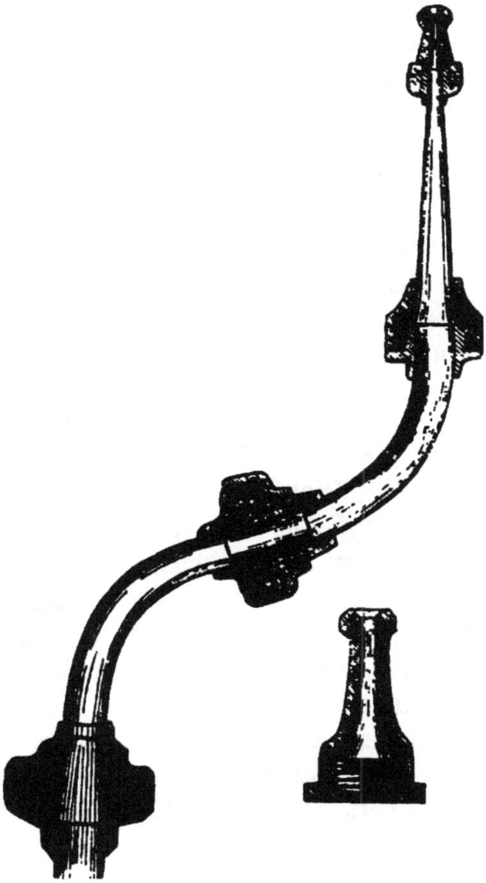

Fig. 28.

Auf dem obersten Theil der Wendungsknice sitzt ein Gewinde, auf welches das Steigrohr sammt Mundstück aufgeschraubt ist.

121. Was ist von dem Steigrohre sammt Mundstücken zu bemerken?

Das Steigrohr sammt Mundstück sind die eigentlichen Auslaufröhren bei Spritzen. Obwohl bei Feuerwehren immer hauptsächlich mit Schläuchen gearbeitet wird, so wird noch in vielen Fällen von Dorfbewohnern nicht gern von dieser alten überkommenen Gewohnheit gelassen. Es ist gut, wenn Steigrohr und Mundstück aus zwei verschiedenen, blos auf einander aufgeschraubten Theilen bestehen, aus dem Grunde, um Mundstücke mit kleinerer oder größerer Oeffnung aufschrauben zu können. Man hat über die zweckmäßigste Verjüngung des Steigrohres und des Mundstückes lange Rechnungen angestellt, die verschiedenartigsten Formen versucht. Die Praxis hat dagegen so ziemlich festgestellt, daß die Verjüngung am besten eine allmälige sei und das Mundstück eine vollständig reine konische Innenfläche mit scharfem Auslauf habe. Der Neigungswinkel der Verjüngung ist ein so ziemlich gleichgültiger. Das Mundstück wird aus dem massiven Metall mittelst sogenannter Kanonenbohrer ausgebohrt und hierdurch ein vollständig porenfreier Auslauf erzeugt. — Vielfältige Versuche des Verfassers haben denselben überzeugt, daß das Streuen des Strahles hauptsächlich in Folge der unrein ausgebohrten Mundstücke und der wenn noch so unbedeutend schartigen Auslaufkante entstand. Das Gewinde, mittelst dessen Mundstücke auf das Steigrohr aufgeschraubt werden, ist zweckmäßig ungleich kleiner zu machen als die andern Schlauchgewinde, weil sonst leicht unliebsame Irrungen entstehen, indem man die Schläuche am Steigrohr anschrauben will, und sodann die nur in etwas verschiedenen Gewinde nicht passen. Dieser Wink ist wohl zu beachten.

122. **Wie werden Wendung, Wurfrohr und Mundstücke während der Fahrt befestigt?**

Es giebt hierfür zweierlei Befestigungsarten. Entweder die ganze Wendung bleibt zusammengeschraubt und Wurfrohr sammt Mundstück wird am Hebel angeschnallt, oder das Wurfrohr sammt Mundstück wird abgeschraubt und in einem Kasten der Spritze verwahrt, dagegen die Wendungsknie mittelst Riemen an den Hebel geschnallt. — Erstere Befestigung ist zu empfehlen, wenn man hauptsächlich aus dem Rohre spritzen will, weil man mittelst Lösung des das Wurfrohr haltenden Riemens sogleich zum Spritzen bereit ist. Die zweite Befestigung empfiehlt sich dagegen in allen jenen Fällen, wo man Schläuche anwendet. Man schraubt dann die Schläuche an die Wendung an und erst das Wurfrohr sammt Mundstück vorn an die Schläuche.

123. Giebt es noch andere Rohrspritzen ohne metallene Wendung?

Eine andere billigere, aber nicht so zu empfehlende Construction besteht darin, daß man die kostspieligen Wendungskniee sammt Wendungsschlössern gänzlich wegläßt, einen Spiralschlauch einerseits am Steigrohr, andererseits am Wurfrohre einbindet. Der Spiralschlauch läßt sich auch nach allen Richtungen wenden und ersetzt so die Wendung. Da jedoch nach einigen Jahren der Schlauch schadhaft wird, so muß er durch einen neuen ersetzt werden. Eine solche Einrichtung ist in Fig. 49 dargestellt.

124. Welche Einrichtungen müssen bei mehrstrahligen Spritzen angebracht sein?

Bei Feuerspritzen, welche so stark sind, daß man mit ihnen mit mehr als einem Strahle spritzen kann, gewöhnlich zwei- bis dreistrahlig, muß man im Stande sein, jeden Strahl sogleich abzusperren. Es ist dann bei jedem Auslauf ein Wechsel eingeschaltet. Gewöhnlich ist blos ein Auslauf mit einer vollständigen Wendung versehen, der andere hingegen hat einen Hahn mit Schlauchgewinde daran, an welches nun Schläuche in beliebiger Länge angeschraubt werden. Solche Spritzen haben den Vortheil, daß man erstens zweistrahlig arbeiten, also von zwei verschiedenen Seiten das Feuer angreifen kann, oder im Falle, daß man einstrahlig arbeitet, ist es bequem, sich nach Umständen des Rohres oder der Schläuche zu bedienen. Oft findet man auch einen Zweiwegehahn bei Spritzen, der alle beide Ausläufe abwechselnd sperrt oder öffnet.

125. Wie werden Schläuche mit der Spritze verbunden?

Die Schläuche werden mit den Spritzen mittelst sogenannter Schlauchgewinde verbunden. Dieselben sind eigenthümlich eingerichtete Schrauben, von denen je die Vater- und Mutterschraube an verschiedenen Schläuchen befestigt sind. Werden nun die Gewinde zusammengeschraubt, so daß sie genügend dichten Verschluß gegen etwa herausdringendes Wasser bilden, so sind die beiden Schläuche zu Einem verbunden.

126. Welche Theile unterscheidet man bei jedem Schlauchgewinde?

Man unterscheidet bei jedem Schlauchgewinde drei Theile, und zwar (siehe Fig. 29) das Schlauchmandel oder die Va-

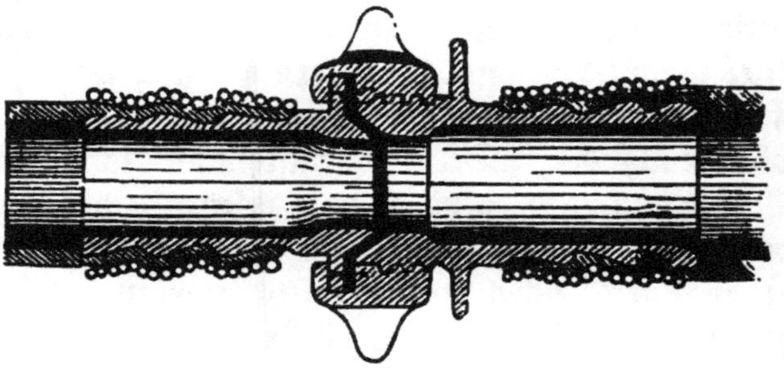

Fig. 29.

terschraube, das Schlauchweibel oder die Mutterschraube und die Schlauchhülse. Oft findet man auch Schlauchweibel und Schlauchhülse in einem Stücke vereinigt. Dies ist jedoch unzweckmäßig, weil man dann beim Zusammenschrauben den ganzen Schlauch mitdrehen muß. Man wendet daher allgemein die in Fig. 29 dargestellte Construction an, wo das Schlauchweibel gedreht werden kann, ohne die Schläuche auch drehen zu müssen. Diese Schlauchgewinde nennt man auch Holländer Schlauchgewinde oder schlechthin Holländer.

127. Welche Anforderungen stellt man an die Schlauchgewinde?

Man stellt an die Schlauchgewinde die Anforderung, daß sie in erster Linie vollständig dichten Verschluß der zu verbindenden Schläuche herstellen, und zweitens, daß dieselben leicht zu handhaben sind.

Um Ersteres zu bewirken, bedient man sich entweder metallener eingeschliffener Kegel, die durch die Schrauben gegen einander gepreßt werden, oder man legt in die Schrauben Platten aus Kautschuk oder Leder ein, die durch das Anziehen der Schrauben die Dichtung hervorbringen. Die konische Metalldichtung hat wie alle andern Metalldichtungen den Nachtheil, daß dieselbe sich leicht verschlägt und durch mitgerissenen Sand leicht rissig und daher undicht wird.

Die leichte Handhabung der Schlauchgewinde verlangt, daß die Gewinde leicht passen und die Kuppelung möglichst rasch bewerkstelligt werde. Zu diesem Behufe soll das Schlauchgewinde ein rundes Schraubengewinde sein und nur die nothwendigste Zahl von Schraubengängen erhalten.

Anmerkung. Um diese schnelle und leichte Kuppelung rascher zu ermöglichen, als es durch diese Schraubenschlauchgewinde, sogenannte Holländer, geschieht, hat man andere auf Friction beruhende Verbindungen anempfohlen. Dieselben sind jedoch zum Gebrauche am Brandplatze nicht zu empfehlen, da sie bei öfterm Gebrauche in der festen Kuppelung nicht halten, bei leichtem unvermeidlichen Anstoßen losgehen und dadurch den Zweck der Schlauchkuppelungen vereiteln.

128. **Was versteht man unter dem Normalgewinde?**

Unter Normalgewinde versteht man ein solches Gewinde, welches für eine größere Anzahl Spritzen, z. B. für Spritzen ein und desselben Landes, gesetzlich vorgeschrieben ist.

129. **Ist die Einführung der Normalgewinde zweckmäßig?**

Die Einführung der Normalgewinde ist eine höchst zweckmäßige, denn hierdurch ist man in die angenehme Lage versetzt, Schlauchgewinde und Schläuche mehrerer Spritzen beliebig zu wechseln, sich am Brandplatze mit den gegenseitigen Requisiten auszuhelfen, mehrere Spritzen zu kuppeln und hierdurch einen stärkern Strahl zu erzielen rc. Durch diese Einführung wird erst dem wirksamen Begegnen des Elementes der Boden geebnet, denn hunderte mal ist es vorgekommen, daß die tüchtigsten Feuerspritzen aufhören mußten zu arbeiten, weil ihre Schläuche unbrauchbar waren und die der andern Maschinen nicht paßten. Oft ist der Schlauch einer Spritze zu kurz und es fehlt die Verlängerung desselben, um das Feuer wirksam angreifen zu können. Da für Spritzen von verschiedener Stärke jedoch auch Schläuche von verschiedenem Durchmesser nöthig sind, so ist die Einrichtung zu loben, zweierlei Schlauchgewinde einzuführen. Man reicht mit diesen Abstufungen vollständig aus, da man selten stärkere als zweizöllige und selten schwächere Schläuche als von einem Zoll im Durchmesser anwendet.

130. **Wie hilft man sich in Fällen, wo noch kein Normalgewinde eingeführt ist?**

In *solchen Fällen*, wo die Landesregierung noch kein *Normalgewinde* eingeführt hat, oder wo diese Maßregel in der Durchführung begriffen ist, hilft man sich durch Verwendung sogenannter Wechselgewinde. Diese dienen dazu, Schläuche von verschiedenen Durchmessern zu kuppeln. Solcher Wechselgewinde sind vier nöthig, um für alle Fälle auszureichen. Wären z. B. zwei Schläuche von verschiedenem Durchmesser, A, B, zu kuppeln, so können sich folgende verschiedene Fälle ergeben:

1) Schlauchweibel von A zu kuppeln an Schlauchweibel B.
2) Schlauchweibel von A zu kuppeln an Schlauchmandel B.
3) Schlauchmandel von A zu kuppeln an Schlauchweibel B.
4) Schlauchmandel von A zu kuppeln an Schlauchmandel B.

Die nachstehende Fig. 30 zeigt vier solche Wechselgewinde, welche diesen Zwecken entsprechen. Erforderlichen Falles kann

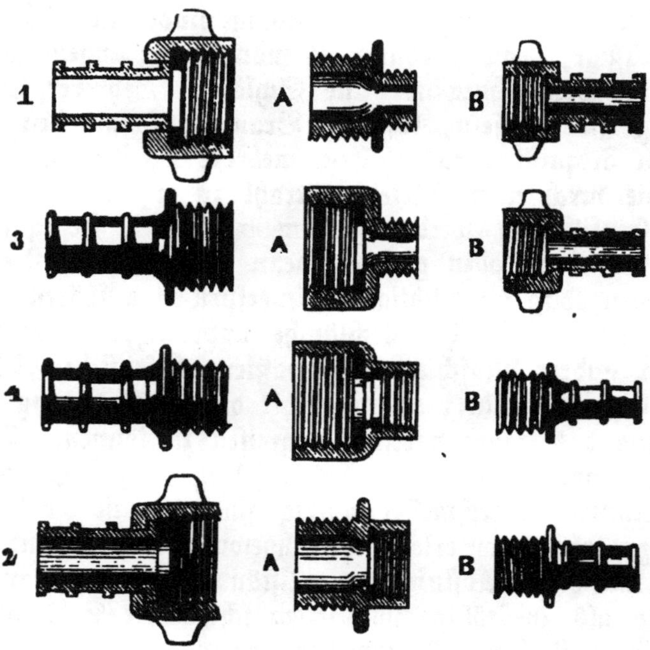

Fig. 30.

man sich auch so helfen, daß man in ein kurzes Stück irgend eines Schlauches von verschiedener Art einbindet und dies als Zwischenglied benutzt.

131. Welcher Art sind die Normalgewinde construirt?

Die Normalgewinde sind für die hauptsächlich in Verwendung kommenden Spritzen berechnet, daher ihr lichter Durchgang 1 $^{3}/_{4}$ Zoll betragen soll. Je nach den Schläuchen, für welche sie dienen sollen, sind dann die äußeren Durchmesser der Schlauchhülsen verschieden und genau dem Durchmesser der Schläuche anpassend gemacht. — Fig. 29 zeigt ein solches Gewinde, welches viele Vorzüge in sich vereinigt. Dasselbe hat fünf runde Schraubengänge. Der kurze Ansatz vor den Gewinden an der Vaterschraube dient dazu, dem Schlauchweibel als Führung zu dienen, damit der Manipulirende leichter die Schraubengänge der Mutterschraube auf die Vaterschraube bringt. Zur Führung der Mutterschraube dient der konische Ansatz an der Schlauchhülse, welcher in die Vaterschraube lose eingreift. Die Dichtung wird durch den eingelegten Kautschukring bewerkstelligt. Derselbe ist so eingelegt, daß er, über die Schlauchhülse gezogen, vermöge seiner Elastizität von selbst in die eingedrehte Nuth einschnappt. Die Vaterschraube trägt einen Kranz, welcher so breit ist, daß beim Auffallen der Gewinde auf die Erde die Schraubengänge nicht beschädigt werden können, da dieselben blos am Kranze und am Ansatze aufschlägt und, wie die punktirte Linie andeutet, die Schraubengänge vollständig von der Erde entfernt hält. Die Schlauchhülsen tragen von außen Ansatzringe, die so geformt sind, daß sie, ohne den Schlauch zu schneiden, denselben beim Aufbinden auf das Gewinde festhalten, ihn jedoch, nach Art der Widerhaken, nicht zurückgehen lassen. Das Normalschlauchgewinde nach dieser Art (ähnlich dem in Württemberg und Sachsen eingeführten) ist etwas schwerer als die gewöhnlichen und kömmt daher etwas theuerer zu stehen.

132. Wie werden die Schläuche auf den Schlauchgewinden befestigt?

Die Schläuche werden am besten mittelst guter Hanfschnüre auf die Gewinde aufgebunden. Hin und wieder trifft man auch, daß dieselben noch zwei- oder dreimal mit *Draht umbunden* sind, doch ist dies bei Transportschläuchen *nicht nöthig*. Man hat öfters schon andere Befestigungsarten in Vorschlag und zur Anwendung gebracht; aber dieselben haben sich nicht als zweckmäßiger und wohlfeiler bewährt als die oben angegebenen, daher dieselben auch hier nicht weiter beschrieben werden sollen.

133. Zu welchem Zwecke dienen die Schläuche?

Die Schläuche dienen hauptsächlich dazu, mit dem gebundenen Strahle sich dem Feuerheerde möglichst zu nähern. Dies ist mit der Spritze öfters nicht möglich, daher wendet man Schläuche an, d. h. biegsame Röhren, in welchen das Wasser fortgedrückt und an deren Enden das Mundstück aufgeschraubt wird. Aus diesem Grunde nennt man dieselben auch Druckschläuche oder Transportschläuche zum Unterschiede von den Saugschläuchen, von denen weiter unten die Rede sein wird.

134. Welchen Nachtheil bringt die Anwendung der Schläuche mit sich?

So vortheilhaft die Anwendung der Schläuche auch ist, so haben dieselben doch naturgemäß den Nachtheil, daß durch die rasche Bewegung des Wassers in ihnen eine gewisse Reibung entsteht, welche von der arbeitenden Mannschaft überwunden werden muß und die dem Steigen des Wasserstrahles Abbruch thut. Dadurch wird der Anwendung beliebig langer Schläuche eine Grenze gesetzt, indem es eine gewisse Länge giebt, wo die Reibung im Schlauche so groß wird, daß das Wasser beim Ausflusse gar nicht mehr in die Höhe spritzen, sondern nur auslaufen kann und somit die Wirksamkeit der Spritze illusorisch wird.

135. Welche Gattungen Schläuche werden zu Transportschläuchen verwendet?

Zu Transportschläuchen verwendet man heutzutage hauptsächlich Lederschläuche, Schläuche aus rohem Hanf, Kautschukschläuche mit Hanfeinlage, präparirte Hanfschläuche.

136. Wie sind die Lederschläuche beschaffen und wie werden sie hergestellt?

Die Lederschläuche sind aus braunem Kuhleder gefertigt und entweder mit sogenanntem Schusterdraht in doppelten Nähten zusammengenäht oder mittelst kleiner Kupfernieten vernietet. Man unterscheidet sonach in Beziehung auf ihre

Herstellung genähte Lederschläuche und genietete Lederschläuche. Die genieteten Lederschläuche wurden im Jahre 1809 vom Hofkupferschmied Pflug in Jena erfunden, und sind nicht, wie man gewöhnlich anzunehmen pflegt, eine Erfindung der Engländer.

137. Welche Vor- und welche Nachtheile haben die Lederschläuche?

Die Lederschläuche zeichnen sich, falls sie gut genäht oder genietet und aus gutem, fehlerfreiem Mittelleder erzeugt worden sind, durch ihre Dichte aus, indem sie einen sehr starken Druck auszuhalten im Stande sind. Sie vertragen sehr gut die arge Behandlung, der alle Löschrequisiten und am meisten Transportschläuche, welche letztere beim Brande nicht selten über noch heißen Schutt gezogen werden, ausgesetzt sind. Dagegen haben sie an und für sich ein schweres Gewicht, sind daher von den Schlauchführern schwer zu regieren und erfordern stets mehr Schlauchträger als andere Schläuche. Ist das Leder schlecht, so dringt das Wasser in feinen Strahlen aus ihnen heraus. Sie müssen stets geschmiert werden mit einer eigenen Lederschmiere, daher ihre Erhaltung viel Umstände und bedeutende Kosten verursacht. Ihre Handhabung ist äußerst unangenehm, denn das in ihnen eingebürstete Fett wird durch den Wasserdruck an die Oberfläche getrieben, daher ein solcher Schlauch sich stets fettig und schmierig anfühlt. Dagegen ist ihre Dauer eine lange, da man sie recht oft und gut repariren kann. Ihre Anschaffungskosten sind bedeutend.

138. Was versteht man unter Hanfschläuchen aus Rohhanf?

Unter Hanfschläuchen aus Rohhanf versteht man ohne Naht aus rohem Hanfgewebe hergestellte Schläuche.

139. Worauf beruht das Dichthalten der Hanfschläuche?

Das Wasserdichthalten der Hanfschläuche beruht auf dem Aufsaugungsvermögen des Hanfes. Die einzelnen Fasern desselben saugen sich mit Wasser voll, dehnen sich aus und pressen sich nun so gegen einander, daß sie vollständig dichtes Gefüge haben. Damit sonach Hanfschläuche dicht halten, ist es nöthig, daß dieselben aus guten, gesunden

Hanfgeweben angefertigt, nicht zu dicht und nicht zu dünn geschlagen und die einzelnen Garndrähte nicht zu fest gezwirnt sind, weil sonst der Hanf nicht im Stande ist, sich gehörig ausdehnen zu können. Die Hanfschläuche sind ebenfalls eine deutsche Erfindung des Posamentirers Beck (1720). Verbessert wurden dieselben durch den Hofgärtner Sebulon in Dresden (1750).

140. Worin bestehen ihre Vor- und Nachtheile?

Die Vortheile der Hanfschläuche bestehen außer ihren ungemein wohlfeilen Anschaffungskosten darin, daß ihre Dauer bei richtiger, vorsichtiger Behandlung eine ziemlich lange sein kann und daß dieselben vermöge ihres geringen Gewichtes leicht zu handhaben sind; dagegen sind dieselben, wenn man sie nach dem Gebrauche nicht gehörig austrocknet, sehr dem Vermodern ausgesetzt. Es dauert ziemlich geraume Zeit, bis sie sich derart angesaugt haben, daß sie vollständig dicht halten. Aus diesem Grunde thut man gut, Hanfschläuche vor ihrem Gebrauche im Wasser vollsaugen zu lassen, damit man beim Anschrauben an die Spritze nicht zu viel Wasser verliert. Endlich halten dieselben einen starken, 3—4 Atmosphären auf den Quadratzoll, d. h. 36—48 Pfund, übersteigenden Druck nie mehr als zwei- bis dreimal aus, ohne zu platzen, und darf man dieselben in solchen Fällen nie mehr einem stärkern Drucke als 1—2 Atmosphären aussetzen; dies hat seinen Grund darin, weil bei solchem hohen Drucke die Hanffaser über ihren Elastizitätsgrad gespannt wurde. Ihr Hauptnachtheil besteht jedoch darin, daß sie sich äußerst schwer oder gar nicht repariren lassen und Schlauchbinden und Gegenplättchen nichts mehr helfen; denn wenn ein Hanfschlauch anfängt, Risse zu bekommen, kann man mit Gewißheit darauf rechnen, ihn nicht mehr recht brauchen zu können.

141. Wie sind die Kautschukschläuche beschaffen?

Die Kautschukschläuche sind aus vulkanisirtem Kautschuk erzeugt, in welchem 2—3 Hanfeinlagen sich befinden, damit der Schlauch den Druck aushalten könne. Trotz der Annehmlichkeit, daß die Kautschukschläuche von außen vollständig trocken bleiben und einen ungemein hohen Druck auszuhalten im Stande sind, hat ihre Verwendung für Feuerlöschzwecke nie recht durchgegriffen. Hinderlich hierfür sind 1) ihre kostspielige Anschaffung; 2) ihr großes Gewicht, welches den Schlauch schwer transportabel macht; 3) die geringe Dauer derselben, da nach 3—4 Jahren dieselben zu Grunde gehen; 4) die Unmöglichkeit, einen schadhaften Schlauch dauerhaft zu repariren.

142. **Was versteht man unter präparirten Hanfschläuchen?**

Präparirte Hanfschläuche sind solche aus Rohhanf gefertigte Schläuche, welche innen mit einer solchen Masse gedichtet sind, daß dieselben vollständig dicht halten. Sie verbinden auf diese Art die Vortheile der Hanf- und Kautschukschläuche und erhöhen sie noch in Bezug auf ihre Festigkeit. Ihre Dauer ist eine ziemlich große, da der Hanf bei ihnen gut austrocknen kann. Hauptbedingung bei ihnen ist, 1) daß dieselben nur von innen gedichtet sind, damit die Hanffaser von außen lufttrocknen kann; 2) daß das innere Dichtungsmittel in solch vollkommener Weise hergestellt wird, daß es nicht brüchig wird, nicht zu hart sei (wodurch der Schlauch an Biegsamkeit verliert), eine vollständig compacte Masse bilde und im Sommer oder in der Hitze nicht zusammenklebe. An letzterem Uebelstande scheinen noch alle präparirten Schläuche mehr oder minder zu leiden. Ihre kostspielige Anschaffung ist ihrer allgemeinen Anwendung sehr im Wege. Erfinder derselben ist Beuringer in Hannover (1847).

143. **Wie sind die Wasserzuleitungen der Spritzen beschaffen?**

Jenachdem die Spritzen Saug-, Druck- oder Saug- und Druckspritzen sind, bestehen die Wasserzuleitungen im ersten Falle aus den Saugschläuchen, im zweiten Falle aus dem Wasserkasten und im letzten aus dem Wasserkasten sammt Schläuchen zum eventuellen Saugen.

144. **Welchen Bedingungen muß ein Saugschlauch entsprechen?**

Ein Saugschlauch muß absolut dicht halten und ungeachtet seiner Biegsamkeit gegen einen Druck von 12—16

Pfund pro Atmosphäre unzusammendrückbar sein. Ersteres ist, wie schon früher erwähnt, nöthig, um vollständige Luftleere im Saugraume herzustellen; Letzteres hingegen darum, um dem von außen auf ihn einwirkenden Drucke der Atmosphäre widerstehen zu können. Wäre der Schlauch zusammendrückbar, so würde beim Saugen, d. h. wenn die atmosphärische Luft im Uebergewicht gegen die im Saugraum befindliche ist, der Schlauch zusammengedrückt werden und könnte nicht saugen, weil das Wasser durch den zusammengepreßten Schlauch nicht durchgehen könnte.

145. **Was für Saugschläuche wendet man an?**

Man wendet zweierlei Saugschläuche an: unbiegsame und biegsame. Erstere sind Röhren aus Kupfer, Zink oder Eisenblech; letztere sind Schläuche aus Leder, Kautschuk oder präparirtem Hanf.

146. **Durch welches Mittel beugt man bei den Schläuchen dem Zusammendrücken vor?**

Durch Einlegen einer gewundenen Drahtspirale. Dieselbe schützt den Schlauch vor dem Zusammendrücken, nimmt ihm dagegen viel von seiner Biegsamkeit. — Fig. 31 zeigt ein Stück Spiralschlauch im Durchschnitte. Der umgebende Stoff kann Leder oder Kautschuk sein.

Fig. 31.

147. **Wie vielerlei Lederspiralschläuche unterscheiden wir? Welches sind ihre Vortheile?**

Es giebt drei verschiedene Sorten Lederspiralschläuche, und zwar solche aus braunem Kuhleder, die entweder genietet oder genäht sein können, und solche, die aus lackirtem Leder hergestellt werden. Bei ersteren ist die Spirale zwischen zwei Lederschläuchen eingenäht oder genietet (Fig. 31), bei letzteren hingegen ist um eine innere Schlauchspirale Glanzleder gewunden, welches auf derselben durch eine von außen aufgewundene Drahtspirale gehalten wird (Fig. 32). Die Lederschläuche sind die besten Saugschläuche, indem sie, abgesehen von ihrer ungemein langen Dauer, sehr wenig

Erhaltungskosten erheischen. Saugschläuche brauchen lange nicht so oft geschmiert zu werden wie Transportschläuche aus diesem Material, weil der bei ihnen wirksame Druck von außen nach innen das eingebürstete Fett gut im Leder erhält. Ja, Schläuche aus Glanzlackleder erfordern gar keine Erhaltungskosten; doch liegen über diese Gattung zu wenig Erfahrungen vor, um dieselben allgemein anempfehlen zu können. Der Erfinder derselben ist F. Jordan in Fürth (Bayern), 1860.

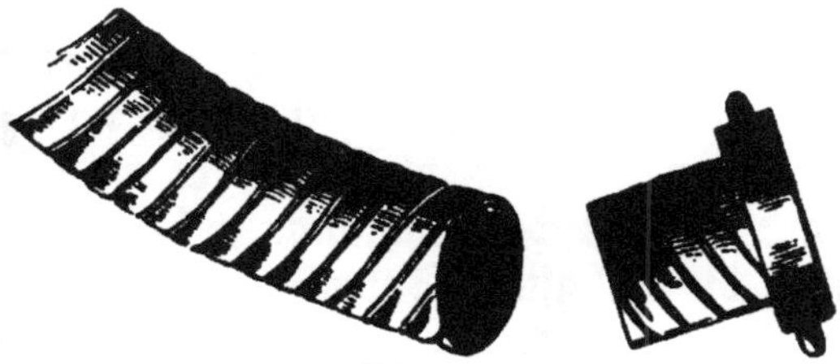

Fig. 32.

148. In welcher Weise sind die Kautschukschläuche angefertigt?

Die Kautschukspiralschläuche aus vulkanisirtem Gummi haben entweder die Drahtspirale an der innern Wandung des Schlauches liegen oder dieselbe ist in die Kautschukmasse eingeschlossen. Von außen sind dieselben meistentheils zum Schutz gegen Abwetzen mit einem Ueberzuge von ordinärem Drill versehen. — Kautschukschläuche sind sehr stark verbreitet, doch entspricht ihre Dauerhaftigkeit lange nicht den Herstellungskosten. Sie haben das Angenehme, daß sie gar keiner Unterhaltung bedürfen; sind dagegen, einmal schadhaft, auch gar nicht zu repariren. Man ist bei ihnen, wie bei Kautschukschläuchen überhaupt, sehr vom Fabrikanten abhängig, da in der Mischung des Kautschuks ein großer Unterschied ist, der seine Dauerhaftigkeit sehr beeinflußt. — Leider wird in diesem Artikel viel schleuderische Waare erzeugt.

149. Wie sind die präparirten Hanfspiralschläuche beschaffen?

Dieselben bestehen aus einem präparirten Hanfschlauch ohne Naht, an dem innen und außen eine Drahtspirale sich befindet. Ueber dieselben liegen noch sehr wenig Erfahrungen vor, da ihre ausgedehntere Erzeugung erst im Laufe der allerletzten Jahre ausgebildet wurde. So viel kann der

Verfasser aus den von ihm gewonnenen Anschauungen berichten, daß dieselben, falls der präparirte Hanfschlauch an und für sich vollständig dicht hält, eine ziemlich lange Dauer versprechen. Es steht bei ihnen nur zu befürchten, daß der Hanf an der Außenseite, wo er an der Spirale liegt, brüchig wird und so den Schlauch unbrauchbar machen würde. Sie sind die billigsten Spiralschläuche. — Vorzügliches in präparirten Schläuchen leisten Kux und Weber in Halberstadt.

150. Was für Spiralen verwendet man zu den Saugschläuchen?

Die allgemeinste Anwendung finden Eisendrahtspiralen aus verzinntem Eisendraht. Empfehlenswerther sind Messingdrahtspiralen, welche man jedoch des Kostenpunktes halber seltener findet. Bei den erstern pflegt es sich öfters zu ereignen, daß durch häufigen Gebrauch, besonders bei Außenspiralen, sich auch eine gute Verzinnung vom Eisen löst; dasselbe rostet sodann, bricht sonach leicht, und ruinirt den Schlauch. Schlecht verzinnte Spiralen sind im Voraus zu verwerfen. Diesem Uebelstande begegnen Messingspiralfedern vollkommen.

151. Was nennt man den Saugkopf?

Unter dieser Bezeichnung versteht man ein gewöhnlich aus Metall, seltener aus Blech oder Gußeisen hergestelltes Gehäuse, welches man an das untere Ende der Schläuche schraubt. Im Innern desselben befindet sich ein Ventil und unter demselben ein Seiher, um blos reinem Wasser den Zugang zu dem Ventile zu gestatten. Fig. 33 zeigt einen Saugkopf halb im Durchschnitte, halb in Ansicht. Hin und wieder pflegt man auch den Seiher mit einem Korbgeflecht zu umgeben, was nicht nur gegen das Eindringen größerer und kleinerer fremder Körper, sondern auch gegen Beschädigungen des leichten, aus gelochtem Kupferblech hergestellten Seihers Schutz gewährt.

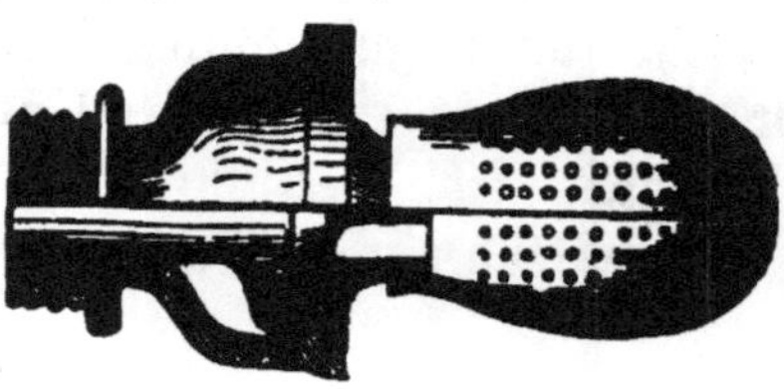

Fig. 33.

152. Wie viel und was für Saugschläuche pflegt man den Spritzen beizugeben?

Gewöhnlich haben die Spritzen 24—28 Fuß Saugschläuche in Längen von 6—7 Fuß, daher vier Stück. Von diesen sind gewöhnlich zwei aus Kupfer- oder anderem Bleche, die andern jedoch biegsame Schläuche. Längere Saugschläuche wendet man nicht gern an, weil man es für zweckmäßiger findet, lieber längere Druckschläuche zu verwenden, denn erstens geht das Ansaugen durch kürzere Schläuche besser, und zweitens sind Saugschläuche unverhältnißmäßig theuer und schwer transportabel.

153. Welchen Anforderungen soll der Wasserkasten einer Spritze entsprechen?

Derselbe muß
1) wo möglich wasserhältig sein, d. h. nicht rinnen;
2) genügend stark construirt sein, um das in ihm befindliche ziemlich schwere Spritzenwerk zu tragen;
3) möglichst groß sein, um so viel Wasser als nur immer thunlich fassen zu können.

154. In welcher Weise werden die Wasserkästen gebaut?

In zweierlei Weise, entweder aus Eisen oder Holz. Im erstern Falle ist der Wasserkasten ein aus 1—1$^{1}/_{2}$, auch 2 Linien dickem Eisenblech zusammengenieteter Kasten, im zweiten Falle ist er immer mit Kupfer- oder Zinkblech ausgeschlagen und hierauf verlöthet.

155. Worauf ist bei den eisernen Wasserkästen besonders zu achten?

Auf die solide, gute Vernietung; denn von ihr hängt die Dichtigkeit des Wasserkastens ab. — Die Nieten leiden sehr viel durch die beim Fahren der Spritze hervorgebrachten Stöße, beuteln sich gern los, wonach der Kasten rinnt. Darum ist es gut, wenn dieselben innen mit versenkten Köpfen genietet sind und der Kasten gut asphaltirt ist.

156. Wie werden die hölzernen Wasserkästen gebaut?

Die hölzernen Wasserkästen sind entweder aus Kienföhren-, Eichen- oder Lärchbaumhoz hergestellt. Bei ihnen ist hauptsächlich darauf zu sehen, daß man so wenig Ecken als möglich erhält, weil sich in denselben die Futterbleche gern losbeuteln oder Risse bekommen. Durch dieselben dringt dann Wasser ins Holz ein, welches hierauf morsch wird und bald zu Grunde geht.

157. In welcher Weise sind die Wasserkästen an der Spritze befestigt?

Dieselben sind entweder direkt auf den Rahmen gestellt und auf denselben aufgeschraubt (siehe Fig. 3) oder sie sind mittelst Hängschrauben und Hängeisen in denselben hineingehängt (siehe Fig. 5). Hierbei ist zu beachten, daß der Kasten nie tiefer als 18 Zoll über der Erde zu stehen komme, damit er nicht durch Anstreifen und Anfahren an zufällig auf der Erde liegende Hindernisse leide, nnd daß die Eingußöffnungen möglichst niedrig zu stehen kommen. — Die alten Spritzen haben alle den Fehler, daß die Eingußöffnungen zu hoch sind, was einen namhaften Wasserverlust nach sich zieht, da man beim Einschütten des Wassers dasselbe verschüttet.

158. Welches ist die zweckmäßigste Höhe der Eingußöffnung?

Die zweckmäßigste Höhe der Eingußöffnung ist 3 Fuß 6 Zoll bis 4 Fuß über dem Erdhorizont.

159. Welche nebensächlichen Einrichtungen findet man an den Wasserkästen?

Dieselben sind oft mit Deckeln versehen. Diese Einrichtung, obwohl nicht unbedingt nöthig, ist sehr nützlich; denn erstens fällt im Spritzenhause nicht so viel Staub ꝛc. in die Spritze, der später in die Ventile gerathen kann, und zweitens können beim Ausfahren auf den zugeklappten Deckeln die mitfahrenden Feuermänner bequem sitzen.

160. Zu welchem Zwecke haben die Spritzenkästen Ablaßlöcher sammt Stoppel?

Um das Wasser nach dem Gebrauche aus den Spritzen abzulassen. Grund hierzu ist das Reinigen des Kastens und Vermeiden des Faulwerdens des Wassers in der Spritze im Sommer und des Einfrierens im Winter, welch letzteres den Kasten sowie das Werk beschädigen könnte.

161. **Wie groß soll der Spritzenkasten sein?**

Derselbe soll so groß sein, damit er Wasser genug fasse, die Spritze mindestens $1\frac{1}{2}$—$2\frac{1}{2}$ Minuten zu versorgen. Der Fassungsraum steht daher immer im direkten Verhältnisse mit dem Spritzenwerke. Für eine Spritze sonach, die in der Minute 3 Eimer auswirft, muß der Kasten mindestens 5—6 Eimer enthalten. Man geht jedoch mit der Größe des Spritzenkastens über ein gewisses Maß nicht hinaus, weil sonst die Transportfähigkeit und Beweglichkeit der Maschine darunter leidet.

162. **Welche Vorrichtung ist bei einer Saug- und Druckspritze nothwendig?**

Die Einschaltung eines Absperrwechsels, um nach Bedarf die Spritze aus dem Kasten saugen zu lassen und die Schläuche abzusperren, oder eventuell durch die Schläuche zu saugen und den Saugkanal aus dem Spritzenkasten zu schließen. Man bedient sich hierzu entweder eines Absperrventiles oder eines Zweiwegehahnes.

163. **Hat man auch Saug- und Druckspritzen ohne Wasserkasten?**

Ja. Diese Spritzen führen statt des Wasserkastens einen wasserdichten hanfgewirkten Behälter von circa 2—3 Eimer Inhalt mit sich. Derselbe ist zusammenlegbar und äußerst leicht mittelst Drahtstäbchen aufzustellen. In denselben wird nun Wasser geschüttet, und die Spritze saugt statt aus dem fließenden Wasser aus dem Behälter.

164. **Wie sind die Saugröhren und Saugschläuche an der Spritze befestigt?**

In sogenannten Schlauchbügeln, das sind aus schwachem Flacheisen gebogene Bügel, an denen die Saugschläuche und Röhren mittelst Riemen angeschraubt werden. Zum Ueberflusse pflegt man diese Bügel noch mit Leder zu polstern, damit sich die Sauger beim Fahren nicht durchwetzen. In die Saugschläuche steckt man Schlauchstangen hinein, d. h. Stangen von $1\frac{1}{4}$ Zoll Durchmesser und von derselben Länge wie der zugehörige Schlauch. Hiermit beugt man dem Baumeln des Schlauches während seiner Befestigung vor. Vor dem Hineingerathen von Staub 2c. schützt man die Schläuche durch Vorschrauben von Lederkappen, die nur leicht auf denselben mittelst Riemen festgeschnallt sind. Dieselben nennt man Schlauchkappen.

165. **Welche Einrichtungen befinden sich noch bei Wagenspritzen, um das Mitfahren der Bedienungsmannschaft zu ermöglichen?**

Zu diesem Behufe ist vorn an der Spritze ein Kutschersitz für zwei Personen befindlich sammt Trittbret. Hin und wieder finden sich an der Seite oder rückwärts auch Auftrittbreter angebracht, auf denen die mitfahrenden Pompiers

Fig. 34.

stehen. — Fig. 34 zeigt eine aufgeprotzte Spritze im Ausfahren begriffen, nebst den mitfahrenden Feuerwehrmännern.

166. **Wo sind die Requisitentrühel angebracht?**

Gewöhnlich unter dem mit einem Sitzpolster versehenen Kutschersitz und rückwärts an der Spritze. Hin und wieder finden sich auch solche Trühel an der Seite, um Fackeln oder Windlichter mitzuführen.

167. **Welche Einrichtungen findet man noch an den Spritzen?**

Manche Spritzen sind noch mit guten Wagenlaternen versehen. Sind zwei an einer Spritze, so sind dieselben wie die gewöhnlichen Wagenlaternen angebracht. Ist jedoch die Spritze blos mit einer Laterne versehen, so sitzt diese entweder auf dem Hebellager oder auf einem Hebelführungsbogen. Zum bessern Transport der Schläuche pflegt man auch die Spritze mit einer Schlauchtrommel zu versehen, auf welcher die Schläuche aufgerollt sind. Diese Schlauchtrommel ist entweder bei Saugspritzen an der Seite oder bei Kastenspritzen rückwärts angebracht. — Bei der in Fig. 34 und 37 dargestellten Spritze ist die Schlauchtrommel rückwärts zu sehen. Bei der in Fig. 49 ausgeführten Construction jedoch an der Seite.

Zweites Kapitel.

Die Karren-, Schubkarren-, Trag- und Handspritzen.

168. Welche Construction bildet den Uebergang von den Wagen- zu den Karrenspritzen?

Die Pariser Feuerwehrspritze. Dieselbe wird in zwei verschiedenen Arten gebaut: entweder ist dieselbe für Pferde und Menschen gleich transportabel, in welchem Falle sie ein den Kanonenwagen ähnelndes Vorderprotzgestell besitzt, oder sie wird blos von Menschen geführt.

169. Welche Eigenthümlichkeit hat der Bau dieser Spritze?

Wagen und Spritze sind hier zwei von einander geschiedene Elemente. Ersterer dient blos dazu, um die Spritze fortzuschaffen. Will man mit der Spritze arbeiten, so wird dieselbe vom Wagen abgeschoben und an derselben so gearbeitet, wie an einer gewöhnlichen Tragspritze. Fig. 35 zeigt eine solche Spritze während des Transportes, Fig. 38 während des Abprotzens, und Fig. 36 während der Arbeit.

170. Was ist von dem Spritzenwagen derselben zu bemerken?

Derselbe ist zweirädrig, besteht aus einem Rahmen mit Seitenleisten und ist mit einer Deichsel versehen, an welcher die Mannschaft antritt, um die Spritze fortzuführen. Soll die Spritze zugleich auch für den Transport mit Pferden eingerichtet sein, so wird diese Deichsel mittelst eines

Fig. 35.

Fig. 36.

Leibnagels an ein Protzgestell angekuppelt und an dieses Pferde gespannt.

Fig. 37.

171. **Welche Eigenthümlichkeiten sind an der Spritze zu bemerken?**

Der Spritzenkasten, in den ein beliebig construirtes, nur wo möglich leichtes Spritzenwerk eingesetzt ist, steht auf einem schlittenähnlich gebauten Holzgestelle. Mittelst desselben kann die Spritze mit Leichtigkeit auf den Wagen geschoben oder auf der Erde an den vier Ketten fortgezogen werden.

172. **Welche Vortheile bietet diese Construction?**

Die Vortheile dieser Construction bestehen darin, daß man eine kräftige Spritze mit Leichtigkeit auch dahin dirigiren kann, wo eine Wagenspritze nicht hinfahren könnte. Man kann dieselbe ins Innere der Gebäude, auf höher gelegene Etagen transportiren, und dadurch, daß man dem Feuer sich nähert, kräftiger demselben begegnen; dagegen erfordert dieselbe eine ziemlich eingeschulte Bedienungsmannschaft, welche das Exercitium derselben kennt.

173. **Wie wird die Spritze auf dem Wagenrahmen festgehalten?**

Durch einen einzigen Durchsteckbolzen. Die beiden am Wagenrahmen befindlichen Seitenleisten schützen die Spritze vor dem Abrutschen auf die Räder. Vorn auf dem Rahmen sind zwei eiserne Winkel angeschraubt, an welche die Spritze angeschoben wird, und der rückwärts durchgesteckte, mit einem Kettchen am Wagenrahmen befestigte Bolzen hält die Spritze am Wagenrahmen fest.

174. **Wie viel Mann sind zum Transport und Exercitium dieser Spritze nöthig, und wie wird mit ihr manipulirt?**

Drei. Es können sich folgende Fälle ergeben:

1) Die Spritze ist zu fahren.
2) Die Spritze ist vom Wagen auf die Erde niederzulassen.
3) Dieselbe ist auf der Erde zu transportiren.
4) Die Spritze ist auf den Wagen zu heben.

175. **Wie wird die Spritze gefahren?**

Zwei Männer ziehen vorn an der Deichsel, der dritte hiebt hinten nach (Fig. 35).

176. **Wie wird die Spritze abgeprotzt?**

Die beiden Männer heben die Spritze an der Deichsel so weit empor, bis der Rahmen an der rückwärtigen Seite den Boden berührt. Hierauf zieht der Rückwärtsstehende den Haltebolzen heraus. Ein Mann verfügt sich nach rückwärts, und die Beiden heben die Spritze an den Vorderketten so auf, daß dieselbe auf einer Kante ihres Holzgestelles auf der Erde ruht. Ist dies geschehen, so fährt der Vordermann mit dem Wagen, der nun, weil die Last von ihm abgehoben ist, sehr leicht geht, vor, und die Beiden lassen die Spritze an den Ketten sachte zur Erde nieder.

177. **Wie wird die Spritze auf dem Boden transportirt?**

Mittelst der Ketten wird dieselbe fortgeschleift. Dies geht sehr gut, da dieselbe, wie schon früher erwähnt, ein schlittenartig gebautes, gut mit Eisen beschlagenes Untergestell hat. Soll dieselbe über Stiegen 2c. getragen werden, so werden die Druckstangen der Spritze durch die am Schlitten befindlichen Augen gesteckt und die Spritze von vier Mann, je ein Mann an einem Stangenende, getragen.

178. **Wie wird die Spritze auf den Wagen gehoben?**

Zwei Mann heben dieselbe an den Ketten auf, der dritte fährt den Wagen darunter, und nun lassen die zwei Erstern die Spritze auf den Wagen nieder, fassen an den untern Handhaben oder Augen an und schieben dieselbe vollends das kleine fehlende Stück auf den Schlitten; in diesem Momente drückt der Vordermann mit seinem ganzen Gewichte auf die Deichsel und kippt so den Wagen sammt der bereits auf demselben stehenden Spritze zu sich hernieder; nun wird der Haltebolzen durchgesteckt und die Spritze kann fortgefahren werden.

179. **Was ist bei der Construction dieser Spritzen wesentlich?**

Da diese Spritze in erster Linie leicht beweglich sein soll, so muß dieselbe so leicht als möglich gebaut sein. Man wählt darum ein leicht construirtes, höchstens 4½-zölliges Spritzenwerk, macht den Kasten aus Eisen- und noch besser aus Kupferblech. Die ganze Spritze auf den Rädern darf nicht schwerer sein als 6—8 Centner. Ohne Wagen soll dieselbe ein Gewicht von 4 Centnern nicht übersteigen. Hin und wieder findet man auch größere Spritzen solcher Art; doch sind dieselben, eben weil sie schon anfangen, un-

Fig. 38.

beweglich zu sein, durchaus nicht anzuempfehlen. — Fig. 38 zeigt die abgeprotzte Spritze.

180. Wo werden diese Spritzen allgemein gebraucht?

In Frankreich und hauptsächlich in Paris, wo die Feuerwehr blos solche Maschinen zur Verfügung hat. Man nennt dieselbe daher auch bezeichnend Pariser Feuerwehrspritze oder französische Spritze zum Unterschiede von den deutschen oder Wagenspritzen. Diejenigen Wagenspritzen, welche den Hebel quer zur Längenachse des Wagens haben, repräsentiren den Typus der englischen Wagenspritzen (Fig. 26).

181. Was nennt man eine Handwagenspritze?

Eine Spritze, welche auf einen kleinen vierrädrigen Wagen gestellt ist und von zwei oder drei Menschen geführt werden kann, nennt man eine Handwagenspritze. Dieselbe ist hin und wieder auch zum Abheben vom Wagen eingerichtet. Der Wagen muß mit einem drehbaren Vordergestell versehen sein, weil sonst derselbe beim Wenden leicht umkippen könnte. Zur Bedienung erfordert dieselbe circa vier bis sechs Mann.

182. Was versteht man unter einer Karrenspritze?

Eine Spritze, welche mittelst eines zweirädrigen Karrens fortgeschafft wird und auch bei der Arbeit auf demselben bleibt, nennt man eine Karrenspritze. Dieselbe muß mit zwei Stützfüßen versehen sein, damit sie bei der Arbeit ruhig steht. Die Arme, an denen dieselbe geschoben

Fig. 39.

wird, sind gewöhnlich zum Abnehmen eingerichtet. Fig. 39 stellt eine solche Spritze dar.

183. Zu welchen Zwecken dienen diese Spritzen?

Dieselben dienen hauptsächlich zum Schutz einzelner Gehöfte, Gebäude, Fabriketablissements, kleinerer Gemeinden; d. h. dieselben sind überall da anwendbar, wo zum Schutz der Gebäude eine mittelstarke Spritze ausreicht und die nicht mit Pferden transportirt werden soll.

184. Wie sind die Spritzenwerke bei diesen Spritzen beschaffen?

Die Spritzenwerke sind bei diesen Constructionen meist noch zweicylindrige, einfach wirkende. Das Wenderohr fehlt bei denselben, und wird der Strahl direkt vom Windkessel mittelst eines kürzern oder längern Schlauches geführt.

185. Welche Anforderungen stellt man an die kleinern Spritzenwerke?

Dieselben müssen leicht transportabel sein und möglichst wenig Bedienungsmannschaft beanspruchen. Aus diesem Grunde giebt man denselben auch nur ein einfach wirkendes Spritzenwerk. Der Wasserbehälter richtet sich stets nach den Zwecken, zu welchen die Spritze verwendet werden soll, sowohl seiner Größe nach, als auch hinsichtlich des Materials, aus dem derselbe hergestellt wird. Die Transportirung derselben geschieht entweder auf kleinen, eigens der Spritze angepaßten ein- oder zweirädrigen Karren (Schubkarrenspritzen), oder dieselben werden von zwei oder vier Mann mittelst Tragstangen getragen, oder mittelst Riemen nach Art der gewöhnlichen Butten über die Schultern gehängt und so fortgetragen.

186. Wie sind die Wasserbehälter bei diesen Spritzen beschaffen?

Die Wasserbehälter, gewöhnlich 1—3 Eimer haltend, sind entweder in Kasten- oder in Kübelform hergestellt. Bezüglich des Materials ist zu bemerken, daß dieselben entweder aus genietetem Eisenblech, gelöthetem Kupfer- oder Zinkblech, aus mit Kupfer- oder Zinkblech ausgeschlagenen Holzkästen, oder aus Eichen- oder Lärchenholz nach Art der gewöhnlichen Wasserkübel oder Bottiche hergestellt sind. Die letzteren haben den Nachtheil, daß sie in der heißen Jahreszeit nach langem ungefüllten Stehen verlechzen, d. h. die einzelnen Holzdauben schrumpfen zusammen, und der Kübel rinnt so lange, bis das Holz sich gehörig angesaugt und verquillt hat. Oefters kommt es auch vor, daß solche Kübel ganz zerfallen. Die aus Zinkblech hergestellten Wasserbehälter haben den Nachtheil, daß sie ungemein leicht rissig werden. Ist man daher an die billige Anschaffung nicht gebunden, so wird man stets gut thun, solche Spritzen r wählen, deren Wasserbehälter aus Kupferblech, aus mit Kupferblech ausgeschlagenen Holzkästen, oder aus gut asphaltirtem genietetem Eisenblech hergestellt sind.

187. **Was ist bezüglich der Spritzenwerke zu bemerken?**

Bezüglich der Spritzenwerke ist zu bemerken, daß dieselben meist blos einen Cylinder besitzen, wie schon oben erwähnt wurde. Dieselben sind fast durchgehends Schlauchspritzen und zum Saugen nicht eingerichtet. Dies aus dem Grunde, weil dieselben den Zweck haben, im ersten Momente des ausbrechenden Brandes das Feuer zu ersticken, wo man stets so viel Wasser vorräthig hat, als die Spritze zu ihrer Speisung benöthigt. Bezüglich der Ventile, Hebel, Windkessel, Schlauchgewinde, Ablaßschrauben findet das bei den Wagenspritzen ausführlicher Angeführte auch hier seine Anwendung.

188. **Welches sind die gebräuchlichsten vorkommenden kleineren Spritzen?**

In den Fig. 40—43 sind dieselben versinnlicht.

Fig. 40 ist eine Kastenspritze; der Kasten aus genietetem Eisenblech, oder aus Holz mit Kupfer oder Zink ge-

Fig. 40.

füttert. Die Spritze wird an den Durchsteckarmen von zwei Männern getragen.

Fig. 41 zeigt eine Kübelspritze. Der Wasserbehälter ist ein mit Eisenringen beschlagener Eichenkübel, in den das Spritzenwerk eingesetzt ist.

Fig. 42 stellt eine Buttenspritze dar. An den kupfernen Wasserbehälter sind zwei Tragriemen angeschraubt, mittelst welcher die Spritze auf dem Rücken getragen werden kann. Der Hebel ist bei derselben zum Zusammenlegen eingerichtet, damit der Mann beim Transporte derselben nicht unversehens mit demselben anstoße. Diese Spritze muß sehr leicht gebaut sein und darf 120—140 Pfund im Gewichte nicht überschreiten. Die beiden seitlichen Handhaben gestatten es ferner, daß die Spritze auch von zwei Männern getragen werden kann.

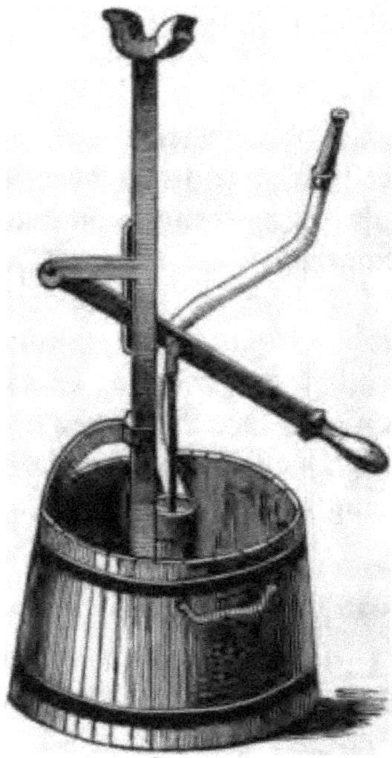

Fig. 41.

Fig. 43 zeigt eine Schubkarrenspritze. Der Wasserbehälter ist ein cylindrisches, aus Zink-, Kupfer- oder Eisenblech gefertigtes Gefäß, welches von den eisernen Schubkarrenarmen umfaßt wird. Dieselben bilden zu gleicher Zeit auch den Tragrahmen und tragen vorn das Schubkarrenrad, welches gleichfalls aus Eisen hergestellt ist.

189. Wie sind die Handspritzen construirt?

Die Handspritzen, blos für den ersten Angriff des Feuers, zum Bewältigen des Flugfeuers bestimmt, sind gewöhnlich an einem Gestell befestigt, welches krückenähnlich construirt ist. Dasselbe dient nicht nur zur Befestigung der Handspritze, sondern auch zum Aufstemmen der Spritze auf die Erde. Fig. 44 zeigt eine solche Handspritze mit Windkessel. Der Mann, der an derselben arbeitet, nimmt die oben befindliche drehbare Krücke unter die Achselgrube seines linken Oberarms und stützt sich auf dieselbe mit dem Gewichte seines Oberkörpers. Mit der rechten Hand bewegt er den Spritzenhebel auf und ab, und mit der linken dirigirt er den Schlauch sammt dem Mundstücke. Um die Stützstange ist die unter dem Arm befindliche Krücke drehbar, daher ist der Mann im Stande, sich um die Stütze als

Fig. 42.

Achse herumzudrehen und dem Strahl die gehörige Richtung zu geben. Die Spritze selbst wird in ein Gefäß mit Wasser gestellt, wie es eben zur Hand ist. Oefters findet man auch

Fig. 43.

solche Krückenspritzen schon in Eichenkübel montirt. Diese Handspritzen werden mit und ohne Windkessel erzeugt. Am besten sind jene Werke, die vollständig mit Gewindverschrau-

bungen verbunden sind, so daß man im Stande ist
Spritze in alle ihre einzelnen Theile zu zerlegen. — Fi
zeigt eine vom Verfasser construirte Handspritze, wo der

Fig. 44.

Eisenblech hergestellte Windkessel zugleich als Stütze
Es giebt auch Handspritzen, welche ganz gelöthet sind.
selben sind jedoch nicht anzuempfehlen, da ihre Ins
haltung und Reparatur eine kostspielige ist. Sind
selben aus Zinkblech hergestellt, so sind sie vollend
verwerfen, da dieses Material sehr leicht rissig wird.
Handspritzen sind ungemein nützliche Instrumente. M
mit ihnen im Stande, einen Brand im Entstehen zu v
Leider sind sie nicht nach Gebühr verbreitet.

190. Was versteht man unter dem Ausdruck „Hydropult"?

Eine in neuester Zeit durch die Engländer eingeführte Handspritze (Fig. 46) mit zwei geschlossenen Cylindern. In jedem der Cylinder befindet sich ein Ventilkolben, d. h. ein solcher Kolben, der abwechselnd als Dichtung dient oder als Ventil wirkt. Dieselbe ist mit einem Druck- und Saugschlauche versehen und saugt aus einem nebenstehenden Gefäße Wasser.

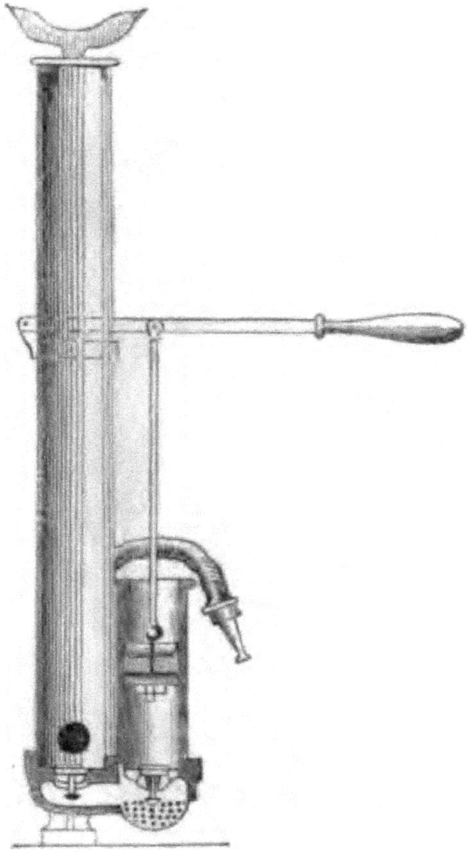

Fig. 45.

191. Wie wirkt das Hydropult oder der „Wasserwerfer"?

Fig. 47 und 48 stellen das Hydropult im Durchschnitte dar, um aus dem Spiele der Cylinder und Kolben seine Wirksamkeit zu ersehen. Fig. 47 stellt die Kolben im Niedergange begriffen dar. Denkt man sich die Spritze mit Wasser gefüllt, so wird beim gleichzeitigen Niedergange der Kolben hinter dem Kolben A ein leerer Raum entstehen und die äußere Luft durch den Sauger Wasser zudrücken, welches den Kolben als Ventil schließen wird. Der Kolben A drückt das in dem Cylinder 1 befindliche Wasser vor sich her in den Cylinder 2, wo es den Kolben B öffnet und das in dem Cylinder 2 befindliche Wasser zum Ausflusse drängt. Beim Aufgange des Kolbens drängt der Kolben B das Wasser vor sich her, beim Schlauche heraus. Es entsteht hinter ihm ein luftleerer Raum und die äußere

Luft drängt Wasser durch den Sauger nach, welch
Cylinder 1 durchströmt und durch den sich öffnende
ben A in den Cylinder 2 fließt.

Fig. 46.

192. Sind diese Spritzen zu empfehlen?

Nein. Dieselben haben vielerlei Nachtheile, und

1) Da an denselben, im Gegensatze zu andern S
wo die Kraft mittelst Hebel wirkt, der Druck
auf die Kolbenstange ausgeübt wird, so gehen sie
schwer und ermüden den Arbeitenden ungemein.
2) Die zwei Stopfbüchsen sind schwer beständig d
halten und spritzt bei ihnen bald Wasser hera

Kolbenstangen sind nämlich aus Draht hergestellt, welcher nie vollständig kreisrund gezogen ist.

3) Giebt der Saugschlauch oft Veranlassung, die Spritze nicht brauchen zu können, da er oft zu kurz ist. Auch ist der kleinste Makel an demselben genügend, um das Saugen ganz unmöglich zu machen.

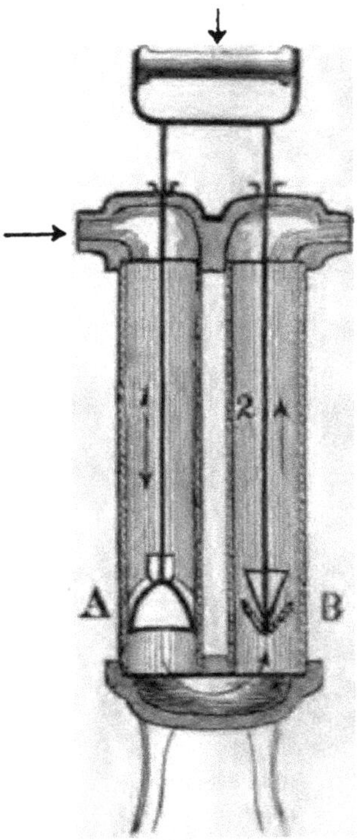

Fig. 47.

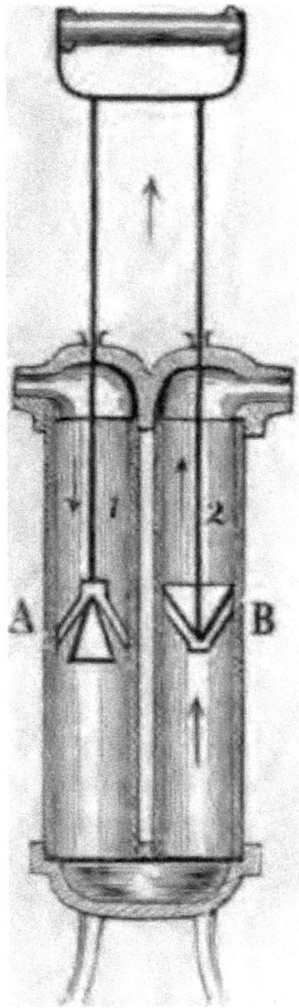

Fig. 48.

4) Ist ihre Construction sehr minutiös, und die vielen kleinen Theilchen sind nicht im Stande, die Strapazen auszuhalten, denen eine Spritze ausgesetzt ist.

193. Kommen auch noch andere Spritzenconstructionen vor?

Außer den bis jetzt behandelten kommen auch noch andere Spritzenconstructionen vor. Dieselben lassen sich so ziemlich in drei Gruppen theilen:

Fig. 49.

1) Spritzenwerke mit rotirenden Pumpen.
2) Spritzenwerke mit doppelt wirkenden oder sogenannten französischen, nach ihrem Erfinder benannten Jappy-Pumpen, oder ähnliche Constructionen.
3) Kautschukpumpen.

194. Wie sind die Spritzenwerke mit rotirenden Pumpen beschaffen?

Dieselben sind meistens Karren-, Trag- oder Buttenspritzen; jedoch statt des gewöhnlichen Spritzenwerkes ist ein Pumpwerk mit rotirendem oder oscillirendem Kolben eingesetzt. Fig. 55 zeigt ein solches oscillirendes amerikanisches Pumpwerk nach Brahma. Fig. 50 eine rotirende Pumpe von Schüller im Durchschnitte. Letztere besitzt gar keine Ventile, und schieben und saugen die Kolben abwechselnd das Wasser vor sich her. Eine andere ähnliche rotirende Spritze des Amerikaners Holly zeigt Fig. 52.

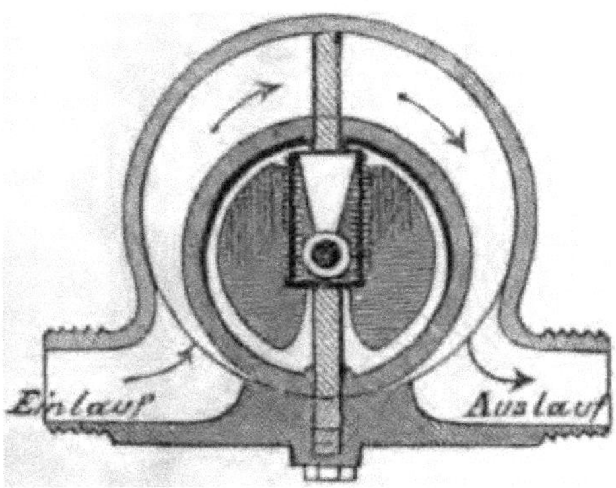

Fig. 50.

Fig. 51.

195. Wie sind die doppelt wirkenden französischen Pumpen gebaut?

Dieselben sind äußerst compendiös zusammengebaute *Pumpwerke, die* eine sehr vielseitige Anwendung besitzen.

Fig. 12.

Dieselben können, leicht transportabel, als feststehende Spritzen gebaut werden; sonst auch als Wasserpumpen dienen. Auf ihre detaillirte Construction einzugehen, ist hier nicht am

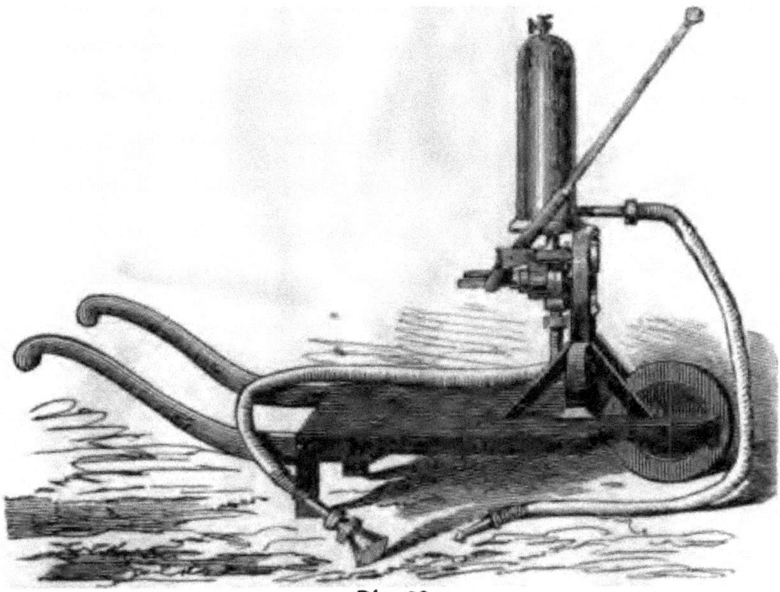

Fig. 53.

Platze. Fig. 53 zeigt eine solche transportable Pumpe auf Schubkarren, mit Windkessel, Saugschlauch ꝛc. ausgerüstet. Zur nähern Erklärung ihrer Wirksamkeit diene der Durchschnitt eines Pumpwerkes (Fig. 54). — Der in Fig. 51 dargestellte Wasserzubringer besteht aus einer Combination zweier solcher Pumpen. Hierher gehört auch die unter dem Namen „the little wonder“ (das kleine Wunder) bekannte englische Spritze von Blinkhorn und Shuttleworth in Lincoln.

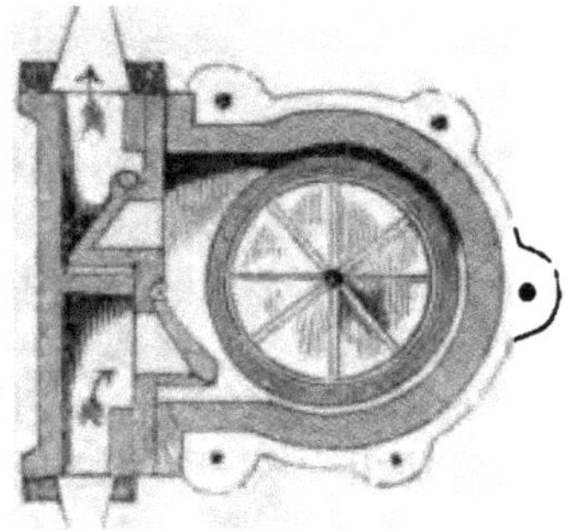

Fig. 54.

Gleichfalls zu den doppelt wirkenden Spritzenwerken gehört *die Perspektivspritze*. Ihr Name rührt daher, daß *sämmtliche Theile* derselben nach Art eines Perspektivs in einander geschoben werden und durch Lösung der beiden Schrauben a a die Spritze in alle einzelnen Theile zerlegt

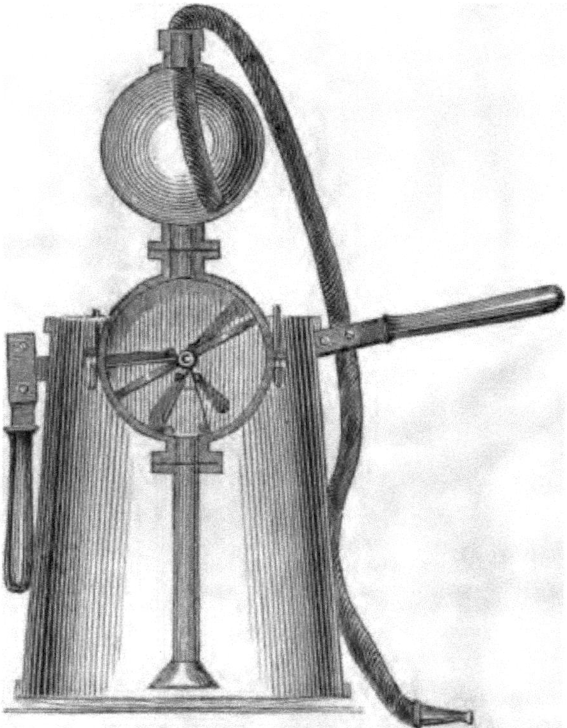

Fig. 55.

werden kann. — Fig. 56 stellt sie im Durchschnitte dar. Der Kolben ist mit einem Ventile und einer den halben Cylinderraum ausfüllenden hohlen Kolbenstange versehen. Beim Aufwärtsschieben tritt das Wasser durch das Saugventil b in den Cylinder, und durch das sich schließende Kolbenventil c wird das Ventil und das Wasser in den Windkessel gedrückt. Beim Niedergange schließt sich das Saugventil b und das Wasser tritt durch das Kolbenventil c über den Kolben; da jedoch durch die Kolbenstange der halbe Cylinderraum ausgefüllt wird, so muß die andere Hälfte des angesaugten Wassers durch die hohle Kolbenstange in den Windkessel treten und durch den Schlauch entweichen. Durch diese eigenthümliche Construction ist die Pumpe doppelt wirkend gemacht und erfordert daher nur einen kleinen Windkessel.

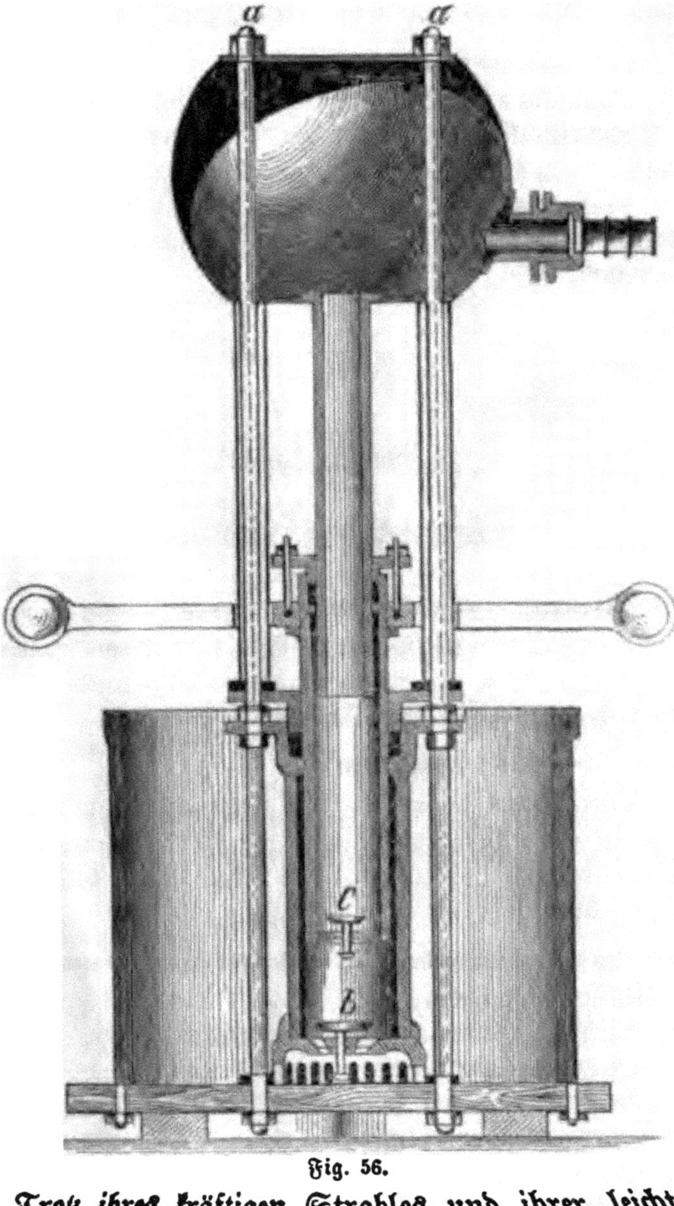

Fig. 56.

Trotz ihres kräftigen Strahles und ihrer leichten Reparaturfähigkeit ist sie dennoch wenig beliebt, weil auch bei derselben der Druck ohne jegliche Uebersetzung direkt auf den Kolben ausgeübt wird. Sie ist jedoch sehr zu empfehlen für solche Orte, wo man nicht leicht Spritzen repariren kann.

196. **Wie wirken die Kautschukpumpen?**

Durch abwechselndes Zusammendrücken und Ausdehnen eines Kautschukschlauches wird ein luftleerer Raum erzeugt, durch den abwechselnd Wasser eingesaugt und ausgespritzt wird. Diese Pumpen, auch unter dem Namen Balgpumpen bekannt, sind nicht beliebt, da der Kautschukschlauch bald zu Grunde geht.

Drittes Kapitel.

Die Wasserbeschaffung.

197. **Was versteht man unter Wasserbeschaffung?**

Unter Wasserbeschaffung versteht man die Herbeischaffung des zur Speisung der Spritzen und mithin zum Löschen des Feuers nöthigen Wassers.

198. **Ist dieselbe von Wichtigkeit?**

Gewiß, von der größten. Denn führt man nicht eine genügend große Menge Wasser zu, so helfen die besten Maschinen wenig oder gar nichts, da man dieselben nicht benützen kann.

199. **In welcher Weise kann nun Wasser herbeigeschafft werden?**

Dasselbe geschieht:

1) Mittelst einer Hochdruckwasserleitung.
2) Mittelst einer Niederdruckwasserleitung.
3) Durch Ansaugen durch die Maschine selbst.
4) Mittelst Zubringemaschinen.
5) Mittelst Wasserwägen, Wasserkarren.
6) Mittelst der Wasser- oder gemeinhin Feuereimer genannten Gefäße.

200. Was ist der Unterschied zwischen einer Hochdruck- und einer Niederdruckwasserleitung?

Erstere treibt das Wasser bei seinen Ausflußöffnungen noch in eine gewisse Höhe, während letztere das Wasser blos ausfließen läßt.

201. Wie kann daher eine Hochdruckwasserleitung zum Feuerlöschen angewendet werden?

Auf zweierlei Art:

1) Entweder durch direktes Spritzen. Ist nämlich der Brand in der Nähe eines solchen Ausflußrohres, so wird ein Schlauch sammt Mundstück angeschraubt und der Feuerwechsel, d. i. die zur Absperrung der Leitung vorhandene Einrichtung, geöffnet, worauf das Wasser sofort, vermöge der ihm innewohnenden Druckkraft, in die Höhe steigt.
2) Ist dagegen der Brandort entfernter von einem solchen Feuerwechsel gelegen, so kann man entweder durch angeschraubte Schläuche das Wasser direkt aus der Leitung in den Spritzenkasten laufen lassen und dasselbe von hier aus weiter spritzen, oder man füllt damit Wasserwägen, die das Wasser den Spritzen zuführen.

202. Wo kommen solche Hochdruckwasserleitungen vor?

Hauptsächlich in Städten, da ihre complicirte Herstellung ein größeres Anlagekapital erfordert. Hin und wieder trifft man auch Privatetablissements, Fabriken, Gewerkschaften, die ebenfalls mit Hochdruckwasserleitungen ausgerüstet sind.

203. In welcher Weise werden die Mittel- und Niederdruckwasserleitungen zur Wasserbeschaffung benützt?

Durch Füllung des Wassers in Gefäße, die es den Spritzen zuführen. Solche Gefäße sind Tragbutten, Wasserkarren, Wasserwägen, Eimer.

204. Welche Vorrichtung empfiehlt sich bei diesen Wasserleitungen?

Die Regulirung der Ausflußöffnung. Dieselbe soll nämlich auf eine möglichst einfache Weise derart eingerichtet sein, daß man im Augenblicke des Bedarfes den Ausfluß des Wassers erhöhen kann.

205. Was ist bei Hochdruck- und Niederdruckwasserleitungen daher ins Auge zu fassen?

Die Quantität Wasser, die sie zu Feuerlöschzwecken abgeben können, und die Einrichtung, sich an möglichst vielen Orten desselben bedienen zu können, weshalb für eine zweckmäßige Anordnung der Wassersäulenständer, d. h. der Ausflußröhren oder Feuerwechsel, gesorgt werden soll.

206. Wie ist die Wasserbeschaffung der Saugspritzen beschaffen?

Die Saugspritzen, wenn sie als solche gebraucht werden, saugen ihr Wasser, wie schon früher öfters erwähnt wurde, direkt aus einem Flusse oder Teiche ꝛc., oder auch aus einem neben die Spritze gestellten Gefäße. Oefters pflegt man auch kleine fließende Bächlein zu stauen oder zu schwellen und aus der künstlichen Wehre zu saugen. Zu diesem Behufe führen die Feuerwehren die geeigneten Schwellrequisiten, als Bretter, Sandsäcke, mit. Im letztern Falle sind sie ebenfalls als Kastenspritzen zu betrachten, da ebenso wie bei diesen das Wasser in irgend einer Weise in den Kasten geschafft werden muß.

207. Was versteht man unter Hydrophoren oder Zubringern?

Unter Hydrophoren oder Wasserzubringern versteht man Saugmaschinen, welche, an einem lebenden Wasser aufgestellt, dasselbe aufsaugen und andern Spritzen zudrücken. Oefters ist es auch angenehm, mittelst der Hydrophoren zwei oder mehrere Spritzen zu gleicher Zeit zu füllen.

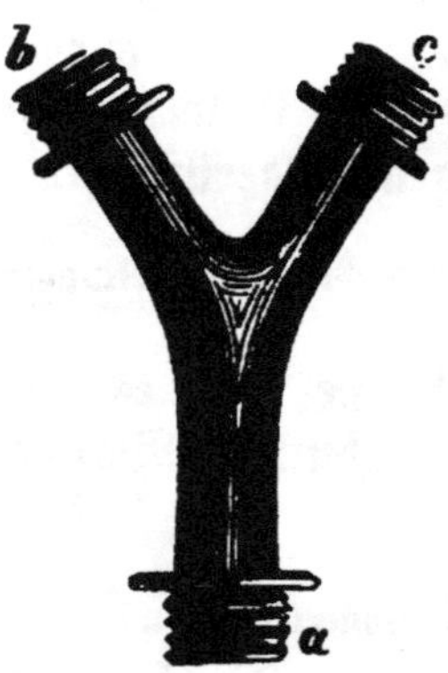

Fig. 57.

208. Wie wird dies bewerkstelligt?

Durch Anbringung zweier oder mehrer Schläuche an dem Hydrophor, durch welche das Wasser mehreren Spritzen zu gleicher Zeit zugeführt wird. Oft ist es jedoch unstatthaft, gleich vom Zubringer aus zwei Schläuche zu führen. In solchem Falle führt man blos einen Schlauch und bedient sich der sogenannten Theilungsgabel (Fig. 57). Dieselbe besteht aus einer dreiflügeligen Röhre, die an jedem

Ende mit Schlauchgewinden versehen ist. Bei a wird der Zubringerschlauch gekuppelt und durch die Aeste b c wird das Wasser zu zwei verschiedenen Spritzen oder Wasserwägen geleitet.

Anmerkung. Diese Theilungsgabel gestattet noch eine zweite sehr nützliche Verwendung. Man ist nämlich mit ihr auch im Stande, zwei Spritzen zu kuppeln und den Strahl beider Spritzen in einen einzigen zu verwandeln und denselben dadurch zu forciren. Verfasser erhielt sehr schöne Resultate durch dies Verfahren.

209. Wie sind die Hydrophoren construirt?

Die Hydrophoren sind gewöhnlich nach Art der Saugspritzen gebaut und construirt. Nur ist bei denselben das Moment maßgebend, daß man möglichst viel Wasser transportiren will, weshalb man die Reibung des Wassers in der Maschine auf ein Minimum herabzuziehen bestrebt ist. Uebrigens ist es selbstverständlich, daß jede Saugspritze, dieselbe möge nun mit oder ohne Wasserkasten gebaut sein, als Hydrophor zu verwenden ist. Man baut, ebenso wie Feuerspritzen, ein- und zweicylindrische Maschinen mit horizontalen und vertikalen Cylindern. Fig. 51 stellt eine englische eincylindrige Zubringemaschine dar, die auch als Spritze gebraucht werden kann. Dieselbe ist dreirädrig und mit einem doppelt wirkenden horizontalen Cylinder versehen; bekannt ist sie unter dem Namen „the little wonder" (das kleine Wunder). Solche Zubringemaschinen zeigen Fig. 49 und 51.

Fig. 58.

210. Was sind Wasserwägen?

Wasserwägen sind solche Wägen, die ein Wasserfaß tragen; in demselben wird das Wasser den Spritzen zugeführt. Fig. 58 zeigt einen solchen vollständig ausgerüsteten Wasserwagen.

211. **Welche Anforderungen stellt man an einen Wasserwagen?**

1) Derselbe soll einen gut und solid construirten Wagenbau haben; die Vorderräder zum Durchränken, damit das schnelle Fahren der Last denselben nicht beschädige.
2) Das Wasserfaß muß aus guten Eichenbohlen, zwischen 10—15 Eimer Wasser, d. i. 18—26 Kubikfuß, haltend, hergestellt und für genügende Befestigung desselben auf dem Wagen, um bedenkliche Schwankungen zu vermeiden, gesorgt sein.
3) Für die Füllung des Wasserwagens, sowie für die Entleerung muß in entsprechender Weise Sorge getragen werden.
4) Muß der Wasserwagen mit den nöthigen Requisiten ausgestattet sein; außerdem einen Bottich von circa 5—7 Kubikfuß Inhalt mit sich führen.

Fig. 59.

212. **In welcher Weise wird das Wasser ins Faß gefüllt?**

Auf dreierlei Weise:

1) Durch direktes Anfüllen des Fasses mittelst Stielschapfen. Dies sind aus Leder, Holz oder Blech angefertigte

Wassergefäße mit Stiel, mit denen Wasser aus einem Bassin, Teich 2c. geschöpft und mittelst des Stieles gehoben und ins Faß geschüttet wird. Zu diesem Behufe muß das Wasserfaß mit einer gehörig großen Eingußöffnung oder, was noch besser ist, mit einem Eingußtrichter versehen sein.

2) Durch Anfüllen mittelst direkten Unterfahrens unter den Säulenauslauf einer Wasserleitung oder eines zweckmäßig construirten Pumpbrunnens (Fig. 59). Hierher gehört auch die Füllung des Wasserwagens durch eine Schlauchleitung, die entweder an eine Druckwasserleitung oder an eine Druckpumpe angeschlossen ist.

3) Durch eine Wasserwagenpumpe. Diese vom Verfasser vorgeschlagene, mit vielem Vortheile bereits angewendete Einrichtung besteht darin, daß jeder Wasserwagen mit einer Pumpe versehen wird, die sehr ausgiebige Wasserquantitäten auf geringe Druckhöhen zu bringen vermag. Dieselbe muß so eingerichtet sein, daß sie sowohl aus dem Fasse als auch aus einem Brunnen oder Teiche abwechselnd zu saugen vermag. Letzteres dient dazu, den Wagen zu füllen, und ersteres, d. h. beim Saugen aus dem Fasse, dazu, das Wasser des Wasserwagens der Spritze zuzuführen.

213. In welcher Weise wird das Wasser aus dem Fasse des Wasserwagens die Spritze hinübergebracht?

Auf dreierlei Art, und zwar:

1) Entweder ist das Wasserfaß mit einem Hahn oder Stöpsel versehen. Derselbe wird geöffnet und das Wasser schießt in einen Bottich, aus welchem es mit Schöpfeimern gefaßt und in die Spritze geführt wird.

2) Oder der Wasserwagen ist derartig gebaut, daß die tiefste Stelle desselben höher liegt als die Eingußlinie der Spritze. In solchem Falle ist der Wasserwagen mit einem Wechsel am Fasse versehen. An denselben wird nun ein Schlauch gekuppelt und mit seiner Oeffnung in die Spritze gelegt. Wird der Hahn geöffnet, so fließt durch den natürlichen Druck das Wasser aus

dem Wasserfasse in die Spritze über. Einen solchen Wasserwagen im Querschnitt zeigt Fig. 60.

Fig. 60.

Diese in Berlin zuerst angewandte Einrichtung, so zweckmäßig und vortheilhaft sie ist, läßt sich doch nur da einführen, wo die Umstände es erlauben. Man kann Terrainschwierigkeiten begegnen, und dann kann es sich ereignen, daß man trotz des höhern Baues der Wasserfässer doch deren Boden nicht so hoch oder höher bringt als die Eingußöffnung der Spritze. Ein fernerer, viel gewichtiger in die Wagschale fallender Grund liegt darin, daß man bei Spritzen älterer Bauart selten den Kasten mit Eingußöffnung so niedrig gebaut findet, als es die Anwendung dieses Verfahrens erheischt.

3) Endlich eine dritte Art der Ueberfüllung besteht darin, das Wasser mittelst eigener, an dem Wasserfasse angebrachter Pumpen in die Spritze zu leiten.

214. Welchen Zweck hat die mechanische Ueberfüllung des Wassers aus den Wasserwägen in die Spritze?

Dieselbe bezweckt, den Verlust an dem mit so vieler Mühe auf den Brandplatz transportirten Wasser auf ein

Minimum zu reduziren. Durch das Ueberfüllen des Wassers mit Eimern geht, abgesehen von der Langsamkeit, durch die Bewegungen und Schwankungen des Eimers von Hand zu Hand circa ein Drittel bis die Hälfte des transportirten Wassers verloren, ehe es in die Spritze kömmt. Diesem Fehler helfen nun die mechanischen Ueberfüllungen in vorzüglicher Weise ab, mögen dieselben mittelst einfacher Schläuche durch natürlichen Druck oder durch Pumpen überfüllt werden.

215. **In welcher Weise geschieht die Ueberfüllung mittelst Schläuchen?**

In solchem Falle ist der Rahmen des Wasserwagens, wie schon oben erwähnt, höher gebaut als derjenige der Spritze. Das Wasserfaß trägt an seinem untern Boden einen Stutzen, der so mit demselben verbunden ist, daß an der Verbindungsstelle kein Wasser verloren geht. An diesen kurzen Stutzen (Fig. 60) schließt sich eine gerade Röhre an, welche rechtwinkelig zum Rahmen des Wasserwagens steht. An beiden Seiten trägt diese Röhre Hähne mit Schlauchgewinde. Kömmt nun der Wagen gefüllt an den Brandplatz gefahren, so wird der Füllschlauch an derjenigen Seite des Wasserwagens am Gewinde c angeschraubt, wo dies am bequemsten ist. Das Auslaufknie des Schlauches wird in den Spritzenkasten geworfen, der Hahn bei d geöffnet, und das Wasser rinnt von selbst aus dem Fasse in den Spritzenkasten über.

216. **Wie sind die Wasserwagenpumpen construirt?**

Man hat hierfür verschiedene Constructionen angewendet, und zwar sind die hauptsächlichsten:

1) Eine französische Doppelpumpe (ähnlich der in den Fig. 53, 54 und 55 dargestellten) wird an ein Wasserfaß geschraubt und ihr Saugrohr in dasselbe bis zum Boden geführt, während an der Druckflußöffnung ein Schlauch angebracht ist, welcher in den Spritzenkasten gebracht wird.
2) Eine zweite, eigens für diesen Zweck construirte Pumpe ist wie folgt eingerichtet: Dieselbe ist einfach wirkend, mit einem Ventilkolben versehen, der abwechselnd als

Kolben oder Ventil dient. Die Kolbenstange geht durch eine Stopfbüchse und hängt an einem Hebel, der an einem schwingenden Arm aufgehängt ist. Oben trägt der Pumpencylinder den Flanschen zum Anschluß des Schlauches. Der Cylinder ist an die Stirnwand des Fasses angeschraubt und durch dieselbe geht auch das Saugrohr in das Faß. Zu gleicher Zeit hat jedoch der Cylinderboden eine zweite Oeffnung, an welche eventuell ein Saugschlauch angeschlossen werden kann. Mittelst einer Schraube kann man nun entweder die Saugöffnung aus dem Fasse oder aus dem Brunnen absperren, und je nach Bedürfniß entweder aus dem Brunnen saugen und das angesaugte Wasser in das Faß füllen, oder aus dem Fasse saugen und das Wasser in die Spritze füllen.

3) Eine einfache, auch für kleinere Gemeinden sich eignende Vorrichtung an Wasserwägen besteht in der in Fig. 61 dargestellten. Eine horizontale Röhre, die an einem Ende verschlossen ist und an der dem Boden zugekehrten Seite Sauglöcher hat, ist in dem Fasse befestigt und der Kolben wird durch directen Druck auf die Kolbenstange auf- und abbewegt und das Wasser herausgedrückt.

Fig. 61.

217. Was versteht man unter Wasserkarren?

Unter Wasserkarren versteht man kleine zweirädrige Gefährte, mit denen Wasser dem Brandplatze zugeführt wird. Dieselben sind selten zum Ziehen durch Pferde eingerichtet und werden meist durch Menschen transportirt. Gewöhnlich ist ein 3—4 Eimer oder 6—8 Cubikfuß im Inhalte haltendes Faß auf einem kleinen Rahmen befestigt und unter demselben zwei Räder aufgebunden. — Eigenthümliche Wasserkarren hat man derart construirt, daß man ein großes, buttenähnlich aus Dauben hergestelltes Faß genommen hat und an dasselbe, jedoch in vertikaler Stellung, oberhalb seiner Mitte die Achse für Räder angeschlossen hat. Hierdurch hat der Bau sehr an Stabilität gewonnen; jedoch hat sich die ganze Einrichtung nicht als praktisch und zweckmäßig bewährt.

218. Wie wird das Wasser mittelst Wasserbutten, Wasserschäffer 2c. den Spritzen zugeführt?

Diese gewöhnlichen, im Haushalte vorkommenden und daher nicht näher zu specifizirenden Geräthe werden zur Wasserbeschaffung bei Spritzen derart verwendet, daß ein Mann eine solche Butte gefüllt auf dem Rücken zur Spritze trägt. Bei der Spritze angelangt, wird ihm dieselbe von einem zweiten abgenommen, der sie in den Spritzenkasten ausleert, worauf der Wasserträger wieder mit der leeren Butte zur Füllung forteilt.

219. In welcher Weise werden die Feuerlöscheimer verwendet?

Außer der in Frage Nr. 4 berührten Verwendung der Feuerlöscheimer zum direkten Löschen des Brandes besteht die hauptsächlichste Verwendung derselben darin, einer Spritze einen möglichst gleichmäßigen Wasserzufluß zu verschaffen. Man bildet nämlich eine Kette von Feuerlöschleuten, und der gefüllte Eimer geht von Hand zu Hand, bis ihn der letzte in die Spritze entleert.

220. Welche Nachtheile bringt diese Einrichtung mit sich?

Sie zieht durch das viele Wechseln des Eimers und die dadurch hervorgerufenen Schwankungen einen großen Wasserverlust nach sich, so daß von dem gefüllten Gefäße kaum $1/2$ bis $1/3$ in die Spritze entleert wird. Ferner benöthigt man zu ihrer Anwendung einer Menge Personen, die man sonst anderweitig zweckmäßiger beim Feuerlöschen verwenden könnte.

221. Welche Form haben die Feuerlöscheimer?

Die Feuerlöscheimer haben die Form eines abgestutzten Kegels, dessen kleine Fläche zur Basis dient. (Grade die *umgekehrte* Form wäre schon der Stabilität halber vorzu*ziehen.)* Oben sind dieselben mit einem Henkel versehen.

Derselbe soll bei guten Eimern derart gefertigt sein, daß man ihn ganz zur Kante derselben umlegen kann.

222. **Aus welchen Materialien werden die Feuerlöscheimer hergestellt?**

1) Aus geflochtenem Stroh oder Weidenruthen.
2) Aus Leder.
3) Aus Hanfgeweben.
4) Aus Kautschuk.
5) Aus Blech.
6) Aus Papier.

223. **Wie werden die Feuerlöscheimer aus Stroh hergestellt?**

Diese besonders für die ländliche Bevölkerung geeigneten, äußerst wohlfeil herzustellenden oder selbst leicht anzufertigenden Feuerlöscheimer bestehen aus geflochtenem Roggenstroh, welches früher in zolldicke Bündeln gedreht wurde. Innen sind dieselben mit schwarzem Peche ausgegossen. Beim Ausgießen derselben muß man sehr vorsichtig sein, damit dasselbe nicht brennend wird und der ganze Eimer in Rauch und Flammen aufgehe. Sie zeichnen sich nur durch ihre ungemeine Wohlfeilheit aus. Die längste Dauer, auf die man rechnen kann, ist 6 Jahre, nach welcher Zeit sie anfangen, Risse und Spalten zu bekommen und zu zerfallen. Sie sind gewöhnlich 10—12 Maß haltig.

224. **Wie sind die Feuerlöscheimer aus Leder beschaffen?**

Dieselben können auf mannigfache Art hergestellt sein.

1) Feuerlöscheimer aus rohem, gutem Kernleder genäht, weder innen noch außen angestrichen oder ausgepicht. Dieselben sind, wie alle Ledereimer, von unverwüstlicher Dauer, und haben das Gute, daß man wegen des Mangels an Anstrich die Nähte, falls durch die Hitze das Leder dort einschrumpfen sollte, nachschmieren kann.

2) Feuerlöscheimer aus Leder, entweder innen und außen mit Oelfarbe angestrichen, oder außen roh gelassen und innen ausgepicht oder mit Oelfarbe angestrichen, oder innen ausgepicht und außen angestrichen. Dieselben werden aus einer geringern Sorte Leder hergestellt, weßhalb man auch zu dem Pech oder der Oelfarbe als Dichtungsmittel seine

Zuflucht nimmt. Sie lassen sich, sowie die früher beschriebenen, sehr gut repariren.

3) Feuerlöscheimer aus lackirtem Schweinsleder. Dieselben sehen äußerst elegant aus, werden aus außen schwarz, innen grün lackirtem Schweinsleder hergestellt. Sie haben den Nachtheil, daß sie bei den Nähten leicht rinnend werden, und lassen sich dann nur unvollkommen und schlecht repariren.

Die Ledereimer macht man meistentheils 6—7 Maß, d. i. circa 1/6—1/5 Cubikfuß, Inhalt messend groß. Sie haben meistentheils oben 10 Zoll, unten 6 Zoll lichten Durchmesser. Ihre Höhe beträgt 12 Zoll. Die Henkel sind aus Leder, welches um einen Strick gewunden ist, hergestellt. Damit der Henkel sich umlegen lasse, bewegt er sich in zwei an dem Eimer eingelegten Schlupfen.

225. Wie vielerlei Feuerlöscheimer aus Hanfgeweben giebt es?

Die Feuerlöscheimer aus Hanfgeweben zerfallen in zwei große Gruppen: in die unangestrichenen, zusammenlegbaren, sogenannten Klappeimer, und in die aus Hanfgeweben hergestellten, mit Theer-, Oel- oder Kautschukfarben angestrichenen Feuerlöscheimer.

226. Was ist von den Klappeimern zu bemerken?

Die in Fig. 62 bildlich dargestellten Klappeimer sind aus einem ungemein dicht geschlagenen, hanfschlauchähnlichen Stoffe hergestellt, und beruhen im Prinzipe darauf, daß sich die Hanffasern beim Benetzen mit Wasser verquellen und sich so an einander pressen, daß sie vollständig dicht halten. Dieselben sind nicht angestrichen und nicht in abgestutzter Kegelform, sondern cylindrisch geformt. Dies geschieht aus dem Grunde, um weniger Stoff bei der Anfertigung zu verlieren und um dieselben schöner zusammenlegbar zu machen. Dieselben haben am Boden zwei übers Kreuz genähte Schnüre, an denen sie nach dem Gebrauche zum Trocknen aufgehängt werden. Oben ist ein Ring aus *spanischem Rohre* eingenäht, um dem Eimer Steifigkeit *zu verleihen*. Die Größe, in der dieselben hergestellt werden,

Fig. 62.

variirt zwischen $1/_7$—$1/_5$ Kubikfuß Rauminhalt. Schöne Eimer haben 9 Zoll lichten Durchmesser und 12 Zoll Höhe.

227. **Wie sind die andern Feuerlöscheimer aus Hanfgeweben hergestellt?**

Dieselben sind gewöhnlich aus einem starken, groben Hanfgewebe hergestellt, welches jedoch nicht so dicht gewebt ist, daß dasselbe im Stande wäre, an und für sich durch Verquellen im Wasser dicht zu halten. Man streicht zu diesem Behufe den Feuerlöscheimer, wenn er genäht ist, entweder mit Theer-, Oel- oder am besten mit einer guten Kautschukfarbe an. Häufig werden nun, um den Eimern mehr Steifigkeit zu geben, dieselben mit einer Art Mehlkleister auf dem rohen Stoffe überstrichen und hierauf die Farbe aufgetragen. Diese Herstellung ist jedoch gänzlich zu verwerfen, weil nach Verlauf weniger Jahre sich die Oelfarbe losbröckelt, in kleinen Schuppen abfällt und der Eimer unbrauchbar wird. Die Hanfeimer sollen vielmehr die Farbe direkt auf dem Gewebe aufgetragen erhalten, und soll das Gewebe ein derartiges sein, daß die Farbe allein hinreicht, den Eimer zu dichten und das Durchrinnen des Wassers zu verhindern.

Fig. 63.

Schöne Eimer haben gewöhnlich oben 10 Zoll, unten 6 Zoll lichte Breite, und sind 11—13 Zoll hoch. Hanfeimer lassen sich zwar, aber nicht gut und dauerhaft, repariren; daher man gut thut, wenn man diese Art auswählt, immer die beste Sorte zu nehmen. Fig. 63 zeigt einen solchen Eimer.

228. **Wie sind die Kautschukeimer angefertigt?**

Die Kautschukeimer werden aus Platten gut vulkanisirten Gummis hergestellt und stellen ein Gefäß ohne jede Zusammenfügungsstelle dar. Dieselben sind, wie alle Kautschukfabrikate, in Bezug auf ihre Haltbarkeit von der Qualität des verwendeten Kautschuks abhängig. Ihre Dauer beträgt selten mehr denn 6 Jahre. Sie sind im Allgemeinen nicht zu empfehlen; erstens sind dieselben zu theuer, und zweitens sind sie unbequem wegen ihres Gewichtes; sie bekommen auch bei starkem Gebrauche leicht Risse.

229. **Was ist von den Blecheimern zu bemerken?**

Die Blecheimer sind aus verzinktem Eisenblech angefertigt, mit Oelfarbe angestrichen und mit eisernen Henkeln versehen. Dieselben eignen sich vorzüglich dort zur Verwendung, wo man ohnehin viele Wassergeschirre zum Gebrauche nöthig hat, so daß man durch Anschaffung von Blecheimern zweierlei Bedürfnisse befriedigen kann.

230. **Wie werden die Feuerlöscheimer aus Papier erzeugt?**

Eine gute zähe Papiermaché-Masse wird über eine Form gepreßt, darnach getrocknet und mit Farbe angestrichen. Diese Eimer werden erst in neuester Zeit angewendet.

231. **Welche Anforderungen stellt man an gute Feuerlöscheimer?**

Dieselben müssen

1) derartig gut hergestellt sein, daß sie das Herumwerfen, Herumtreten gut aushalten;
2) müssen dieselben, wenn aufgehängt, von den atmosphärischen Einflüssen möglichst wenig leiden, d. h. sie dürfen nicht modern, nicht faulen, keine Risse bekommen, die Farbe nicht abspringen lassen;
3) sollen sie, mit Wasser vollständig angefüllt und so aufgehängt, nichts davon, wenn auch nur tropfenweise, verlieren, d. h. sie müssen vollständig dicht sein.

232. **Welche andere Vorrichtungen hat man noch, um Wasser zur Bewältigung des Feuers zu erlangen?**

Wasservorrathsreservoirs, welche durch natürlichen Druck das in ihnen aufgespeicherte Wasser zu Löschzwecken abgeben. Solche Reservoirs findet man hin und wieder in Privathäusern, hauptsächlich jedoch in Fabriken. Sie reichen in der Regel jedoch nur für den ersten Augenblick zur Einschränkung aus, da der in ihnen befindliche Wasservorrath meist viel zu gering ist, um auf längere Dauer aushalten zu können.

233. **In welcher Weise richtet man die Brunnen zur Wasserbeschaffung ein?**

Brunnen, besonders jene, welche nicht über 25 Fuß tief sind, sollten immer so eingerichtet sein, daß sie rasch das Wasser in die Wasserwägen abzugeben im Stande sind.

Zu diesem Zwecke können zweierlei Einrichtungen getroffen werden, je nachdem die Pumpe, die in den Brunnen eingesetzt ist, eine Druckpumpe oder eine gewöhnliche Hebepumpe ist.

234. **Welche Einrichtung ist bei Druckpumpen zu treffen?**

Dieselben sollen an ihrem Auslaufrohre ein Schlauchgewinde tragen. An dasselbe wird ein Schlauch geschraubt, der mit seinem andern Ende in das Faß des Wasserwagens gelegt wird. Wird nun an dem Brunnenpumpwerk geschöpft, so fließt das Wasser direkt aus dem Brunnen durch den Schlauch in den Wasserwagen.

235. **Welche Einrichtung sollen die gewöhnlichen Hebepumpen haben?**

Jene Hebepumpen, bei denen der vorhandene Raum das Zufahren der Wasserwägen gestattet, sollen einen erhöhten Ständer mit zwei Ausläufen haben. Der zweite Auslauf wird dann 6—7 Fuß hoch zu machen sein. Der zu füllende Wasserwagen fährt direkt unter den Brunnen; der untere Auslauf des Brunnenständers wird zugestopft und dadurch das durch Schöpfen heraufgebrachte Wasser gezwungen, im Ständer in die Höhe zu steigen und durch den obern Auslauf in den Wasserwagen zu rinnen. Zu diesem Behufe dient eine kleine, aus zwei Latten zusammengefügte Rinne, die das beim Ständerauslauf herausfließende Wasser in das Wasserfaß leitet.

Viertes Kapitel.

Von den Feuerwehrgeräthen.

236. **Was versteht man unter Feuerwehrgeräthen?**

Unter Feuerwehrgeräthen versteht man alle jene Hilfs*mittel und* Werkzeuge, deren man sich zur Löschung eines *Brandes bedient.*

237. **Wie kann man sämmtliche Löschgeräthe eintheilen?**

Sämmtliche Löschgeräthe zerfallen

1) in solche, die zum direkten Löschen des Feuers benöthigt werden;
2) in solche Hilfsmittel, deren man zur Herstellung der durch den Brand unterbrochenen Communicationen und zur Beseitigung unvorhergesehener, die Löschung beeinträchtigender Hindernisse benöthigt;
3) in Vorrichtungen zur Rettung von Menschenleben;
4) in Vorrichtungen zur Rettung von Effekten;
5) in den Schutz des Feuerlöschmannes gegen die durch das Element hervorgerufenen Gefahren.

238. **Welcher Mittel bedienen wir uns zum Löschen der Feuer?**

Zum Löschen der Feuer bedient man sich hauptsächlich des Wassers, und zwar durch Ausspritzen desselben durch die Feuerspritze. Hin und wieder bedient man sich auch des Dampfes, der Erde oder einiger anderer künstlich zubereiteter Löschmittel, die unter dem Namen Löschpulver bekannt sind.

239. **Wird das Wasser im reinen oder gemischten Zustande angewendet?**

Das Wasser wird gewöhnlich in reinem Zustande zum Löschen angewendet. Hin und wieder kömmt es jedoch vor, daß man demselben Beimengungen ertheilt.

240. **Woraus bestehen diese Beimengungen?**

Es sind Salze, die sich in dem Wasser lösen und in diesem gelösten Zustande von der Feuerspritze ausgespritzt werden.

241. **Worin besteht die Wirksamkeit dieser Salze?**

Darin, daß dieselben, auf die brennende Fläche gespritzt, zuerst ihr Lösungsmittel, das Wasser, verdampfen lassen, hierauf durch die Hitze schmelzen und einen Ueberzug auf der brennenden Fläche bilden, der die Luft abhält. Man sieht jedoch leicht ein, daß man hierdurch keine großen Wirkungen erzielt. — Von den übrigen Feuerlöschmitteln wird in den folgenden Kapiteln gehandelt.

242. **Welches ist die erste Aufgabe beim Löschen eines Brandes?**

Daß man sich mit dem Strahle der Spritze dem Feue heerde möglichst nähere, damit der Stoß des Wassers meh zur Wirkung kommt und damit nicht aufgelöste unwirksam Tropfen, sondern der volle gebundene Wasserstrahl auf d brennende Fläche geschleudert wird.

243. **Auf welche Weise wird dies erreicht?**

Indem man höher oder wenigstens möglichst hoch un nah gelegene Punkte zu ersteigen sucht und von dort da Feuer angreift. Solche Punkte sind die Dächer der Nach bargebäude, das brennende Dach selbst ꝛc. Sind steinerr Treppen im Hause, so ist dies meistentheils leicht zu er reichen. Bei Holztreppen jedoch, oder wenn die Steintreppe von Rauch und Qualm erfüllt sind, stellen sich dieser Er klimmung Hindernisse entgegen.

244. **Zu was für Mitteln muß man unter solchen Umständen greifen?**

Zu andern Ersteigungsmitteln, und dies sind Leiter und Wurfseile.

245. **Welchen Bedingungen müssen im Allgemeinen diese Geräthe en sprechen?**

Dieselben müssen, da sie zu jedem Brande mitgeführ werden, möglichst leicht, jedoch so stark gebaut werden, da der dieselben Benützende keinerlei Gefahr ausgesetzt ist; fe ner muß ihr Gebrauch einfach sein und es müssen al complicirten Mechanismen vermieden werden.

246. **In welche Abtheilungen lassen sich nun diese Geräthe bringen?**

1) In Geräthe zur Ersteigung der Stockwerke, d. l Leitern.
2) In Geräthe zur Ersteigung der Dächer, d. h. Wur seile, Dach- und Gesimsleitern, Gesimsbrücken ꝛc.

247. **Wie sind die Feuerleitern gebaut?**

Man hat die Feuerleitern nach den verschiedensten Prin zipien gebaut und construirt, je nach den Zwecken, z *welchen* sie dienen sollen, und man wird im speziellen Fal *immer zu* entscheiden haben, für welche Gattung man s *bestimmt.* Die Constructionen gehen von der gewöhnlic

Sprossenleiter bis zur englischen Wagenleiter, und es sollen im Folgenden mehrere der wichtigsten beschrieben werden. Immer muß man aber von dem Grundsatze ausgehen, daß die Leiter leicht transportabel, leicht zu gebrauchen und sicher sein muß.

248. Wie ist die Berliner Feuerwehrleiter gebaut?

Dieselbe besteht aus einzelnen, 2 Ruthen langen Leitern, die folgendermaßen zusammengefügt sind. Die Leiterbäume und Sprossen sind nicht, wie bei gewöhnlichen Sprossenleitern, aus Rundholz hergestellt, sondern aus Bohlen von Lärchentannenholz mit rechteckigem Querschnitte gemacht, und zwar geschieht dies aus dem Grunde, um bei möglichster Leichtigkeit der Leiter derselben die größtmöglichste Festigkeit zu geben. An einem Ende tragen die Leiterbäume Haken aus hochkantigem Eisen, welches circa 1—1½ Fuß Spielraum zwischen den Haken hat. Der zweite, sogenannte Widerhaken ist am zweckmäßigsten 1 Fuß lang zu machen. Zum Ueberflusse sind noch an den beiden Enden der Leitern neben den hölzernen Sprossen Durchzüge aus schwachem Rundeisen angeordnet und an die beiden Leiterbäume mit Muttern angeschlossen. Diese Leitern sind zur Ersteigung von beliebig hohen Häusern gleich gut geeignet.

249. Wie viel Bedienung erfordern diese Leitern?

Zwei bis drei Mann; doch wird vorausgesetzt, daß sich dieselben mit dem Gebrauch der Leiter, um rasch mit derselben zu arbeiten, vertraut gemacht haben.

250. Wie wird nun das Haus erstiegen?

Es sei beispielsweise ein vier Stock hohes Haus zu ersteigen, so benöthigt man hierzu, da die durchschnittliche Stockwerkshöhe 12 Fuß ist, vier Leitern, mit denen folgendermaßen manipulirt wird: Ein Feuerlöschmann nimmt die Leiter und lehnt dieselbe an einem Fensterpfeiler so an die Wand, daß der Leiterbaum, an dem die Widerhaken sitzen, oben zu lehnen kommt und die Haken von der Hausmauer abstehen. Er erfaßt die Leiter an ihrem untern Ende und hebt sie so hoch in die Höhe, bis er ihr oberes Ende über der Fensterbrüstung des ersten Stockes verspürt. Dieses fällt ihm nicht schwer, da er eigentlich die Leiter beim Heben nur aufwärts zu schieben braucht, weil dieselbe mit ihrem oberen Theile immer an die Mauer sich lehnt. Ist dies geschehen, so dreht er die Leiter um, dadurch drehen die Widerhaken sich nach innen und fassen, wenn er die Leiter fallen läßt, die Parapet= oder Verkleidungsmauer des Fensters, haken daran sich fest, und er ist im Stande, durch einen Zug an der Leiter sich zu überzeugen, daß dieselbe festsitzt.

251. **Wie wird die zweite Etage bestiegen?**

Ein Feuerlöschmann steigt auf der eingehängten Leiter in den ersten Stock, der zweite Feuerlöschmann lehnt eine zweite Leiter derart ans Fenster, daß man dieselbe vom ersten Stockwerke leicht erfassen kann, steigt nun selbst mittelst der schon eingehängten Leiter in den ersten Stock und bleibt auf der Fensterbrüstung stehen. Der bereits früher hinaufgestiegene Feuerlöschmann faßt denselben mit der Hand am Leibgürtel und hält ihn dadurch auf der Fensterbrüstung fest. Der auf der Fensterbrüstung Stehende schiebt nun die zweite Leiter genau so empor, wie es bei der ersten beschrieben wurde, und kann nun in den zweiten Stock hinaufklettern.

252. **Wie wird die dritte Etage bestiegen?**

Die beiden Feuerlöschmänner steigen in den zweiten Stock, und ein dritter und vierter Feuerlöschmann reichen ihnen von unten eine dritte Leiter empor, die sie ebenso in die Fensterbrüstung des dritten Stockes einhaken, wie früher die zweite in den zweiten. Auf diese Weise kann nun ein beliebig hohes Haus bestiegen werden, und wird an der Außenseite desselben eine gute Communicationsleiter hergestellt.

253. **Wie werden die Leitern ausgenommen?**

Sollen nun nach vollbrachter Arbeit die Leitern ausgenommen werden, so stellt sich ein Feuerlöschmann auf die Fensterbrüstung und wird auf derselben von einem andern Feuerlöschmann am Gürtel festgehalten. Der auf der Brüstung Stehende hebt nun die Leiter beiläufig um so viel in die Höhe, als die Haken in die Mauer gefaßt haben, und dre[illegible] die Leiter um. Dies geschieht aus dem entgegengesetz- Grunde wie früher, wo es Zweck war, die Haken Eingriff in die petmauer zu brin- während man jetzt aken auslösen will ieselben daher her- ehen muß.

l. Wie hilft man sich lchen Leitern, wenn ur zwei oder gar nur rhanden sind?

In solchem Falle, ich dann vorkom- ann, wenn man inen Punkt blos Feuerlöschmann n will, haben ie beiden Feuer- änner von Stock- zu Stockwerk mit Leiter aufzuzie- id niederzulassen. be geschieht auf e Weise: Nach- ie Leiter in den Stock eingehängt steigen die bei- teiger das erste erk und hängen Leiter, auf der n Parterre ins eschoß gestiegen, Nun wird diese genau auf die- Weise, wie es

Fig. 64.

beschrieben wurde, in den zweiten Stock eingehängt. den Feuerlöschmänner steigen in den zweiten Stock und benützen dieselbe Leiter zur Ersteigung des dritten Stockes u. s. w. Genau so helfen sie sich beim Herabsteigen. Die Beiden steigen zu gleicher Zeit immer ein Stockwerk tiefer und hängen die Leiter aus, um dieselbe in die Fensterbrüstung, auf der sie stehen, einzuhängen. Ist dies geschehen, so steigen sie in das niedriger gelegene Geschoß, und so wiederholt sich diese Operation so lange, bis sie am Fußboden angelangt sind. Das Ersteigen eines Stockwerkes mit solchen Leitern muß von geübten Steigern binnen 2 Minuten ausgeführt werden können. In Fig. 64 sind nebst mehreren andern auch solche Berliner Feuerwehrleitern dargestellt. Die Abbildung zeigt das Einhängen der Leitern vom Parterre ins erste Geschoß.

255. Wo wird die Berliner Feuerwehrleiter mit Vortheil anzuwenden sein?

Die Berliner Steigerleiter läßt dort eine gute Verwendung hoffen, wo eine gut eingeschulte Feuerwehr durch häufiges Ueben mit derselben eine gewisse Gewandtheit erlangt und wo die Mehrzahl der Häuser so gebaut ist, daß die Dicke der Parapetmauer ihrer öftern Anwendung nicht bedeutende Hindernisse in den Weg legt; denn bei ihr ist es nöthig, daß die Dicke der Parapetmauer nicht größer ist als der Zwischenraum zwischen den Widerhaken und der Leiter, weil sonst erstere nicht fassen können. Hauptsächlich wird man letzteren Fall dort finden, wo viel Gebäude älterer Bauart sich erhalten haben. — Fig. 65 zeigt eine Hakenleiter, zum ähnlichen Gebrauche wie die Berliner Feuerwehrleiter bestimmt.

Fig. 65.

256. Wie ist die Augsburger Schubleiter beschaffen?

Die Augsburger Schubleiter besteht, ähnlich der Berliner Steigleiter, aus einem System einzelner Leitern, welche nach Bedürfniß ineinander gesteckt und auseinander geschoben werden können, um die Leiter dem entsprechenden Bedürfnisse gemäß vergrößern oder verkleinern zu können. Die einzelnen Leitern sind ebenfalls aus Lärchentannenholz und, ähnlich den Berliner Steigleitern, so gebaut, daß die Hochkante des Holzes in Bezug auf seine Tragfähigkeit in Anspruch genommen wird, nur mit dem Unterschiede, daß bei denselben die Widerhaken fehlen. Ferner sind die Leiterbäume nicht parallel, sondern gegen einander schief gestellt, und zwar in einer solchen Weise, daß das schmälere Ende einer jeden Leiter genau in das breitere Ende der andern paßt. An diesen breitern Enden sind nun noch Ringe aus Flacheisen angebracht, in welche die Leiterbäume hineingeschoben werden können, und so ist es ermöglicht, dieselben zu kuppeln. Die erste Leiter pflegt hin und wieder auch zwei Rollen zu erhalten, die mit gekerbten Laufbahnen versehen sind. Dies geschieht zu dem Zwecke, um die Leiter leichter an dem Gebäude schieben zu können.

257. Wie wird nun mit dieser Leiter manipulirt?

Dies kann auf zweierlei Weise geschehen. Entweder stellt man die Leiter gleich in ihrer ganzen Länge auf dem flachen Boden zusammen und lehnt sie dann gegen das Haus an der Stelle, wo man sie gebrauchen will, oder man schiebt je eine Leiter schief an der Mauer in die Höhe und die andere darunter. Letzteres Verfahren, obwohl zeitraubender, pflegt man dann anzuwenden, wenn keine gehörig langen Feuerhaken zu Gebote stehen, um die Leiter gut aufzustellen. Im aufgestellten Zustande muß diese Leiter, da ihre Länge eine bedeutende ist und dieselbe auch sehr stark auf Bruchfestigkeit in Anspruch genommen wird, jedenfalls unterstützt werden. Am besten geschieht dies durch Unterstellen von Feuerhaken, die am zweckmäßigsten an den Kuppelungsstellen verspreizt werden.

258. Wodurch zeichnet sich diese Leiter aus?

Diese Leiter hat den großen Vorzug, besonders vor den aus einem Ganzen bestehenden Feuerleitern, daß sie leicht *transportabel ist.* Desgleichen läßt sie sich überall anwenden und erfordert keine besonders eingeschulte Mannschaft.

wie die Berliner Steigerleiter. Dagegen nimmt sie am Brandplatze mehr Raum ein und erfordert zu ihrer Bedienung, damit sie nicht umgeworfen wird, ein Aufsichtspersonal von vier Personen. Fig. 66 stellt zwei solche Leitern dar, die ineinander geschoben sind.

Fig. 66.

259. Giebt es noch andere ähnliche Schubleitern?

Eine andere ähnlich gebaute Schubleiter stellt Fig. 67 dar. Dieselbe ist jedoch blos für zwei Stockwerkshöhen anwendbar, da sie sonst zu schwerfällig in der Construction wird. Die Leitern sind gewöhnlich nach Art der mit runden Leiterbäumen versehenen, jedoch mit etwas mehr Sorgfalt gebaut. An dem obern Ende der untersten Leitern finden sich an jedem Leiterbaum zwei Spangen, welche auf demselben festgeschraubt sind. Im obern Theile dieser Spangen ist nun der Leiterbaum der zweiten Leiter verschiebbar. Die obern Spangen beider Leiterbäume sind verbunden und tragen inmitten eine feste Rolle, über welche ein gewöhnliches Seil geht, welches an einem Ende an die unterste Sprosse der zweiten Leiter befestigt ist und am andern Ende auf die Erde herabreicht. Wird nun das Seil in der Richtung des Pfeiles gezogen, so schiebt sich die zweite Leiter in den Spangen der ersten aufwärts. Unterhalb der Spangen sind an beweglichen Ringen zwei Stützstangen befestigt, welche an ihrem Kreuzungspunkte bei H den dritten Unterstützungspunkt der Leiter geben. In ähnlicher Weise läßt sich sodann noch eine zweite Leiter aufziehen u. s. w.

260. Wie sieht die amerikanische Feuerleiter aus?

Dieselbe ist im zusammengeschlagenen Zustande einem runden Baume gleich; sie erfordert daher äußerst geringen Raum und ist leicht zu transportiren. Dieser runde Stamm *ist zweitheilig* und in der Mitte mit einer kleinen Nuth versehen, *in* welche sich die mit Gelenken versehenen Sprossen *beim Zusammenklappen* einlegen. Dieselbe ist mit zwei eiser-

en Haken versehen, um sie im aufgeklappten Zustande fixi=
:n zu können. Diese Leiter empfiehlt sich für solche Ort=

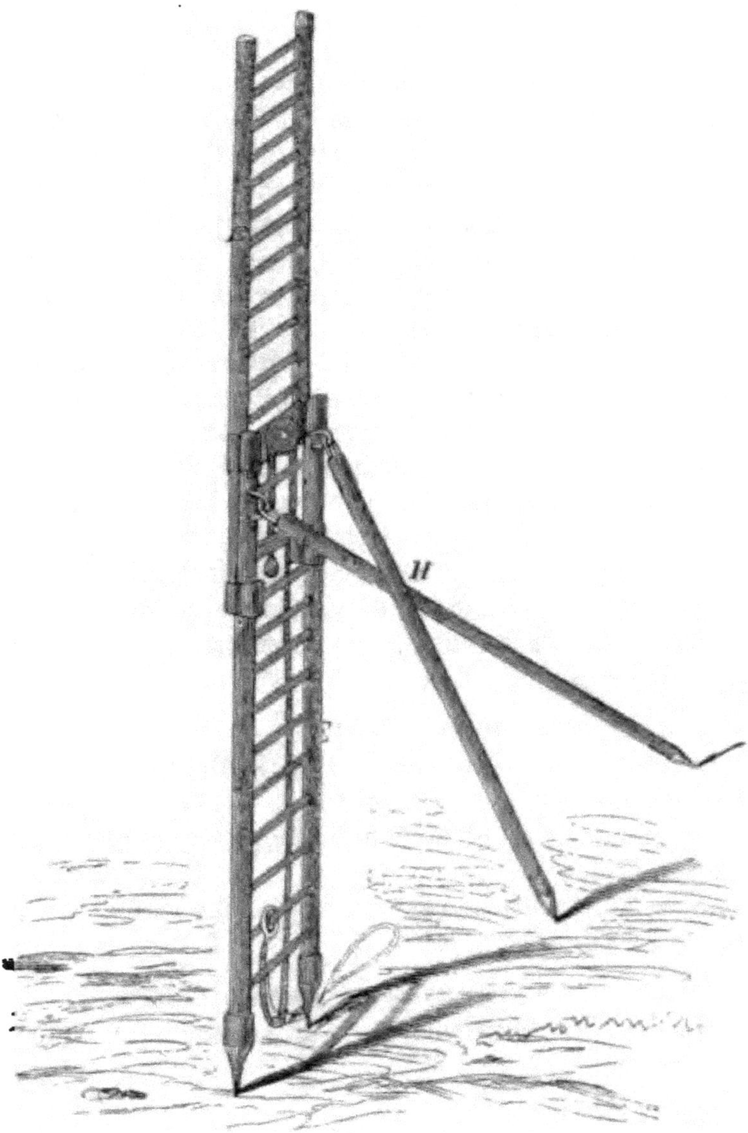

Fig. 67.

ften, wo meist niedrige Gebäude bestehen. Eigentlich is
los ihre ungemein sinnreiche Construction, welche die Ar

merksamkeit auf dieselbe gelenkt hat. Denn so recht eigentlich zum Gebrauche ist sie aus dem Grunde nicht praktisch, weil man so kurze Leitern beinahe ohnehin überall vorfinden dürfte.

261. Wie ist die englische Feuerwehrleiter construirt?

Die englische Feuerwehrleiter, obgleich ein ziemlich schwerfälliges Instrument, ist sehr interessant construirt. Auf einem zweirädrigen Wagen befindet sich ein System von Leitern, die ineinander verschiebbar sind. Ein jeder Leiterbaum ist unten mit einer gezahnten Stange versehen, in welche ein Triebrad greift, welches jedoch auf dem Wagen mit seinen Lagern befestigt ist. Wird nun das Triebrad mittelst einer Kurbel gedreht, so schieben sich die Leitern eine nach der andern vorwärts. Man kann daher mit dieser Leiter genau den Punkt treffen, an dem dieselbe einfallen soll. Zu bemerken ist noch, daß die einzelnen Leitern Stützstangen haben, mit denen sie an der Erde verspreizt werden. Diese Leiter ist für unsere Verhältnisse nicht recht praktisch, weil sie erstens breite Straßen erfordert und dann eine ziemlich große Bedienungsmannschaft beansprucht. Nichtsdestoweniger wird sie hie und da angewendet. Zu empfehlen ist sie jedoch nicht.

262. Welche Leitern gehören noch hieher?

Die großen, aus einem Stücke angefertigten Leitern gehören gleichfalls in diese Kategorie. Dieselben sind jedoch in ihrer Bauart durch nichts Auffälliges ausgezeichnet, um hier näher beschrieben zu werden. Auch finden dieselben immer nur lokale Anwendung, da ihre Schwerfälligkeit den Transport derselben verhindert.

263. Welcher Mittel bedient man sich zum Besteigen der Dächer?

Entweder der Wurfseile oder der Leitern sammt des Gesimsbockes.

264. Wie ist das Wurfseil beschaffen?

Das Wurfseil ist ein $3/4$ Zoll dickes, circa 10—15 Klafter langes, aus gutem Hanf hergestelltes Seil, welches an einem Ende einen Widerhaken hat und auf der ganzen

Länge von Fuß zu Fuß geknotet ist. Dasselbe wird auf das Dach geschleudert, wo sich der Haken desselben entweder am First oder zwischen den Dachlatten oder sonstwo festhaken soll, und es wird von unten durch Zug am Seile probirt, ob dasselbe festsitzt. An dem Seile ziehen sich nun Steiger in die Höhe, um die weitern Operationen vorzunehmen.

265. Welche Leiter pflegt man in Verbindung mit dem Wurfseile anzuwenden?

Die Draht- oder Strickleiter. Auf dem Wurfseile pflegt gewöhnlich ein Mann voraus hinaufzuklettern; derselbe läßt von oben eine Schnur herab und zieht dann dieselbe mit der an ihr befestigten Strickleiter in die Höhe, macht letztere oben fest, und auf derselben können nun Mehrere nachsteigen. Die Drahtleiter wird aus verzinktem Eisendraht hergestellt und die Sprossen mit Kupfer vernietet.

266. Wie ist der Gesimsbock beschaffen?

Fig. 68 stellt einen Gesimsbock dar. Eine hölzerne Brücke liegt auf einem Scheitel eines beweglichen eisernen Winkels, der an seinen beiden Enden mit verschieden geformten Widerhaken versehen ist. Der Widerhaken A ist bogenförmig und hat den Zweck, den Gesimsbock auf dem Parapet des letzten Stockwerkes festzuhalten, während der gerade Haken des andern Scheitels dazu dient, sich gegen die äußere Wand zu stemmen. Hin und wieder findet man auch einen Durchzugbalken angeordnet. Der Gesimsbock ist zusammenlegbar und daher beim Transport leicht unterzubringen. Auf der Brücke hat er kleine viereckige Einschnitte, in welche die *Leiterbäume* der Steigleiter passen. Dieselbe ist eine *gewöhnliche Leiter;* sie lehnt sich mit ihrem obern Ende an

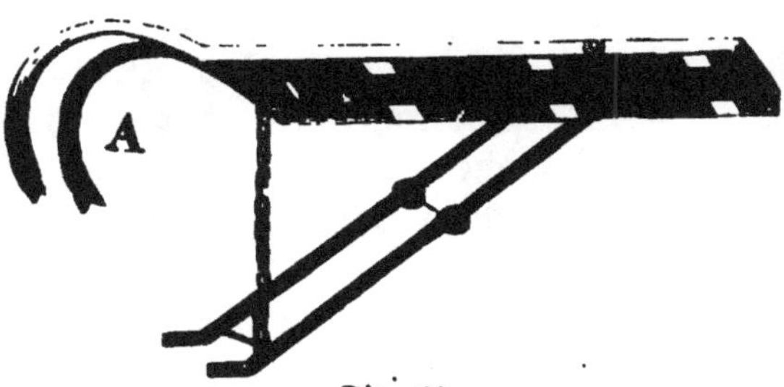

Fig. 68.

das Dachgesims und wird mit den untern Leiterbäumen in die erwähnten viereckigen Ausschnitte des Gesimsbockes gestellt. Dadurch, daß die Leiterbäume unten gehalten werden, ist die Steigleiter vor dem Umkippen gesichert, und der Steiger kann das Dach getrost erklimmen. Zur bessern Vorsorge halten noch gewöhnlich zwei Feuerwehrmänner die Steigleiter an zwei Seilen gegen das Dach an (siehe Fig. 64).

267. **Was ist von den Dachleitern zu bemerken?**

Die Dachleitern sind gewöhnliche, nur ungemein leicht und zart gebaute Leitern, welche an einem Ende mit Widerhaken versehen sind. Ist der Steiger mittelst des Gesimsbockes und der Steigleiter beim Dachgesims angelangt, so legt er, unterstützt von einem zweiten Feuerlöschmann, die Dachleiter aufs Dach auf, jedoch so, daß die Haken nach oben sehen. Nun schiebt er dieselbe so weit vor, daß die Haken über den Dachfirst hinausreichen, dreht die Leiter um und zieht sie so weit herab, bis die Haken in dem Dachfirst fangen. Auf dieser Leiter kann nun der Feuerlöschmann das Dach bequem besteigen. — Diese Dachleitern sollten eigentlich schon auf jedem Dache angebracht sein, da dieselben auch sonst bei Reparaturen der Bedachung gute Dienste leisten. Nichtsdestoweniger ist es gut, daß jede Feuerwehr zwei oder drei solche Dachleitern mit sich führt, um bei unvorhergesehenen Fällen damit zur Hand zu sein.

268. **Welche Operationen werden ebenfalls zur Herstellung von bessern Communicationen nothwendig?**

Die Demolirung einiger Objekte. Dieselbe geschieht, um mit dem Wasser dem brennenden Gegenstande besser auf den Leib rücken zu können, anderntheils auch, um dem Feuer eine natürliche Grenze zu verschaffen.

269. **Welcher Werkzeuge bedient man sich hierzu?**

1) Der gewöhnlichen Maurerwerkzeuge.
2) Des Einreißtaues.
3) Der Feuerwehräxte, Beile, Hämmer &c.

270. **Wie ist das Einreißseil beschaffen?**

Das Einreißseil ist ein 150—200 Fuß langes, starkes Seil, welches dazu dient, um Rauchfänge niederzureißen und Dächer abzudecken.

271. **Wie sind die Feuerwehrräxte, Beile, Hämmer ꝛc. angefertigt?**

Fig. 69 stellt ein Feuerwehrbeil, Fig. 70 einen Spitzhammer und Fig. 71 einen Mauerbrecher dar. Die Feuerlöschmänner sind mit diesen Werkzeugen ausgerüstet, um erforderlichen Falles von denselben Gebrauch zu machen. So wird der Spitzhammer benützt, um Dielen ꝛc. aufzureißen. Der Mauerbrecher leistet vorzügliche Dienste beim Einreißen von Mauern, Hinwegräumen von Zwischenwänden, stehengebliebenen Feuermauern ꝛc. Diese Werkzeuge müssen sämmtlich aus gesundem Eisen mit vorgestählten Spitzen angefertigt sein.

Fig. 69.

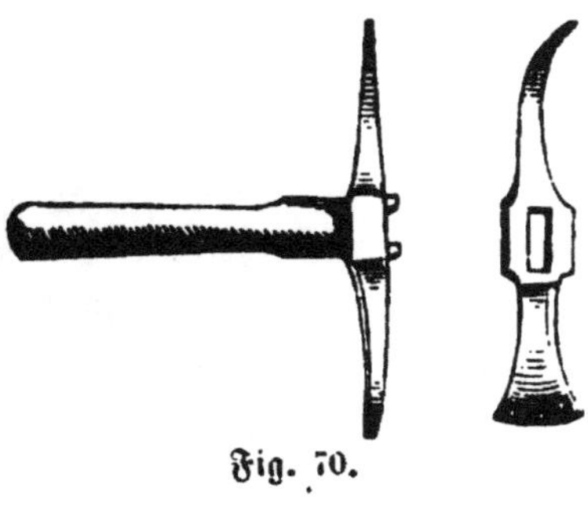

Fig. 70.

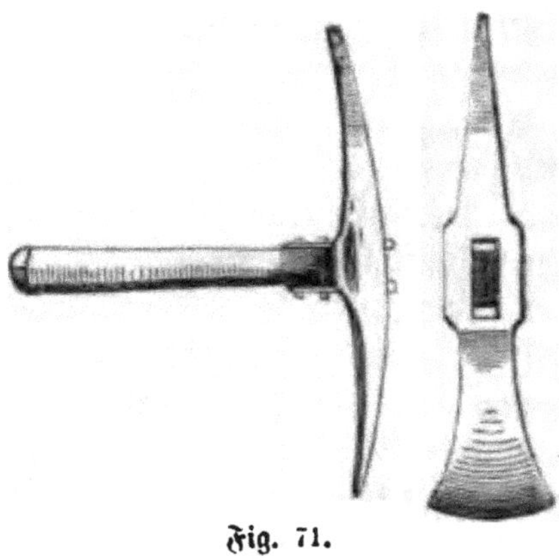

Fig. 71.

Die Stiele sind am zweckmäßigsten aus Cornelkirschenholz anzufertigen. Hin und wieder findet man auch den Stiel mit Spaget umflochten, um demselben eine gewisse Rauhigkeit zu verleihen, damit der Mann beim Arbeiten mit mehr Gewalt denselben anfassen kann. Auf den Stielen sind die Hämmer, Beile ꝛc. am zweckmäßigsten durch Keilblattfedern befestigt, welche auf dem Holzstiele aufgeschraubt sind.

272. Welcher Mittel bedient man sich zum Retten der Menschen aus Feuersgefahr?

Hierzu bedient man sich des Rettungsschlauches, des Sprungtuches, des archimedischen Flaschenzuges 2c.

273. Wie sieht der Rettungsschlauch aus?

Der Rettungsschlauch ist ein aus starkem Hanfgewebe angefertigter, 16—18 Zoll im lichten Durchmesser und 48—56 Zoll flach messender Schlauch von circa 60—80 Fuß Länge. An seinem obern Ende ist er mit starken Stricken versehen, durch welche zwei Durchschubstangen gesteckt werden. Am untern Ende hat er einen 6 Fuß langen Schlitz. Zum Transporte wird der Rettungsschlauch aufgerollt und auf den zwei Durchsteckstangen aufgebunden. Hin und wieder findet sich auch ein Strick, der im Innern des Schlauches befestigt ist, damit der im Schlauch sich Herablassende sich daran anhalten kann.

274. Wie wird mit dem Rettungsschlauch manipulirt?

Um mit dem Rettungsschlauch Personen zu retten, wird nun folgendermaßen verfahren: Ein oder zwei Feuerlöschmänner erklimmen das Stockwerk, aus dem die Personen zu retten sind, ziehen an einer herabgelassenen Schnur den Rettungsschlauch zu sich empor und machen denselben an der Fensterbrüstung so mit den Durchsteckstangen fest, daß er vollständig festhängt. Dies geschieht einfach dadurch, daß der Rettungsschlauch aufgerollt hinunter zur Erde fallen gelassen wird und die Durchsteckstangen in horizontaler Lage gegen die Fenstermauern sich spreizen. Die zu rettende Person wird nun in den Rettungssack geschoben und rutscht in demselben, da er eine schiefe Ebene bildet, sanft zur Erde und erblickt erst durch den unten angebrachten Schlitz das Tageslicht. Die den Rettungsschlauch unten haltenden Personen müssen denselben so halten, daß er mindestens 2—3 Fuß von der Erde absteht. Männer werden zuerst mit den Füßen in den Rettungsschlauch gesteckt, während Frauenspersonen, schon wegen ihrer Kleidung, welche sonst ihr Durchrutschen durch den Schlauch verhindern würde, zuerst mit dem Kopfe in denselben gesteckt werden. Sind sämmtliche Personen auf solche Weise gerettet, so läßt der Feuerlöschmann den Schlauch zur Erde nieder und rettet sich selbst auf dem Seile oder mittelst Leitern aus den brennenden Räumen. Fig. 72 stellt einen solchen Rettungsschlauch dar, welcher vom zweiten Stockwerk zur Erde hängt. Zur Haltung desselben am Boden genügen zwei Personen. Solche Rettungsschläuche sind sehr zu empfehlen.

275. Was ist das Sprungtuch?

Das Sprungtuch ist ein aus ungemein starkem Hanfgewebe hergestelltes Tuch von quadratischer Form, circa 10—12 Fuß breit, daher 100—144 Quadratfuß haltend. Eingefaßt ist dasselbe von einem starken Stricke, und sind an demselben gleichfalls aus starken Stricken Handhaben angebracht, damit es von Männern gehalten werden kann.

276. Wie wird das Sprungtuch angewendet?

Das Sprungtuch wird hauptsächlich zur Rettung von Personen oder voluminösen Möbeln, jedoch selten für größere Höhen, als das erste Stock ist, angewendet. Für den zweiten Stock ist es nur in solchem Falle anzuwenden, wenn sich die zu rettende Person nicht entschließen kann, sich am Seile herabzulassen. An jeder Seite des Sprungtuches fassen vier starke Männer, so daß also dasselbe von sechszehn Männern gehalten wird, und stellen sich mit demselben unter das Fenster, aus welchem die sich rettende Person auf dasselbe herabspringt. Da das Sprungtuch von den Männern circa 30—36 Zoll über den Boden gehalten wird, so bildet die unter demselben befindliche Luftschicht eine Feder, welche den Sprung zu einem minder gefahrvollen macht, da der Widerprall abgeschwächt wird. Immerhin wird man bei Anwendung des Sprungtuches die äußerste Vorsicht zu beobachten haben, damit nicht durch das Loslassen eines Mannes das Tuch auf einer Seite auf die Erde fällt und dadurch der Springende beschädigt wird.

277. Giebt es noch andere Rettungsmittel für Menschen?

Diese und andere Rettungsvorrichtungen für Menschen werden natürlich nur angewendet, wenn schon kein anderer

Fig. 72.

Ausweg mehr offen bleibt. Außer diesen hat man noch verschiedenartige Rettungskrahne construirt, die jedoch nicht allgemeinen Anklang gefunden haben und mit denen sich auch zu öftern malen Unglücksfälle ereigneten. Ein zweckmäßiger Rettungsapparat ist noch die archimedische Rolle, an der sich eine Person ohne alle Gefahr herablassen kann.

278. Wie ist dieselbe construirt?

In einem aus zwei guß- oder schmiedeeisernen Platten bestehenden Gehäuse befinden sich zwei Rollen, über welche ein Seil geht nach Art, wie es in Fig. 73 dargestellt ist. Das Seil reicht von der obern Etage bis zum Fußboden, und ist oben an irgend einem Gegenstande befestigt. An dem Gehäuse ist ein Gürtel angebracht, den sich die zu rettende Person umschnallt; ihr Gewicht bringt nun das Gehäuse zum Sinken, die Reibung des Seiles jedoch an den Rollen und an den Gehäusewänden macht, daß das Fallen langsam vor sich geht, und die zu rettende Person ungefährdet den Fußboden erreicht. Hierbei ist jedoch wohl darauf zu achten, daß das Seil die Last eines Menschen zu tragen im Stande ist ohne zu reißen, und daß es oben wohl befestigt werde, zu welchem Ende man nicht genug Vorsicht empfehlen kann. Sollte der Apparat schon oft gebraucht worden sein, so muß man durch Aufstreuen von Kolophonium auf das Seil den Reibungswiderstand, der sich durch das Schleifen des Seiles auf den Rollen etwa vermindert hat, erhöhen.

Fig. 73.

279. In welcher Weise ist für Unglücksfälle am Brandplatze vorgesorgt?

Durch gehörige Obsorge für die nöthigen Sanitätsvorkehrungen. Hierher gehören Sänften, um Kranke zu transportiren, und die nöthigen Medikamente, um Brandwunden zu heilen und zu verbinden.

280. Was ist bezüglich der Sänften zu bemerken?

Die Sänften sollten bei keiner Feuerwehrausrüstung fehlen, da es außer aller Berechnung liegt, ob nicht bei aller Vorsicht bei einem Brande Jemand sich Brandwunden oder sonst einen Schaden zuzieht. Solche Sänften sind so zu bauen, daß sie leicht transportabel sind. Für kleinere Feuerwehren empfehlen sich auch die Hängematten sehr, indem mit denselben durch zwei Mann auch sehr gut der Transport von Verwundeten besorgt werden kann. Empfehlenswerth sind auch die Krankentransportwerkzeuge von J. Fischer und Comp. in Heidelberg.

281. **Was für Schäden können bei einem Brande einen Betheiligten treffen?**

Derselbe kann Brandwunden davontragen; durch Einathmen von Rauch und Qualm den Athem verlieren und bewußtlos werden; durch Sturz von einem Gerüste oder Einsturz anderer Objckte auf ihn sich anderweitig an seinem Körper beschädigen.

282. **Wie werden also die mitzuführenden Medikamente beschaffen sein müssen?**

Dieselben werden für den ersten Augenblick für diese oben berührten Schäden Linderung verschaffen müssen. Der von der Feuerwehr mit dem Feuerwehrsanitätsdienste betraute Arzt wird sonach eine Zusammenstellung der ihm am geeignetsten scheinenden Hilfsmittel anzugeben haben, welche die Feuerwehr in ihrem Requisitenwagen mitführen wird.

283. **Welche Aufgabe fällt den Feuerlöschmännern gleichfalls zu?**

Nach der Rettung von Menschenleben ist es die Aufgabe der Feuerwehr, die größtmögliche Menge von Effekten vor dem Verbrennen zu schützen.

284. **Aus welchen Gründen hat dies zu geschehen?**

Dies hat nicht nur darum zu geschehen, um seinen Mitmenschen Hab und Gut möglichst ungeschmälert aus der drohenden Gefahr zu retten, sondern ein weiterer hauptsächlicher Grund liegt auch darin, durch Wegschaffung der meist ungemein leicht brennbaren Effekten dem Feuer Nahrung zu entziehen und seine Ausdehnung einzudämmen.

285. In welcher Weise geschieht dies?

Durch Ausräumen der Wohnungen. So lange es thunlich ist, werden hierzu die Treppen benutzt. Ist dies aber nicht mehr rathsam oder würde man durch diese Manipulation zu viel Zeit verlieren, so räumt man die Wohnungen durch die Fenster aus, indem man aus denselben die Effekten auf die Erde herabläßt.

286. Hat man hierzu vielleicht einige Erleichterungsmittel?

Jawohl, und zwar den Rettungssack, Rettungskorb und die Spinne.

287. Wie ist der Rettungssack beschaffen?

Der Rettungssack ist ein aus Hanfgewebe angefertigter, 18—20 Zoll im Durchmesser haltender Sack, welcher, um mehr Festigkeit zu besitzen, von außen mit Gurten benäht ist. In denselben werden kleinere Gegenstände gepackt, und derselbe, wenn er gefüllt ist, zur Erde niedergelassen, wo er entleert wird, um wieder aufgezogen zu werden. Hat man mehrere solche Säcke zur Verfügung, so geht natürlich das Ganze viel schneller, weil dann gleich der volle Sack ausgehängt und der leere eingehängt wird, wodurch dann die oben in den Wohnungen Befindlichen nicht zu warten brauchen, bis das oft lange dauernde Auspacken aus dem Sacke vollendet ist. Einen solchen Rettungssack in Gebrauch zeigt Fig. 72.

288. Was ist vom Rettungskorbe zu bemerken?

Der Rettungskorb ist ähnlich wie der Rettungssack beschaffen; nur ist der letztere zusammenlegbar, der erstere jedoch nicht. In dem Rettungskorb werden auch kleinere Gegenstände zur Erde niedergelassen, und überhaupt mit ihm so manipulirt wie mit dem Rettungssack. Derselbe hat jedoch gegen den Rettungsschlauch den Nachtheil, daß er nicht so leicht beim Transporte unterzubringen ist als der letztere.

289. Wie werden die schwerern Möbelstücke aus den Wohnungen entfernt?

Dieselben werden mit Stricken umbunden und mittelst derselben auf die Erde niedergelassen, nachdem man sie zum Fenster hinausgeschoben hat.

290. **Welches Instrumentes bedient man sich zu diesem Behufe?**

Einer festen Rolle, welche auf die Fensterbrüstung gelegt wird und auf welcher diese Möbel hinausgeschoben werden. Ein solches Instrument nennt man eine Spinne. Dieselbe besteht, wie Fig. 74 zeigt, aus zwei widerhakenförmigen Eisenstangen, zwischen denen eine hölzerne, mit Eisen beschlagene Rolle läuft. Man hat zur bessern Transportirung solche Spinnen vorgeschlagen, die statt einer einzigen drei Rollen haben, daher das Aufschieben des Gegenstandes auf die Fensterbrüstung und das Ablassen von derselben bedeutend erleichtern. Fig. 74 zeigt eine solche Spinne, wie sie in Berlin gebräuchlich ist.

Fig. 74.

291. **Welche Einrichtung ist bezüglich der Bergung der geretteten Effekten zu empfehlen?**

Die Einführung von gummirten Coupons, welche die mit der Bergung betrauten Feuerlöschmänner auf die geretteten Gegenstände kleben, und die Einer Partei gehörigen durch einerlei Zeichen oder Nummer kenntlich machen. Diese Einrichtung hat sich als sehr zweckmäßig bewährt, indem dieselbe vielen Verschleppungen, Klagen 2c. vorbeugt. Auch wird dadurch die Ordnung am Brandplatze, ein nicht zu unterschätzendes Moment, bedeutend gefördert, indem die geretteten Effekten gleich complet geordnet auf einem Platze abgelagert werden.

292. **Durch was wird der Feuerlöschmann gegen die Gefahren seines Berufes geschützt?**

So weit dies möglich ist, durch eine zweckmäßig gewählte Ausrüstung.

293. **Welchen fernern Zweck verbindet man hiermit?**

Durch eine gleichförmige Ausrüstung und Uniformirung wird Ordnung in die Masse gebracht und die bei einer Massenbewegung immer so nothwendige Einheit aufs Mächtigste gefördert. Wenn man bedenkt, welche Unordnung, welche Rathlosigkeit dort herrscht, wo der Befehlende nicht weiß, wem er commandiren; der Arbeiter nicht, wem er gehorchen und wessen Anordnungen er ausführen soll, so muß man die Uniformirung der Feuerwehren als einen wirksamen Hebel zur Erreichung des vorgesteckten Zieles betrachten.

294. Woraus besteht nun die Ausrüstung des Feuerwehrmannes?

Aus einer zweckmäßigen Bekleidung und aus zweckmäßigen Ausrüstungsstücken.

295. Wie soll die Kleidung des Feuerwehrmannes beschaffen sein?

Die Kleidung desselben soll bequem sein, damit er bei Ausführung seiner Arbeiten, die oft einen nicht ungewöhnlichen Grad von Geschicklichkeit und Behendigkeit erheischen, nicht behindert werde. Dieselbe muß ihn ferner vor den Unbilden des Wetters schützen können und ihn in Stand setzen, die am Brandplatze so häufig und so rasch vorkommenden Wechsel der Temperaturen zu ertragen. Sie soll aus genügend starkem Zeuge angefertigt werden, um eben die starken Strapatzen, denen sie bei öfterer gehöriger Benutzung ausgesetzt ist, gut und auf längere Dauer ertragen zu können. Ferner muß sie aus nicht zu leichtem Zeuge angefertigt sein und nicht zu leicht von darauf fallenden Funken sich entzünden und brennen.

296. Welcher Kopfbedeckung bedient sich der Feuerwehrmann?

Entweder des Helms oder der Kappe.

297. Wie ist der Helm beschaffen?

Der Helm des Feuerwehrmanns (Fig. 75) ist entweder aus sogenanntem Weißblech oder andern Blechsorten angefertigt. Derselbe muß, um leicht auf dem Kopfe aufzusitzen, innen gut gefüttert, auch mit einem Sturmbande versehen sein. Sein vorderes Augenschild soll gehörig groß sein, um die Augen vor dem Einfallen von Staub, Funken 2c. zu schützen, ohne jedoch den freien Ueberblick zu sehr einzuschränken. Das rückwärtige Nackenschild ist am zweckmäßigsten so zu machen, daß es den Nacken vor dem Auffallen von Gegenständen, Funken 2c. 2c. gehörig schützt. Der Helm ist *gewöhnlich mit* einem Kamme versehen, der jedoch nicht *zu hoch sein darf.* Derselbe ist aus dem Grunde angebracht,

Fig. 75.

um den Fall schwererer Gegenstände, als Dachziegel ꝛc., wenn dieselben auf den Helm fallen sollten, für den Kopf unschädlich zu machen. Zu hoch darf er nicht sein, um den Mann beim Einsteigen in die Fenster nicht zu behindern. Die Helme findet man mehr oder minder schön technisch ausgeführt. Sie sind für den Feuerwehrmann unstreitig die zweckmäßigste Kopfbedeckung.

298. **Welcher Kappen bedienen sich die Feuerlöschmänner?**

Der Lederkappen. Die Form giebt die preußische Soldatenmütze, nur ist dieselbe aus gutem, starkem Leder angefertigt und jede Kappe mit einem Nackenleder versehen, um vom Nacken des Mannes sowohl Wasser als andere unangenehm berührende Gegenstände abzuhalten. In den Deckel der Kappe ist ein starker Eisendrahtring eingenäht, welcher Schutz gegen die herabfallenden Gegenstände bieten soll. Die auf Fig. 64 dargestellten Feuerlöschmänner tragen solche Lederkappen.

299. **Welche Vorzüge haben die Helme gegen die Kappen?**

Dieselben sind schöner, daher zu Paradeaufzügen geeigneter; ferner ist ihre Dauer eine ungleich längere und sie gewähren dem Mann einen bessern Schutz als Lederkappen. Allerdings ist dagegen ihr Preis ein höherer. Für kleinere Feuerwehren werden daher die Kappen, für größere, besonders für besoldete Feuerwehren die Helme anzuempfehlen sein.

300. **Woraus besteht die Kleidung des Feuerlöschmannes?**

Aus einem Rocke von nicht zu grobem Tuche, der am besten in dunkler grauer Farbe gewählt wird, und aus ebensolchen Beinkleidern. Der Rock ist mit einer Reihe blanker Messingknöpfe zu versehen, und zwar empfehlen sich dazu vor allen andern die mit Prägungen, Namen, Nummern ꝛc. durch ihre gute und reine Instandhaltung und die äußerst geringe Mühe, die sie beim Putzen verursachen. — Fig. 75 zeigt einen Feuerlöschmann in voller Ausrüstung. Der Rock desselben ist kurz, eng anliegend, mit geschlossenem Kragen, um das Eindringen der Nässe beim Halse möglichst zu verhindern. Die Knopfreihe hört bei der Magengrube auf, damit durch den umzuschnallenden Leibgürtel der Mann nicht gedrückt werde. Als Rangunterschiede werden nun an den Röcken diverse Abzeichen, als Litzen, Sterne, Aufschläge 2c., angebracht. Das Beinkleid soll nicht zu weit und nicht zu eng sein; unten am Fuße kann dasselbe jedoch möglichst eng schließen.

301. Was ist von der Fußbekleidung zu bemerken?

Die Fußbekleidung bilden gewöhnliche Lederstiefeln oder Schuhe. Von denselben muß hier nur bemerkt werden, daß der Feuerlöschmann auf diesen Theil seines Anzuges nicht genug Vorsorge verwenden kann, weil derselbe ungemein leidet. Der Stiefel soll ihn vor dem Eindringen der Nässe schützen, falls er bei den Spritzen durch ausgeschüttete Wasserlachen eilen muß; er darf nicht zu schwer sein, um ihn beim Leitersteigen, Klettern 2c. nicht zu behindern. Beim Gehen über rauchende, heiße Trümmer, Balken 2c. werden aber dieselben am meisten ruinirt, weil die Hitze das Leder ungemein angreift.

302. Woraus hätte die vollständige Kleidung eines Feuerlöschmanns zu bestehen, damit derselbe für alle Jahreszeiten und Fälle gehörig ausgerüstet wäre?

Dieselbe müßte bestehen:

1) Aus einem Tuchmantel (nach Art der Militärmäntel).
2) Aus einem Tuchrocke.
3) Aus einem Tuchbeinkleid.
4) Aus einer Zwillichjacke.
5) Aus einem Zwillichbeinkleid.

303. Wie wären nun diese Kleider zu verwenden?

Bei Hilfeleistungen im Winter:
Zwillichbeinkleid über das Tuchbeinkleid;
Zwillichjacke und Mantel.

Bei Hilfeleistungen im Frühjahr oder Spätherbst:
Ueber dem Tuchrock die Zwillichjacke;
Zwillichbeinkleid.

Bei Hilfeleistungen im Sommer:
Zwillichjacke und Zwillichbeinkleid.

Bei Paradeausrüstungen, öffentlichen Aufzügen &c.:
Tuchrock und Tuchbeinkleid.

304. Woraus besteht die Ausrüstung der Feuerwehrmänner?

Die Ausrüstung der Feuerwehrmänner läßt sich im Allgemeinen eintheilen:

1) In Gegenstände, die zur Sicherung des Feuerlöschmannes gegen die ihm drohenden Gefahren dienen, als: Leibgürtel, Seil, Gurthaken oder Karabiner, Rettungshaube.
2) In Hülfsmittel zur bessern und leichtern Verrichtung seiner Arbeiten, als: Signalistrinstrumente, Feuerwehrwaffen, Handschuhe, Haken, Hämmer.

305. Wie ist der Leibgürtel beschaffen?

Der Leibgürtel muß aus gutem, starkem Zeuge angefertigt sein und vollständige Sicherheit bieten gegen Abreißen, wenn er mit einem Gewichte von circa 2 Centnern belastet wird. Man macht denselben entweder aus Leder- oder aus Hanfgurten. Letztere sind wohl billiger, jedoch lange nicht so zweckmäßig als erstere. Auf die Schnallen des Gürtels ist ein Hauptaugenmerk zu richten, da bei denselben die Gürtel am leichtesten reißen können. Die Gürtel müssen leicht und schnell angelegt werden können, daher die Riemen und Schnallen schon genau für den betreffenden Mann passen sollen. Auch darf sich derselbe nicht zu lange mit dem Zuschnallen aufhalten, weshalb blos eine Schnalle, jedoch gehörig festgemacht, angeordnet werden soll.

306. Welche Gegenstände sind gewöhnlich noch am Gürtel befestigt?

Die Hakentasche sammt Deckelleder.
Der Gurthaken.
Das Wurfseil.

307. Zu welchem Zwecke dient die Hakentasche?

Dieselbe dient dazu, die Spitzhämmer oder Eisbrecher oder Mauerbrecher an der Seite zu tragen. Sie ist also das Wehrgehäng des Feuerlöschmannes. Dieselbe ist aus Weißblech hergestellt (Fig. 76) und hat genau die Form, die der in sie einzuhängende Hammer &c. hat. In der

Mitte der Tasche ist eine Oeffnung, um den Stiel durchzustecken. An der am Körper anliegenden Seite ist ein

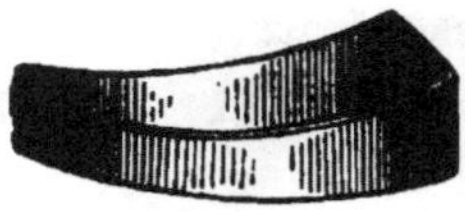

Fig. 76.

Deckleder befestigt, welches, nachdem der Hammer eingehängt, an der Vorderseite der Tasche festgeschnallt ist. Dasselbe hindert den Hammer vor dem Hinausfallen. Hämmer mit kurzen Stielen werden an der Seite und solche mit langen Stielen rückwärts getragen. Der hauptsächlichste Zweck der Hakentasche ist jedoch der, daß sich der Feuerlöschmann bei einem etwaigen Sturze oder bei einer unglücklichen Körperbewegung durch den Hammer oder das sonstige Werkzeug an seinem Körper nicht beschädigt. Die in Fig. 75 abgebildeten Feuerlöschmänner tragen solche Hakentaschen.

308. Wie sieht der Gurthaken aus:

Fig. 77 zeigt einen Gurthaken (Sicherheitshaken) oder, wie er allgemein genannt wird, Feuerwehrkarabiner, mit Innenfeder, während Fig. 78 einen solchen mit Außenfeder zeigt.

Fig. 77.

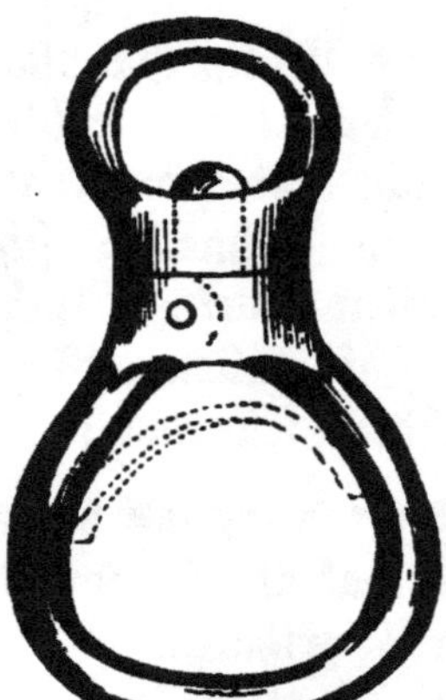

Fig. 78.

Im Allgemeinen besteht seine Einrichtung darin, daß an einem Ringe aus starkem, gestähltem oder gehärtetem Rundeisen ein drehbarer Haken sitzt, gegen den sich ein Widerhaken so öffnet, daß derselbe nie gegen außen, wohl aber bei einem gewissen Drucke gegen innen öffnen kann. Eine

Feder (bei Fig. 77 innerhalb des Gelenkes, bei Fig. 78 außerhalb angebracht) drückt auf den Widerhaken und hält ihn fest zu. Die Schlußfläche der beiden Haken ist an und für sich so gewählt, daß ein Oeffnen nach außen nicht statthaben kann. Die Karabiner mit Innenfeder haben den Vorzug, daß sie innerhalb des eigentlichen Karabinerhakens mehr Raum zum Einsenken bieten, als der Karabiner mit Außenfeder; dagegen ist ihre Herstellung durch Anbringung der Feder im Gelenke eine complicirte. Ihre Anschaffungskosten sind bedeutend höher, und wirkt bei denselben auch die Feder nicht so stark, wie bei den Karabinern mit Außenfedern, da durch den beschränkten Raum zur Unterbringung der Feder dieselbe schwächer gemacht werden muß. Bei den Karabinern mit Außenfedern pflegt es sich jedoch zu ereignen, daß das Seil oder der Gegenstand, in den sich der Feuerwehrmann einhakt, an der Außenfeder in irgend einer Weise hängen bleibt, und dadurch den Feuerlöschmann beim Loskuppeln des Hakens über Gebühr aufzuhalten im Stande ist.

309. Zu welchem Zwecke dient der Sicherheitshaken?

Derselbe wird zu verschiedenen Zwecken benutzt. Der Feuerlöschmann kann Gegenstände an ihn befestigen, die er am Entfallen verhindern will, wenn er sich auf irgend einem exponirten Posten, z. B. auf dem Dache, befindet; so hängt beispielsweise der Schlauchrohrführer gewöhnlich den Wasserschlauch mittelst eines Strickes an den Karabiner an. Mittelst des Karabiners kann sich der Feuerlöschmann selbst an irgend einen Gegenstand hängen, ohne befürchten zu müssen, er werde stürzen, z. B. an eine Leitersprosse. So kann man Feuerwehrmänner an einem Seile, das durch den Gurthaken geschlungen wird, hinunterlassen ꝛc.

310. Ist die Anfertigung der Karabiner mit Sorgfalt vorzunehmen?

Gewiß. Denn geschieht dies in leichtsinniger Weise, so kann sehr leicht ein großes Unglück durch das Vertrauen des Feuerlöschmannes in den Gurthaken, dessen sich derselbe bedient, herbeigeführt werden. Deßhalb ist es gut, die Karabiner stets nach dem Gebrauche zu untersuchen.

1) ob die Feder die nöthige Spannkraft zum Schlusse des Widerhakens besitzt;
2) ob der Karabiner im Stande ist, 2 Centner zu tragen ohne zu reißen oder sich auffallend zu dehnen.

311. Was ist von dem Seile zu bemerken?

Das Wurf- und Zugseil des Feuerlöschmanns ist eine circa $1/_3$ Zoll starke Leine aus gut gedrehtem Hanfdraht. Die Länge, in der es angefertigt ist, beträgt gewöhnlich 120—150 Fuß. Dasselbe wird, ordentlich geschlungen, an der linken Seite des Gürtels getragen.

312. Zu welchen Zwecken bedarf der Feuerlöschmann des Seiles?

Zu vielerlei, durch die Umstände gebotenen Verrichtungen. So läßt er mittelst des Seiles den Rettungssack oder Schlauch mit geretteten Effekten aus den höhern Etagen zur Erde hinab. Er zieht mit demselben, wenn er mittelst der Leitern das Gebäude erklommen, den Spritzenschlauch, den Rettungsschlauch zu sich herauf, indem er dasselbe aufrollt und den mittlerweile unten von seinen Kameraden befestigten Gegenstand in die Höhe zieht. Unter Umständen läßt er sich selbst an dem Seile herab, wenn die andern Communicationen ein anderweitiges Herabkommen nicht gestatten sollten ꝛc. ꝛc.

313. Welche Hilfsmittel schützen den Feuerlöschmann gegen Rauch und Qualm?

Eine Binde, welche er sich vor den Mund bindet und die gehörig befeuchtet ist. Ein mit Essig befeuchteter Schwamm leistet jedoch noch bessere Dienste in dieser Beziehung. Diese Mittel ermöglichen es jedoch nur, daß er einige wenige Minuten durch Rauch und Qualm laufen kann.

314. Welches Mittels bedient man sich, um längere Zeit im raucherfüllten Raume arbeiten zu können?

Der Rettungshaube. Dieselbe, in Fig. 79 dargestellt, wurde von Heinrich Kühfuß, Obmann der Schlauchführer der freiwilligen Feuerwehr in Karlsruhe, erfunden. Mit derselben ausgerüstet, ist der Feuerlöschmann im Stande, 15, ja 20 Minuten im Qualme aushalten zu können. Er kann den Heerd des Feuers aufsuchen und demselben mit dem Strahle der Spritze sich möglichst nähern. Ein Fall, der bei Magazin=, Keller= und Wohnungsbränden häufig

Fig. 79.

vorkömmt. Der Feuerwehrmann ist mittelst dieser Rettungshaube im Stande, aus dem Qualme Menschen zu retten, d. h. sie aufzusuchen und in die frische Luft zu tragen.

315. **Worin besteht die Rettungshaube?**

Die Rettungshaube ist eine den Kopf und die halbe Brust umschließende Gewandung aus einem guten, dichten Gewebe, das doppelt geschlagen ist und keinen Rauch ins Innere dringen läßt. Dieselbe ist mit einer Gummischnur so versehen, daß sie beim Anziehen über den Kopf sich eng um den Hals legt, und daher dem Rauch den Zutritt versperrt; sonst ist sie bauschig, um recht viel Luft als Vorrath fassen zu können. Vor dem Munde erweitert sich die Rettungshaube; in diese Erweiterung wird ein Schwamm eingelegt, der mit Essig befeuchtet ist, und durch welchen der *Mann athmet.* Der mit Essig befeuchtete Schwamm hat *nicht nur* den Zweck, den etwa eindringenden Rauch oder andere schädliche Gase zu absorbiren, sondern auch die heiße Luft zum Einathmen angenehmer zu machen. Vor den Augen sind starke, 2—3 Zoll im Durchmesser haltende Gläser durch Messingplättchen auf der Haube festgemacht, die dem Manne das Heraussehen erlauben. Vor dem Munde hängt noch ein Pfeifchen, welches mit dem Innern der Haube communicirt, und durch welches der Feuerlöschmann seinen Kameraden Zeichen giebt und ihre Signale erwiedert. Eine Flasche mit Essig, die man dem Löschmann umhängt, setzt denselben in Stand, den Schwamm öfters zu befeuchten.

316. **Wie wird mit der Rettungshaube gearbeitet?**

Solcher Rettungshauben sollten immer zwei vorhanden sein. Für den Fall, daß Menschenleben zu retten sind, genügt wohl eine; jedoch zum Angriff des Feuers sind unbedingt zwei nöthig. Kömmt nämlich der Löschmann aus dem qualmenden Raume heraus, so soll schon ein Ersatzmann bereitstehen, um seine Stelle einzunehmen, damit das Feuer nicht Zeit findet, sich wieder aufs Neue zu entwickeln. Bei einem größeren Brande, wo der Schlauch eine größere Länge hat und von einer Anzahl Feuerwehrmänner getragen wird, sollten dieselben auch mit Rettungshauben versehen sein. Am nöthigsten ist dieselbe jedoch dem Schlauchrohrführer, weil durch das Ausspritzen des Wassers die Rauch- und Qualmbildung um ihn herum beträchtlich steigt.

317. **Wann wird jedoch die Rettungshaube nicht mehr anzuwenden sein?**

Wenn die Hitze in dem brennenden Raum sich so gesteigert hat, daß der Mensch an und für sich dieselbe zu ertragen nicht im Stande ist, so wird die Rettungshaube, mehr ein Schutzmittel gegen Qualm und Rauch, nicht mehr anzuwenden sein. In Räumen, die eine Temperatur von circa 35—40 Grad haben, kann es der Mensch höchstens 10 Minuten, und in solchen, wo die Hitze 40—50 Grad übersteigt, im Maximum 2—3 Minuten aushalten. Nichtsdestoweniger sollte die Rettungshaube keiner Feuerwehr fehlen, weil man sehr oft in die Lage kömmt, dieselbe zu benützen.

318. In welcher Weise verständigen sich die Feuerlöschmänner am Brandplatze?

Durch Signale. Diese Signale werden meist auf zweierlei Art gegeben, und zwar mittelst Hörner (C-Hörner) oder Pfeifchen.

319. Wie sind die Hörner angefertigt?

Die Hörner sind nach Art der Jägerhörner aus Büffelhorn oder aus gedrückten Messingrohren hergestellt. Dieselben dienen hauptsächlich für größere, allgemeine Signale, und wird später beim „Dienst der Feuerwehr" hierüber das Nöthige mitgetheilt werden.

320. Wie sind die Pfeifchen angefertigt?

Die Pfeifchen sind aus Britanniametall gemacht und geben durch eine eingelegte Wachskugel einen ungemein scharfen, weithin tönenden Pfiff. Man hat es in seiner Gewalt, auf denselben verschiedene Abstufungen im Pfiffe hervorzubringen und daher die mannigfachsten Signale geben zu können. Diese hier beschriebenen Pfeifchen sind die besten. Man hat auch welche aus Eisen, Messing oder gar von Holz; doch sind dieselben nicht so zu empfehlen, wie die aus Britanniametall.

321. Was ist von den Handschuhen zu bemerken?

Im Winter ist es gut, wenn die Feuerlöschmänner, die bei den Wasserzuleitungen und Schlauchführungen beschäftigt sind, mit guten, keine Feuchtigkeit durchlassenden Handschuhen versehen sind, da es äußerst unangenehm ist, mit halberfrorenen Fingern an den Schläuchen zu manipuliren.

322. Welche Handschuhe sind für diese Zwecke am geeignetsten?

Die für diesen Zweck geeignetsten Handschuhe werden aus dünnem Kautschuk gepreßt und sind innen mit Flanell gefüttert. Dieselben halten gut warm und nehmen von außen keine Feuchtigkeit an. Der in Fig. 79 dargestellte Feuerlöschmann ist mit solchen Handschuhen versehen. Dieselben sind zu gleicher Zeit mit einem Stulpe nach Art der alten *Ritterhandschuhe* versehen, um zugleich das Handgelenk *vollständig* schützen zu können. Zugleich muß hier bezüglich ihrer Anfertigung bemerkt werden, daß dieselben nicht zu plump ausfallen dürfen, da sonst der Löschmann wiederum im raschen Arbeiten behindert werden würde.

323. **Welche Werkzeuge zählt man noch mit zur Ausrüstung des Feuerlöschmannes?**

Zur Ausrüstung des Feuerlöschmannes zählt man noch einige bereits oben erwähnte Werkzeuge, deren hier Erwähnung geschieht, um die Ausrüstung des Mannes vollständig zu beschreiben. Hierher gehören:

1) Der Dielenhammer oder Feuerwehrspitzhammer, hauptsächlich zum Aufreißen der Fußdielen bestimmt. Er leistet vorzügliche Dienste bei Kaminbränden, wird jedoch auch sonst von den Löschmännern zweckmäßig angewendet. Derselbe wird an der Seite in der Hakentasche getragen. Fig. 70 zeigt seine Form.
2) Der Mauerbrecher, bereits früher beschrieben, auch zum Eisaufhacken im Winter bestimmt, um die Saugrohre der Spritzen in das fließende Wasser eines Teiches oder Baches einlegen zu können.
3) Das Feuerwehrbeil.
4) Das Faschinenmesser.

Diese beiden letztern Werkzeuge sind in Lederscheiden befestigt und werden entweder um die Hüften geschlungen oder über der Achsel getragen. Da dieselben weniger oft in Gebrauch kommen, so werden mit denselben blos einige Feuerlöschmänner ausgerüstet.

324. **Was versteht man unter stabilen Feuerlöschgeräthen?**

Unter stabilen Feuerlöschgeräthen versteht man jene, welche bei einem bestimmten Objekte verbleiben, um daselbst in der Stunde der Gefahr Dienste zu leisten, und die höchstens in der Nachbarschaft verwendet werden.

325. **Welche Geräthe zählt man hierzu?**

Hierzu gehören:

1) Kleine Handfeuerspritzen.
2) Feuerlöscheimer.
3) Feuerhaken.

4) Dachleitern.
5) Wasserbottiche.
6) Krampen.
7) Schaufeln.
8) Laternen mit Kerzen.

326. Ist diese Einrichtung zweckmäßig?

Ungemein; leider aber nicht vollständig durchgeführt. Denn trotzdem in den meisten Staaten gesetzlich die Anzahl der Feuerlöschgeräthe vorgeschrieben ist, die für irgend ein Haus sich gebühren, so sind doch durch mangelhafte Controle und durch eine unbegreifliche Sorglosigkeit und Nachlässigkeit der einzelnen Besitzer selten diese obigen Geräthe, die in keinem Hause fehlen sollten, vollständig und in Ordnung anzutreffen.

327. Zu was dienen die Handfeuerspritzen?

Um das Feuer entweder bei seinem Ausbruche zu dämpfen, oder es wenigstens so lange einzuschränken, bis weitere Hilfe kömmt, oder um sich vor Flugfeuer zu schützen.

Unter Umständen kann eine Handfeuerspritze nützlichere Dienste leisten denn eine große Wagenspritze. Sie ist im Stande, das Feuer zu dämpfen, so lange es noch kleine Dimensionen angenommen hat, während die später herbeieilende Feuerwehr gewöhnlich schon einen Flammenheerd vorfindet und sich hauptsächlich darauf beschränken muß, das Feuer auf ein Objekt einzudämmen und aus diesem das Möglichste zu retten.

328. Zu welchen Zwecken dienen die Feuerhaken und wie sehen dieselben aus?

Die Feuerhaken sind eiserne, an 10—12 Fuß langen hölzernen Stangen befestigte Haken, die dazu dienen, dem Feuer nahe ausgesetzte, leicht erfaßliche Gegenstände zu entreißen. Hauptsächliche Dienste leisten sie beim Abräumen der Dachböden, beim Herunterholen der Flugbrände und beim Herabnehmen anderer Gegenstände.

329. Was ist von den Feuerlöscheimern zu bemerken?

Die Feuerlöscheimer sollten sich schon an der Brandstelle vorfinden, da eine Feuerwehr selten im Stande ist, eine genügend große Anzahl mit sich zu führen. Sind jedoch die Häuser in genügender Anzahl damit versehen, so ist die Eimerkette rasch hergestellt. Auch abgesehen von dieser Verwendung sind die Feuerlöscheimer für die einzelnen Gebäude Dinge der Nothwendigkeit, da dieselben bei einem ausbrechenden Brande sehr gut und zweckmäßig zum Wassertragen zu verwenden sind.

330. Wo sind die Feuerlöscheimer aufbewahrt?

Die Feuerlöscheimer nebst den andern Löschgeräthen sind gewöhnlich an einem vor den atmosphärischen Einflüssen geschützten Orte aufbewahrt, jedoch so, daß dieselben leicht und rasch zum Gebrauche genommen werden können.

331. Welche Aufhängung empfiehlt sich besonders für die Feuerlöscheimer?

Für die Feuerlöscheimer empfiehlt sich die in Fig. 80 und 81 dargestellte Eimerwelle. An einer Welle, die so viel Fuß lang ist, als Eimer an ihr hängen sollen, sind eigenthümlich geformte Haken eingeschraubt. Dieselben lassen die in ihnen aufgehängten sämmtlichen Eimer mit einem male von selbst fallen, wenn das Gegengewicht der Welle in die Höhe gehoben wird, was von unten mittelst einer Stange sehr leicht geschehen kann. Zu diesem Behufe ist das Gewicht tulpenförmig geformt, daß man es von unten mit einer Stange leicht treffen und heben kann. Durch einen einzigen Ruck lassen sich so sämmtliche Eimer zur Erde nieder.

Fig. 80.

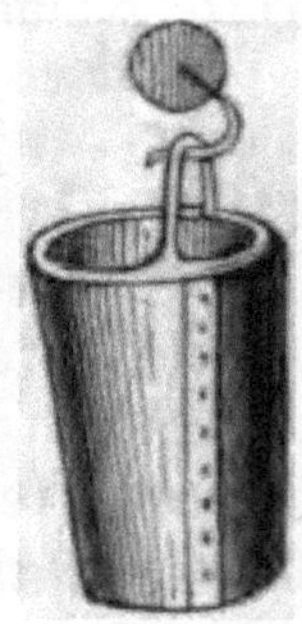

Fig. 81.

Anmerkung. Diese Einrichtung der Eimerwellen hat man auch bei Wasserwägen angewendet, welche unzusammenlegbare Eimer mit sich führen; nur ist bei denselben das Gewicht durch eine Kurbel ersetzt, die mittelst eines Riemens festgeschnallt wird.

Fig. 80 zeigt nun die Eimer auf der festen Welle, Fig. 81 dagegen die Welle im gedrehten Zustande, eben im Begriffe, die Eimer fallen zu lassen.

332. **Was ist von den Dachleitern zu bemerken?**

Die Dachleitern, ebenfalls schon oben beschrieben, sind auf jedem Dache anzubringen, und richtet sich die Anzahl und Größe derselben immer nach dem Hause, zu welchem dieselben gehören.

333. **Wozu benöthigt man Krampen und Schaufeln?**

Zu etwa nöthig werdenden Aufreißungen, Mauerdemolirungen.

334. **Wozu benöthigt man der Laternen?**

Um die nicht gehörig beleuchteten Communicationen, besonders bei Wasserzuführungen, rasch und ausreichend beleuchten zu können.

335. **Was ist von den Wasserbottichen zu bemerken?**

Dieselben sind aus gutem Eichenholz angefertigt und gut mit eisernen Reifen beschlagen. Im Frühjahr, Sommer, Herbst, überhaupt wenn kein Frost zu befürchten steht, sind dieselben mit Wasser gefüllt stehen zu lassen.

336. **Für welche Fälle haben diese Reservoirs eine große Wichtigkeit?**

Im Augenblicke der Entstehung des Brandes, da bei gefüllten Wasserreservoirs man im Stande ist, augenblicklich nach Entstehung des Brandes demselben entgegenzutreten, und man einen genügend großen Wasservorrath für den ersten Angriff des Feuers zur Hand hat.

337. **In welcher Weise werden diese Bottiche gefüllt?**

In Städten, die mit Hochdruckwasserleitungen versehen sind, durch die Wasserleitungsröhren; andernfalls am zweckmäßigsten durch die Dachrinnen, wenn es die Dachconstruction erlaubt. Man führt nämlich das durch den Regen sich in den Dachrinnen sammelnde Wasser in diese Bottiche durch eine eigens hierzu angelegte Rinne. Damit jedoch das Wasser nicht am Bodenraum überfließe, ist für einen eventuellen Abfluß des Regenwassers Sorge zu tragen, was entweder durch eigens angelegte Rinnen oder durch eine zweckmäßige Legung der Zuflußrinne geschehen kann. Ist diese Füllung nicht möglich, so muß das Wasser durch den Boden in die Wasserbottiche getragen werden.

338. In welcher Anzahl sollen nun diese Feuerlöschgeräthe angeschafft werden?

Ueber diesen Punkt lassen sich wohl keine genau normirten Regeln aufstellen, da es hauptsächlich auf spezielle Verhältnisse ankömmt, die man hierbei zu berücksichtigen genöthigt ist. Auch werden durch die Landesgesetze und polizeilichen Feuerlöschordnungen hierüber die nöthigen Daten geliefert.

In der nachfolgenden Tabelle sind jedoch die wünschenswerthesten Feuerlöschgeräthe für die speziellen Häuser zusammengestellt.

Feuerlöschgeräthe.	Objekt.							
	Stadtgebäude.				Landgebäude.			
	3—4 Stock hohes Stadthaus.	1—2 Stock hohes Stadthaus.	Ebenerdiges Stadthaus.	Oeffentliches Gebäude für je 10 Fenster Straßenfronte.	Wirthschaftshof, d. h. für jedes einzelne Objekt.	Bürgerhaus.	Bauernhaus.	Kirchen.
Handfeuerspritzen .	2	1	1	1	1	1	1	1—2
Feuerlöscheimer . .	24	12	6	10	10	5	3	24
Dachleitern	6	4	2	2	1	1	0	4
Wasserbottiche . .	6	3	1	2	2	1	1	6
Krampen	6	3	1	3	4	2	2	6
Eiserne Schaufeln	6	3	1	3	4	2	2	6
Laternen	6	3	2	3	6	3	3	12
Feuerhaken	6	4	2	2	2	1	1	6

Anmerkung. Selbstverständlich sind diese, in obiger Tabelle angegebenen Zahlen blos Durchschnittsziffern, die schon oben als „wünschenswerth“ bezeichnet wurden. Auch die Einreihung der Gebäude in die betreffende Skala ist nicht nach allgemeiner Schablone thunlich, da es eben sehr darauf ankömmt, welche Lage das betreffende Objekt hat, ob Wasser in der Nähe ist, wie die Nachbarbanten beschaffen sind und welcher Feuersgefahr man sich von denselben zu versehen hat.

Fünftes Kapitel.

Organisation der Feuerwehren.

339. **Was begreift man unter dem Worte Feuerwehr?**

Unter dem Worte Feuerwehr begreift man eine Verbindung von Männern, deren Aufgabe es ist, einer ausbrechenden Feuersgefahr in einem bestimmten Hilfsbezirke aufs Schleunigste mit allen ihnen zu Gebote stehenden Mitteln zu begegnen.

340. **Was für Feuerwehren unterscheiden wir?**

Wir unterscheiden im Allgemeinen zwei große Gruppen, und zwar:

1) Die besoldete Feuerwehr.
2) Die freiwillige Feuerwehr.

341. **Was nennt man eine besoldete Feuerwehr?**

Eine besoldete Feuerwehr ist ein solches Corps, welches zur Dienstleistung beim Feuerlöschen entlehnt wird, und zu derselben obligatorisch verpflichtet ist.

342. **Was nennt man eine freiwillige Feuerwehr?**

Freiwillige Feuerwehr nennt man eine freie Vereinigung von Männern, die es sich zur Aufgabe gestellt haben, das Eigenthum und die persönliche Sicherheit ihrer Mitbürger und ihrer selbst gegen Feuersgefahr zu schützen, und die zu dieser Dienstleistung freiwillig sich verpflichten.

343. **Welches war der Hauptgrund zur Bildung von Feuerwehren?**

Die mangelhafte Dienstleistung bei ausbrechendem Brande, hauptsächlich hervorgerufen durch das vielköpfige Durcheinander am Brandplatze; die Zersplitterung und oft ganz verkehrte Anwendung zweckdienlicher Mittel.

Denn nichts war natürlicher, als die von selbst entstehende Unordnung und Rathlosigkeit bei einem Brande, die man noch heute an allen Orten, die einer geregelten Feuerwehr entbehren, zu beobachten Gelegenheit hat. Ein jeder will helfen, retten; die herangefahrenen Spritzen werden ungeschickt aufgestellt und hemmen sich gegenseitig in ihrer Thätigkeit. Tüchtige, brauchbare Maschinen werden, weil sie einige Minuten zu spät am Brandplatze erschienen, von der Mitwirkung ausgeschlossen, weil die Eitelkeit der früher Angekommenen es nicht gestattet, des guten Erfolges halber denselben den ersten Platz einzuräumen und sich in zweite Linie zurückzuziehen. Das oft mangelhaft herbeigeschaffte Wasser wird nutzlos verbraucht und selten eine Spritze genügend mit demselben versehen, weil jeder Spritzenmeister seine Maschine arbeiten lassen möchte und wäre es auch nur einige Minuten. Oefters übernimmt nun noch ein herbeigeeilter Beamter das Commando und giebt Anordnungen, die jedoch, so gut sie auch gemeint sein mögen, nicht ausgeführt, oder, wenn dies geschieht, nicht in vollkommener Weise ausgeführt werden, weil man sich an seine Befehle nicht gebunden erachtet und nur das befolgt, was grade in den Kram paßt. Der so wichtige Wasserversorgungsdienst wird sehr vernachlässigt, weil es der Eitelkeit der Einzelnen mehr schmeichelt, an der Spritze thätig zu sein, als Eimer zu reichen oder bei Füllung der Wasserwägen sich nützlich zu machen.

Endlich vergißt man sehr oft bei Anschaffung von Löschgeräthschaften, die nöthige Harmonie zwischen Wasserbeschaffung und Feuerspritzen herzustellen. Sehr viele Etablissements haben eine Feuerspritze und selten dazu die gehörigen Wasserwägen, ja ein Wasserwagen zu jeder Spritze war schon eine Seltenheit. — Wenn man erwägt, daß eine ziemlich kräftige Feuerspritze circa 6—7 Wasserwägen zur Bedienung und Speisung erfordert, und daß meistens auf den Brandplätzen die Zahl der Wasserwägen die der Spritzen kaum erreicht, selten übersteigt, so darf man sich nicht wundern, wenn früher die Brände eine so ungeahnte Ausdehnung erreichten. — Man richtet sehr oft auf die Eindämmung des Feuers nicht das richtige Augenmerk, will das brennende Objekt retten, was man in sehr seltenen Fällen im Stande ist, und setzt der Weiterverbreitung des Brandes nicht den gehörigen Damm entgegen. Endlich ist es leicht einzusehen, daß das unerwartete Hereinbrechen der Gefahr die meisten Menschen confus und in ihren Anordnungen verwirrt und rathlos macht.

344. **Was ist daher die erste Aufgabe einer Feuerwehr?**

Ein geordnetes, streng disciplinarisches Verfahren einzuführen, und durch Unterordnung aller mithelfenden Elemente unter ein Commando die zu Gebote stehenden Kräfte richtig anzuwenden und zu verwerthen. Dies gilt sowohl für freiwillige als für besoldete Feuerwehren.

345. **Was ist zu diesem Ende nothwendig?**

Daß der Commandant der Feuerwehr die unbeschränkte und ungetheilte Leitung des Brandes erhält, dagegen auch die Verantwortlichkeit seiner Schritte, soweit menschliche Voraussicht etwa entstehendes Mißgeschick zu verhüten ihm erlaubt, übernimmt.

Dies muß auch bezüglich der Mitwirkung der Behörden am Brandplatze zu gelten haben. So wünschenswerth und oft unentbehrlich die Mitwirkung und das thätige Eingreifen der Behörde am Brandplatze ist, so soll doch darauf geachtet werden, daß die Löschmaßregeln nur von einer Seite angeordnet werden.

346. **Was ist die fernere Folge dieser Organisation?**

Eine strenge Gliederung der Disciplin von oben herab, um eben ein genaues, rasches und sicheres Eingreifen der einzelnen Dienstzweige zu ermöglichen.

Bei einer geschlossenen besoldeten Feuerwehr ist dies eine Sache, die sich von selbst versteht, da hier das Ansehen des Vorgesetzten und die Dienstpflicht den Einzelnen zur schuldigen Unterwerfung verpflichten. Anders stellt sich jedoch die Sache bei einer freiwilligen Feuerwehr. Hier ist die Unterordnung unter die Befehle und Anordnungen eines Andern ein freiwilliger Verzicht, dem sich jedoch jeder unterwerfen muß, der bei der Feuerwehr sich nützlich machen will.

347. **Von welchem Standpunkt ist die Feuerwehr aufzufassen?**

Vom Standpunkt der Ehre und der Aufopferung. *Denn jedermann wird* zugeben, daß die freiwillige Aufsuchung der Gefahr, um Leben, Habe und Gut seiner Mitbürger zu bergen, eine edle Aufopferung ist, der sich der Feuerlöschmann unterzieht. Verstärkt wird diese Anschauung noch durch die Betrachtung, welchen Verlust an Zeit und Mühe denselben treffen, will er seiner einmal übernommenen Pflicht getreulich nachkommen. Er muß sich den Uebungen unterziehen, um sich die zur vollständigen Schlagfertigkeit nothwendige Vertrautheit des Feuerlöschdienstes anzueignen, muß Tag und Nacht bereit sein, beim ersten Signale auf den ihm zukommenden Posten zu eilen, um seiner Verpflichtung nachzukommen, endlich sich am Brandplatze, je nach der Stellung, die er bekleidet, hundert von zufälligen Beschädigungen aussetzen.

348. **Auf was hat somit die freiwillige Feuerwehr gerechten Anspruch?**

Auf die Achtung und thatkräftige Unterstützung seitens ihrer Mitbürger bei ihrem edlen Vorhaben. Dies Wort ist namentlich an die Gemeindevertretungen gerichtet, deren Aufgabe ist, das Pflänzlein der Feuerwehr ins Leben zu rufen und, soviel in ihren Kräften steht, nach allen Richtungen zu unterstützen.

349. **In welcher Weise werden sich die Feuerwehren am zweckmäßigsten organisiren?**

Die Feuerwehren, ob besoldete, ob freiwillige, werden stets von dem Prinzipe der Theilung der Arbeit ausgehen müssen, um zu einer gesunden Organisation zu gelangen. Auf diese Weise ist es möglich, die verschiedenartigen Elemente, die in die Feuerwehr hereingezogen werden, nach Thunlichkeit am zweckmäßigsten zu verwenden.

350. **Wie werden nun die einzelnen Functionen sich theilen lassen?**

Die einzelnen Functionen der Feuerwehr zerfallen in folgende Unterabtheilungen:

1) Leitung der Feuerwehr.
2) Bedienungsmannschaft der Spritze.
3) Wasserbeschaffungsleute.
4) Steiger und Einreißer.
5) Diverse Hilfsmannschaft.

351. **Was ist von der Leitung der Feuerwehr zu bemerken?**

Die Leitung der Feuerwehr ist, wie schon oben ausführlich gesagt, in einer einzigen Hand zu vereinigen. Dieselbe muß natürlich einem Manne anvertraut werden, der außer seiner technischen praktischen Befähigung die nöthige Energie und Unerschrockenheit besitzt, um das Ganze mit Umsicht leiten zu können. Gut ist es, wenn derselbe zugleich eine imponirende Persönlichkeit besitzt, um seine Worte an und für sich eindringlicher zu machen. Zugleich muß er im Besitze einer gewissen Disciplinargewalt sein, um auch außer der Zeit, wo die Feuerwehr Dienste leistet, bei den Uebungen die vorkommenden Dienstvernachlässigungen in angemessener Weise einzudämmen.

Bei einer besoldeten Feuerwehr ist diese Disciplinargewalt selbstverständlich; bei einer freiwilligen Feuerwehr jedoch stehen dem Commandanten selten mehr Mittel zu Gebote als Appellation an die gesunde Einsicht des Einzelnen und Ausschließung vom Corps. Aus diesem Grunde schon muß die freiwillige Feuerwehr als eine Ehrensache für jeden Einzelnen, der sich bei ihr betheiligt, aufgefaßt werden. Es muß für jedermann, dem es überhaupt möglich ist, bei derselben zu dienen, ein Sporn sein, sich ihr anzuschließen, und ein gewisser esprit du corps geschaffen werden, der allein im Stande ist, die zu dem gedeihlichen Zwecke so unentbehrliche Unterordnung zu schaffen und zu erhalten. Daher ist es auch anzuempfehlen, daß die Feuerwehr ihr Oberhaupt sich frei wähle, weil dadurch der Commandant ein ihm von dem Einzelnen ertheiltes Recht erhält, worauf er mehr fußen kann, als wenn derselbe von den Behörden ernannt worden wäre.

352. **In welcher Weise greift die Behörde in die Leitung der Feuerwehr ein?**

Die Behörde theilt sich in die Leitung mit dem Commando am zweckmäßigsten so, daß die vollständige Leitung und Anordnung der entsprechenden Löschmaßregeln vom Feuerwehrcommando ausgehen, dagegen die behördliche Person die Ordnung des öffentlichen Sicherheitsdienstes beim Brande, die Bewachung des geretteten Eigenthums übernimmt, und dort, wo es nöthig ist, der Feuerwehr ihren Einfluß leiht, um widerstrebende Einwirkungen zu beseitigen. So ist es manchmal nöthig, ein oder zwei Gebäude zu demoliren, um das Feuer zu beschränken. Bei solchen Anlässen ist es für jede, auch schon noch so lange bestehende Feuerwehr gut, auf die behördliche Autorität gestützt, das Geeignete veranlassen zu können.

In kleinern Orten, wo die Polizei ohnehin in die Hände der Gemeindeverwaltung gelegt ist, wird sich die Leitung meistentheils cumuliren lassen, und in diesem Falle die Feuerwehr sammt und sonders alles zu besorgen haben.

353. Soll sich der Commandant persönlich beim Löschen des Brandes betheiligen?

Nein. Er darf, um den allgemeinen Ueberblick nicht zu verlieren, sich nicht in spezielle Arbeiten einlassen, da er zu gleicher Zeit die betreffenden Anordnungen für gehörige Stellung der Spritzen, Rettung von Effekten, eventuell Menschen, Wasserbeschaffung ꝛc. ꝛc. zu treffen hat.

354. In welcher Weise leitet der Commandant die Löschmaßregeln?

Durch Commandoworte.
Durch Signale. (Später ausführlich behandelt.)
Durch seine Adjutanten.

Letztere müssen immer, mindestens einer oder zwei, für unvorhergesehene Fälle zu seiner Verfügung stehen.

355. Welche Mannschaft ist zur Bedienung der Spritze erforderlich?

1) Der Spritzenmeister.
2) Die Pumpmannschaft.
3) Die Schlauchträger.
4) Die Rohrführer.

356. Welchen Anforderungen muß ein guter Spritzenmeister entsprechen?

Derselbe soll die ihm anvertraute Spritze vollständig in allen einzelnen Theilen aufs Genaueste kennen. Dies ist aus dem Grunde nöthig, damit er die kleinsten Gebrechen und Mängel, und seien dieselben auch noch so unbedeutender Natur, sogleich bemerkt, und das Nöthige zu ihrer Verbesserung anordnet.

Er muß ferner das vollständige Exercitium der Spritze selbstverständlich verstehen. Er hat mit dem Rohrführer und den Schlauchträgern durch Signale sich zu verständigen und andererseits für gehörige Einleitungen zur zweckmäßigen Speisung der Spritze zu sorgen und endlich die Pumpmannschaft zu commandiren.

357. Was ist von der Pumpmannschaft zu bemerken?

Von der Pumpmannschaft ist zu bemerken, daß dieselbe aus kräftigen Leuten bestehen muß; denn nichts ist natürlicher, als daß kräftige junge Leute bei einer Spritze mehr leisten werden als schwächliche, und auch die Arbeit an derselben viel länger werden aushalten können. Die Pumpmannschaft muß nicht aus Feuerwehrmännern bestehen, da dieselbe weiter keine andere Aufgabe hat, als ihre physische Kraft anzuwenden. Jedoch ist es sehr zu empfehlen, an jeden Druckbaum einer Spritze einen Feuerlöschmann zu stellen, der dieselben beim Pumpen überwacht und das ordentliche Arbeiten am Hebel einleitet. Besonders ist darauf zu achten, daß die Mannschaft in vollen, kräftigen Zügen arbeitet und den Hub der Spritze vollständig ausnützt. Das nutz- und zwecklose, aber allgemein sehr beliebte Hin- und Herzucken des Hebels ist gänzlich zu vermeiden, da durch dasselbe nur Arbeitskraft verloren geht und der Wasserstrahl an Gleichmäßigkeit verliert.

358. Soll die Pumpmannschaft in die Feuerwehr einbezogen werden?

Gewiß, wenn es irgend thunlich ist. Denn man sichert sich dadurch einen wesentlichen Faktor, nämlich die Betriebskraft der Spritzen.

359. Wie wird dies bei den verschiedenen Feuerwehren durchgeführt?

Bei den besoldeten Feuerwehren findet man äußerst selten die Pumpmannschaft in den Mannschaftsbestand der Feuerwehr einbezogen, da diese Anordnung zu viele Unkosten verursachen würde. Auch finden sich besoldete Feuerwehren hauptsächlich blos in größeren Städten, wo nie Mangel an helfenden Kräften, an thätigen Armen ist, und die man nur zweckmäßig zu verwenden braucht. Hin und wieder trifft es sich, daß man gewisse Klassen von Arbeitern verpflichtet, beim Brande als Pompiers sich verwenden zu lassen. Am meisten würden sich hierzu eignen die Gassenkehrer und die Dienstmänner, die sodann für die geleistete Arbeit gelöhnt würden. — Bei freiwilligen Feuerwehren findet sich jedoch auch hin und wieder die Pumpmannschaft in den Mannschaftsbestand einbezogen, weil es im Interesse der Feuerwehr selbst liegt, einen möglichst großen Körper zu bilden, um durch die Theilnahme Vieler das Institut zu verallgemeinern.

Zu verwerfen ist jedoch der gänzliche Mangel an Vorsorge für die benöthigte Pumpmannschaft und das Sichverlassen auf den bloßen Zufall, wo dann die ersten besten Leute mitarbeiten müssen. Eine solche Einrichtung ist blos für Dorffeuerwehren praktisch, wo es im Interesse des ganzen Ortes liegt, sich als Gesammtfeuerwehr zu constituiren.

360. **Welche Functionen liegen den Schlauchträgern ob?**

Die Schlauchträger haben die Aufgabe, die Verbindung zwischen der Spritze und dem Rohrführer, der gewissermaßen der erste Schlauchführer ist, zu vermitteln. Zu diesem Behufe müssen dieselben den Schlauch entsprechend verlängern, verkürzen, an die Spritze kuppeln oder losnehmen, denselben aufziehen und endlich, was die Hauptsache ist, für die Erhaltung der Schläuche sorgen. Sie haben dieselben zu tragen, darauf zu achten, daß dieselben auf rauchendem Gestein nicht schleifen, damit sie sich nicht etwa zu sehr auswetzen. — Ihr Commando erhalten sie vom Spritzenmeister und stellen die Verbindung zwischen demselben und dem Rohrführer her. — Ist die Spritze eine Saugspritze, so müssen die Schlauchträger für das Einlegen der Saugschläuche gleichfalls Sorge tragen.

361. **Welche Function liegt den Schlauchträgern bezüglich der Wasserbeschaffung ob?**

Geschieht die Versorgung der Spritzen durch Wasserleitungen, so haben die Schlauchträger die Schlauchleitung von der Wasserleitung (dem Feuerwechsel) zur Spritze zu legen und über ihre ungestörte Function zu wachen, damit dieselbe entsprechend verlängert, verkürzt, an die Spritze gekuppelt und gelöst werde. Die Beschützung der Schläuche gegen zufällige Beschädigungen liegt ihnen gleichfalls ob. Wird die Wasserbeschaffung durch Zubringer vermittelt, so haben dieselben auch hier die nöthigen Verrichtungen bei den Schläuchen zu versehen.

362. **Was ist die Aufgabe des Rohrführers?**

Die Aufgabe des Rohrführers als Vormann der Schlauchträger besteht darin, daß derselbe den durch die Spritze erzeugten Wasserstrahl zur gehörigen Verwendung bringt, denselben auf die gehörigen Punkte lenkt und überhaupt zweckmäßig verwendet.

363. **Welche Eigenschaften muß ein guter Rohrführer besitzen?**

Ein guter Rohrführer muß ein unerschrockener, ungemein muthiger, an Strapatzen gewöhnter Mensch sein, der sich nicht scheuen darf, dem Feuer so nahe als möglich auf den Leib zu rücken. Er muß den richtigen Einblick besitzen, um beurtheilen zu können, wo er das Wasser am zweckmäßigsten verwenden kann. Ferner muß er mit Umsicht die richtigen Signale ertheilen können, um von den Schlauchträgern und von der Spritze, mit deren Strahl er arbeitet, gehörig unterstützt zu werden.

364. **Wenn jedoch eine Spritze ohne Schlauch arbeitet?**

Dann ist der Rohrführer zu gleicher Zeit gewöhnlich auch Spritzenmeister, da er dann so wie so auf der Spritze stehen muß und somit beide Functionen vereinigen kann.

365. **Was ist vom Wasserbeschaffungsdienste zu bemerken?**

Vom Wasserbeschaffungsdienste und von den Leuten, die ihn versehen, läßt sich im Allgemeinen anführen, daß man hierzu sehr starke, andauernde Arbeit vertragende Individuen auswählen soll. Die Art der Verwendung richtet sich stets nach Art der Wasserbeschaffung, über die eine Feuerwehr verfügt. Man wird daher unterscheiden:

1) Bedienungsmannschaft für Wasserwägen,
2) Eimerreicher,
3) Buttenträger,
4) Bedienungsmannschaft für Wasserzubringer.

366. **Welche Bedienungsmannschaft erfordern die Wasserwägen?**

Die Wasserwägen erfordern, je nachdem sie ohne oder mit Wasserpumpen eingerichtet sind, zu ihrer Bedienung

1) den Kutscher zur Lenkung des Wagens,
2) die gehörige Mannschaft zur Füllung und Entleerung der Wägen.

Diese letztere hat außerdem, wenn der Wasserwagen bei Nacht fährt, brennende Fackeln zur Erleuchtung des Weges zu tragen.

367. **Wie viel Mann sind zur Bedienung des Wasserwagens erforderlich?**

Außer dem Kutscher mindestens zwei Mann. Diese sind, so lange der Wasserwagen im Gebrauche ist, nicht zu anderen Verwendungen zuzuziehen. Dieselben füllen entweder den Wasserwagen mittelst Stielschapfen, oder mit Hilfe eines Wasserauslaufständers einer Wasserleitung, oder einer Druckpumpe, und entleeren denselben bei Ankunft auf dem Brandplatze entweder in einen Bottich, aus welchem die Eimerreicher das Wasser schöpfen, oder mittelst einer Schlauchwasserwagenpumpe, wie dieselbe oben beschrieben wurde.

368. **Soll die Bedienungsmannschaft der Wasserwägen zur Feuerwehr gehören?**

Gewiß; wenigstens die Leute, welche die Füllung der Wasserwägen besorgen. — Da gewöhnlich die Feuerwehren nicht im Besitze der nöthigen Anzahl Wasserwägen sind, so wird der Commandant in Fällen, wo am Brandplatze andere Wasserwägen erscheinen, dieselben mit einem oder zwei Mann seines Corps besetzen, um sich über die zweckmäßige Verwendung derselben Gewißheit und Beruhigung zu verschaffen.

369. **Was ist von den Eimerreichern und Butteuträgern zu bemerken?**

Diese Leute gehören äußerst selten in den Bestand der Feuerwehren, sondern werden stets aus dem Publikum genommen, welches sich gern zu irgend welchem Dienste beim Feuerlöschen verwenden läßt und hierzu, bei einiger Ueberwachung und Aufrechterhaltung der Ordnung durch einen

Feuerwehrmann, recht gut eignet. Bei Dorffeuerwehren, wo die männliche Bevölkerung nutzbringend anderweitig beschäftigt werden kann, kann man hierzu auch die Dienstmägde Weiber, Kinder verwenden. — Die Eimerketten sind möglichst kurz zu nehmen, denn durch je weniger Hände der Eimer wandert, desto weniger Wasser wird verschüttet.

370. Welche Bedienungsmannschaft erfordert ein Wasserzubringer?

Ein Wasserzubringer erfordert außer der Pumpmannschaft, die hier, wie bei der Spritze, doppelt vorhanden sein muß, um abwechselnd arbeiten zu können, noch einige Feuerlöschmänner zur Bedienung, von denen einer die Arbeit der Mannschaft und das Spiel der Maschine überwacht, während zwei oder drei andere Feuerwehrmänner die Saug- und Transportschläuche einrichten und bedienen. Für letztere müssen sie besonders Sorge tragen, da dieselben meist lange Leitungen sind und am Brandplatze oft viel vom Ueberfahren der Wägen und von den Tritten der Menschen zu leiden haben. Zu diesem Behufe wendet man die von dem um das Feuerlöschwesen hochverdienten Magirus in Ulm vorgeschlagenen Schlauchbrücken an, über welche die Wägen fahren können, und unter welchen der Schlauch liegt.

371. Welche Aufgabe liegt den Steigern ob?

Dieselben haben mit möglichster Geschwindigkeit diejenigen vom Commandanten bezeichneten Punkte zu ersteigen, von denen ein geordneter, wirksamer Angriff des Feuers sich erwarten läßt, und, falls die Communicationen gestört sind, vermöge ihrer Hilfsmittel, als Leitern, Seile, die Erklimmung zu bewerkstelligen. Daß der Rohrführer der Spritze zugleich ein perfekter Steiger sein muß, versteht sich von selbst. Die Rettung der Menschen, sowie der Effekten liegt den Steigern gleichfalls ob.

372. Welche Eigenschaften muß daher ein geschickter Steiger besitzen?

Derselbe muß ein muthiger, thatkräftiger Mann sein, gut turnen können und richtigen Einblick in die Sachlage besitzen, um rasch das Nöthige selbst anordnen zu können, da demselben vom Commandanten nur die bedrohten Punkte bezeichnet und eine allgemeine Instruction gegeben werden kann.

373. Welche Aufgabe haben die Einreißer?

Dieselben sind beauftragt, diejenigen Objekte wegzuräumen, welche dem Feuer neue Nahrung zuführen könnten, oder welche weggeräumt werden müssen, um Communicationen herzustellen oder drohende Unglücksfälle zu vermeiden. Hierher gehört das Einreißen der Mauern, Umstürzen stehengebliebener Feuermauern, Kamine, das Abdecken von Dachstühlen ꝛc. ꝛc.

374. Welche Leute werden am zweckmäßigsten hierzu verwendet?

Am besten solche, die durch ihr Gewerbe schon an und für sich die nöthige Umsicht und Gewandtheit bei Ausführung der betreffenden Arbeiten sich zu eigen gemacht haben, wie Maurer, Zimmerleute, Schornsteinfeger ꝛc.

375. Welcher Hilfsmannschaften bedarf die Feuerwehr?

Die Feuerwehr bedarf an Hilfsmannschaften:

1) Leute, welche die geretteten Sachen und Effekten bewachen und in Obhut nehmen, am besten achtungswerthe ältere Bürger, die sich diesen Functionen unterziehen können.
2) Zur etwaigen Ausübung des Sanitätsdienstes das ärztliche Personal. Gewöhnlich genügt ein Arzt, der die Verpflichtung übernimmt, bei ausbrechendem Brande auf den Brandplatz zu eilen und sich der Feuerwehr zur Disposition zu stellen.
3) Die nöthige Unterstützung, um durch das umherstehende müssige Publikum in der Arbeit nicht behindert zu werden.

376. In welcher Weise sollen die Feuerwehrmänner ausgerüstet werden?

Außer der allgemeinen, für jeden Feuerwehrmann gleichen, nur Distinctionszeichen tragenden Uniform ist die Ausrüstung so zu wählen, daß jeder mit dem ihm nothwendigen Geräthe ausgerüstet ist. — Bei kleinern Feuerwehren kann man die Uniform bei Brandhilfeleistungen ganz weglassen bis auf den Helm, da derselbe den Kopf zu schützen bestimmt ist, und als Erkennungszeichen etwa eine Armbinde einführen.

377. **Wie werden nun die Feuerlöschmänner ausgerüstet?**

Dies geschieht etwa folgendermaßen:

Der Commandant. Helm mit irgend hervorragendem Abzeichen, am zweckmäßigsten mit reicher blanker Verzierung; leichter Gürtel mit Dolch; Signalhuppe.

Commandants-Adjutanten. Helm mit Abzeichen; farbige Leibbinden; Signalhorn; Gürtel mit Dolch.

Spritzenmeister. Ledergürtel mit Ring; am Gürtel werden getragen: ein Franzosenschlüssel und ein Hammer; Signalpfeife mit scharfem Ton.

Spritzenmannschaft, Rohrführer und Schlauchträger. Gürtel mit Ring; Nothseil mit Karabinerhaken; Feuerwehrhammer in der Hakentasche sammt Schlauchnadel; ein Stück Rundeisen, um das Mundstück zu reinigen und grobe Unreinigkeiten durchzustoßen; Signalpfeifen (gewöhnliche); der Rohrführer außerdem einen Franzosenschlüssel.

Pumpmannschaft. Keinerlei besondere Ausrüstung nöthig.

Steiger. Gürtel mit Ring; Nothseil mit Karabinerhaken; Hakentasche mit Spitzhammer; Signalpfeife.

Einreißer. Gürtel mit Ring; Nothseil mit Karabinerhaken; Hakentasche mit Mauerbrecher oder Axt.

Bedienungsmannschaft für Wasserwägen. Gürtel mit Hakentasche und Feuerwehrbeil.

Bedienungsmannschaft für Hydrophore. Gürtel mit Ring, Holzhammer und Franzosenschlüssel.

378. **In welche Abtheilungen werden nun die Feuerwehrmannschaften eingetheilt?**

Die Feuerwehrmänner werden am zweckmäßigsten in Abtheilungen (sogenannte Züge) getheilt, die für sich einen vollständigen Löschtrain darstellen. Eine jede, auch noch so kleine *Feuerwehr* sollte sich so organisiren, daß stets zwei *Züge gebildet* werden können, um stets einen Zug dienstbereit zu halten. Bei Feuerwehren kleiner Orte muß man sich jedoch meistentheils blos auf einen Avisodienst beschränken.

379. Welche Elemente enthält ein Löschtrain?

Obwohl sich hierüber, wie über so manches Andere, keine bindenden Vorschriften geben lassen, so ist doch im Nachfolgenden die Zusammensetzung eines Löschtrains angegeben, wobei als Grundnorm eine mittelgroße Wagenspritze angenommen wurde. Die speziellen Verhältnisse eines jeden Ortes werden natürlich bei Zusammensetzung und Wahl der mitzuführenden Requisiten gewaltig influenziren. Ebenso wird die Art der Wasserbeschaffung von Einfluß sein.

Der Löschtrain besteht aus:

1) Dem Commandanten.

2) Einer Wagenspritze. Zu deren Bedienung gehören: ein Spritzenmeister, zwei Rohrführer, vier Schlauchträger, dreißig Mann Pumpmannschaft (da fünfzehn Mann immer abwechselnd arbeiten), ein Kutscher.

3) Zwei Wasserwägen. Zur Bedienung derselben sind erforderlich: je ein Kutscher, zwei Feuerlöschmänner. Ferner drei Steiger, drei Einreißer. Auf den Wasserwägen sind befindlich: ein Drei-Eimer-Bottich, ein hölzerner Eingußtrichter, eine Steigleiter, zwei Stielwasserschapfen, zwei Bandhaken, vier Ledereimer.

4) Einem Requisitenwagen, enthaltend:

Einen 40 Fuß langen Rettungsschlauch.
Einen Rettungssack mit eisernen Ringen.
Vier Berliner Steigleitern, einen Gesimsbock, eine Gesimsleiter sammt zwei Haltestricken.
Ein Wurfseil, 80 Fuß lang, geknotet.
Zwei Handspritzen.
Zwei Signallaternen.
Eine Signalfahne.
Eine Tragbahre, zusammenlegbar, sammt Medikamentenkasten.
Zwei Rettungshauben nach Kühfuß.
Eine Schlauchbrücke.

200 Fuß Schläuche in 6 Abtheilungen à $33^1/_3$ Fuß, mit je ein Paar eingebundenen Gewinden.

Ein Paar Schlauchbinden zum Verbinden platzender Schläuche.

50 Stück zusammenlegbare Hanfklappeimer.

5) Einem Mannschaftstransportwagen.

380. **Wie fährt nun dieser Löschtrain zum Feuer?**

In folgender Ordnung:

1) Die Wagenspritze; auf derselben auf dem Vordersitz der Kutscher und der Spritzenmeister, auf den beiden Seitentritten die zwei Rohrführer.
2) Der Requisitenwagen: ein zweirädriger Karren, an die Spritze mittelst Selbstschnappvorstecker angehängt.
3) Die beiden Wasserwägen; mit jedem derselben fahren ein Kutscher, zwei Bedienungsleute und zwei Schlauchträger.
4) Der Personenwagen; auf demselben der Commandant, drei Steiger, drei Einreißer, zehn Pumper. (Die übrigen Pumper kommen entweder nach, oder werden an Ort und Stelle requirirt.)

Anmerkung. Dies ist so ziemlich eine vollkommene Einrichtung eines Löschtrains. Natürlich wird man sich bei diesen Einrichtungen je nach den zu Gebote stehenden Geldmitteln einschränken 2c., lokale Eigenthümlichkeiten und Vortheile benützen 2c. 2c.

381. **Was ist jedoch unbedingt nöthig, um die Einrichtung der Feuerwehr nutzbringend zu machen?**

Daß die Handhabung der einzelnen Operationen ohne Schwierigkeit und mit Präcision ausgeführt werde. Zu diesem Behufe muß sich die Feuerwehr einem fleißigen Exercitium unterziehen und häufige Uebungen vornehmen. Sehr anzuempfehlen ist zu diesem Behufe ein Uebungsbau, d. h. ein Gebäude, das sich die Feuerwehr als brennend vorstellt, und an welchem sie manövrirt.

382. **Wie und wo wird dieser Uebungsbau aufgeführt werden müssen?**

Derselbe wird je nach Art der Mehrzahl der Gebäude, welche im Bezirke der Feuerwehr sich befinden, hergestellt ein und alle möglichen technischen Schwierigkeiten, die man als vorkommend betrachtet, vereinigen. Der Bau selbst ist an einer abseitigen Stelle aufzuführen und so zu wählen, daß genügend Wasser für die Uebungen vorhanden ist.

383. **Welche Uebungen werden gleichfalls der Feuerwehr anzurathen sein?**

Die Turnübungen. Man kann unter denselben diejenigen auswählen, welche besonders für Feuerlöschzwecke von besonderm Werthe sind, z. B. das Emporschwingen am Seile, die Leiterübungen 2c.

384. **Soll die Feuerwehr Schauexercitien halten?**

Ja, und zwar aus doppelten Gründen. Einmal, um unter ihren Mitbürgern das Vertrauen zu ihren Leistungen zu erwecken und zu befestigen; und dann soll das Schauexercitium eine Art Propaganda für das Institut selbst sein.

385. **In welcher Weise sind die Geldmittel für die Feuerwehreinrichtung zu beschaffen?**

Dies hängt eben sehr von lokalen Verhältnissen ab. Eine besoldete Feuerwehr wird von der städtischen oder Regierungsbehörde erhalten und ausgerüstet. Bei freiwilligen Feuerwehren sollten die Gemeindevertretungen füglich die Einrichtungskosten übernehmen, weil durch diese schöne Einrichtung ja das Gut sämmtlicher Gemeindemitglieder geschützt wird. Es ist daher unbillig, zu verlangen, daß die freiwillige Feuerwehr sich durch Beiträge der einzelnen Mitglieder erhalte. Dieselben wenden ja ohnehin derselben Kraft, Zeit und Mühe zu und setzen sich den verschiedensten Unfällen aus. Sie hätten im Gegentheil ein Recht, für ihre freiwillige Aufopferung eine Geldentschädigung zu verlangen. Trotzdem finden sich viele Feuerwehren, die sich selbst equipiren, selbst erhalten, und etwa nur die vorhandenen Feuerlöschmittel übernehmen; um so schöner, um so würdiger des Mottos:

„Gott zur Ehr',
Dem Nächsten zur Wehr!"

Anmerkung. Ueber das Verhältniß der Assekuranzen zu den Feuerwehren, sowie über Feuerwehrunterstützungscassen Näheres im Anhang.

386. **Welche Art Feuerwehr empfiehlt sich am besten?**

Dies hängt von dem Orte ab, für welchen dieselbe eingerichtet werden soll. Im Allgemeinen kann man unterscheiden:

Größere Städte von 60—80000 Einwohnern und darüber.
Städte unter 60000 Einwohnern.
Städte bis zu 10000 Einwohnern; Märkte.
Dörfer.

387. **Welche Feuerwehr empfiehlt sich für Städte von 60—80000 Einwohnern und darüber?**

Für solche Groß- und Residenzstädte soll man immer eine besoldete Feuerwehr errichten. Dies aus dem Grunde, weil bei der schon riesigen Ausdehnung derselben ein rasches Erscheinen am Brandplatze doppelt wichtig erscheint und eben der bedeutenden Ausdehnung halber schwerer durchzuführen ist. Man ist daher gezwungen, einen constanten Feuerlöschdienst einzuführen; ja man reicht sogar gewöhnlich mit Einem Feuerlöschtrain nicht aus, sondern muß, um eben rascher zur Hand zu sein, die Trains in verschiedene Stationen mit abbegrenzten Hilfsbezirken trennen. Bei einer freiwilligen Feuerwehr ist es jedoch selbstverständlich, daß die einzelnen Mitglieder sehr zerstreut wohnen. Würde nun eine freiwillige Feuerwehr in solchen Städten bestehen, so müßte dieselbe eine große Anzahl von Mitgliedern zählen, um Ersprießliches zu leisten. Der Körper der Feuerwehr würde zu einem riesigen anschwellen, und mit denselben Kosten, die eine besoldete Feuerwehr verursacht, nicht mehr, ja lange nicht dasselbe leisten.

388. **Welche Gattung Feuerwehr empfiehlt sich für Städte von 10—60000 Einwohnern?**

Eine freiwillige Feuerwehr, jedoch mit einem Grundstock von Feuerwehrmännern, die zu besolden wären, um mindestens die für solche immerhin bedeutende Städte augenblicklich nöthige Hilfe bringen zu können. Die freiwilligen Feuerwehrmänner finden unterdeß Zeit, sich zu sammeln und zur *Unterstützung auf* den Brandplatz abzurücken. Dabei müßte *jedoch die Leitung* der Feuerwehr eine einheitliche bleiben.

um Gedeihliches zu leisten, und die Organisation derartig getroffen werden, daß die besoldete Kerntruppe in gute harmonische Verbindung mit den andern Feuerlöschcorps gebracht würde.

389. Welche Feuerwehr werden kleinere Städte und Märkte einführen?

Die freiwillige Feuerwehr. Bei der meistentheils geringen Ausdehnung solcher Orte ist ein rasches Sammeln des Feuerwehrkörpers leicht ermöglicht, und ist auswärtig Hilfe zu bringen, so kann sich dieselbe doch nur darauf beschränken, der dort vorhandenen Feuerwehr als Unterstützung und Reserve zu dienen.

390. Welche Feuerwehren werden Dörfer einzurichten haben?

Jedenfalls auch die freiwilligen. Dieselben werden jedoch gut daran thun, die sämmtlichen Inwohner zur Feuerwehrdienstleistung heranzuziehen, weil es in den meisten Dörfern, hauptsächlich zu Sommerszeiten, an Arbeitskräften mangelt. Hier wird man sich mit weniger strammer Disciplin begnügen müssen, und hat schon viel erreicht, wenn nur Gemeinsinn und halbwegs geregeltes Verfahren beim Löschen der Brände Platz greifen. Die Löschgeräthschaften für solche Feuerwehren vereinfachen sich bedeutend, weil die meist niedern Häuser umfangreichere Geräthe entbehrlich machen. Dagegen hat die Feuerwehr die Aufgabe, den Brand möglichst rasch zu bewältigen, weil sich hier gerade reichlich aufgestapelte feuergefährliche Gegenstände finden, die ein rasches Umsichgreifen der Brände ungemein begünstigen. Und hat einmal ein Brand etwas riesige Dimensionen angenommen, so muß man froh sein, denselben nur auf sein einmal erfaßtes Terrain beschränken zu können.

391. Ist es zweckmäßig, zwei Feuerwehren an einem Orte nebeneinander bestehen zu lassen?

Nein; denn es ist leicht einzusehen, daß man sich durch dies Verfahren theilweise wieder dem frühern Zustande nähern würde. Die Eitelkeit, der Stolz würden zu gegenseitigen Reibungen führen. Es ist daher sehr abzurathen, solche Zustände zu schaffen, sonst wird die Erfahrung mißliche Dinge zu Tage fördern. — Bestehen jedoch an einem Orte zwei Feuerwehren, oder ist es vielleicht aus lokalen Gründen zweckmäßig, zur Errichtung derselben zu schreiten, so mögen die beiden Vereine unter sich eine Abgrenzung ihrer Hilfsbezirke feststellen. Damit soll nicht gesagt sein, daß der andere Feuerwehrverein nicht verpflichtet wäre, zu Hilfe zu eilen, wenn es im Bezirke seines Nachbars brennt, sondern er soll blos gehalten sein, innerhalb dieses Bezirkes demselben die Oberleitung der Löschanstalten zu lassen.

392. Wenn zwei oder mehr Feuerwehren an einem Orte zusammenkommen, wem gebührt die Leitung der Löschmaßregeln?

Wenn der Ort des Brandes keine Feuerwehr besitzt, so gebührt dieselbe unstreitig dem Erstangekommenen; hat derselbe jedoch eine Feuerwehr, so ist dieselbe mit Oberleitung der Löschmaßregeln betraut und die andern haben sich ihr unterzuordnen, auch wenn dieselben früher am Platze wären, als die eigene Feuerwehr des Orts. Dies schon aus dem Grunde, weil man bei den Insassen mehr Lokalkenntniß und daher ein wirksameres Eingreifen anzunehmen berechtigt ist.

Sechstes Kapitel.

Der Feuerwehrdienst.

393. Welche einzelnen Theile sind beim Feuerwehrdienst in Betracht zu ziehen?

1) Die Allarmirung und die richtige und schnelle Kenntniß von dem Orte, dem Gegenstande und der Art des Brandes.

2) Das möglichst rasche Erscheinen der Feuerwehr am Brandplatze nach Ertönen des ersten Signals.

3) Das Commando und die Bedienung der Löschgeräthschaften.
4) Der Angriff des Feuers, der je nach Art des brennenden Objektes ein verschiedener sein muß.

394. **Richtet sich hierbei nicht Vieles nach der Art der Feuerwehr?**

Allerdings. Feuerwehren großer Städte werden eines andern Allarmirungssystems bedürfen als kleine Feuerwehren. Die Organisation ihres Dienstes wird eine verschiedene sein müssen, und werden wir bei den zu besprechenden Punkten diese Alternativen einzeln ins Auge fassen.

395. **Was versteht man unter Allarmirung?**

Unter Allarmirung der Feuerwehr versteht man das Ertheilen des Hilfsignals nach der ersten Kenntniß von dem ausgebrochenen Brande. Diese Kenntniß soll eine möglichst umfassende sein, damit die Feuerwehr die geeigneten Requisiten mitnehmen und den Umständen gemäß handeln kann. Der Ort, sowie die Art und Weise des Brandes sollen wenigstens der Feuerwehr gemeldet werden, damit dieselbe keine Zeit verliere und möglichst rasch am Brandplatz zu erscheinen in die Lage gesetzt ist.

396. **Was ist zu diesem Ende nothwendig?**

Daß man eine Feuerwache einrichtet, die nach ausbrechenden Bränden auslugt, um dieselben möglichst rasch zur Kenntniß der Feuerwehr zu bringen. Diese Feuerwache muß Tag und Nacht in Thätigkeit sein, weil man begreiflicher Weise über den Zeitpunkt, in welchem ein Brand ausbricht, nie im Klaren sein kann. Am zweckmäßigsten eignen sich hierzu die Thürmer oder Thurmwächter, weil dieselben von ihrem erhabenen Standpunkte eine weitere Umschau besitzen und bei gehöriger Aufmerksamkeit die meisten sich entwickelnden Brände zu beobachten Gelegenheit haben.

397. **Was haben nun die Thürmer zu thun?**

Die Thürmer haben die sofortige Feuermeldung an die Feuerwehr ergehen zu lassen.

398. In welcher Weise kann dies geschehen?

Dies kann geschehen:
1) Durch Glockensignale (Sturmläuten).
2) Durch optische oder elektrische Telegraphen.
3) Durch Hornsignale.
4) Durch Boten.
5) Durch combinirte Anwendung einzelner obiger Allarmirungsarten.

399. Welche Einrichtung empfiehlt sich für die Thurmwächter zur raschen Bestimmung des Ortes, wo das Feuer entsteht?

Ein Thurmcompaß. Dieses Instrument besteht im Wesentlichen aus einem um eine vertikale Säule drehbaren Fernrohre und einer Grundplatte, in deren Mitte sich diese Säule befindet. Auf der Grundplatte ist die umliegende Gegend genau im Situationsplan gezeichnet und die hervorragenden Punkte besonders grell markirt. Kömmt nun zur Nachtzeit oder in nebliger Witterung ein Feuer zum Ausbruch, so richtet der Thürmer das Fernrohr nach dem Mittelpunkte der Feuersäule, und er sieht nach der Richtung des Fernrohrs genau auf dem Plane die Richtung, in der es brennt, und die er nun genau der Feuerwehr angeben kann. Besonders wichtig wird diese Einrichtung für auswärtige Hilfeleistung in umliegenden Ortschaften, da es nicht selten vorkömmt, daß der Thürmer den Ort, wo das Feuer ausgebrochen, falsch signalisirt, und die ausfahrende Feuerwehr eine falsche Straße einschlägt. Freilich bemerkt der ausfahrende Löschtrain den Irrthum; er [illegible] jedoch zum Umkehren gezwungen oder muß auf schlechtem Wege wieder die richtige Straße erreichen, wodurch nicht nur die so kostbare Zeit verloren geht, sondern auch die Löschgeräthschaften unnöthiger Weise abgenützt werden.

400. Welche Feuermeldung eignet sich vorzüglich für Städte?

Die optische oder elektrische Telegraphie. In Städten, wo natürlicher Weise der Andrang der Menschen ein großer ist, sucht man so viel als möglich die Beunruhigung des *Publikums zu* vermeiden. Durch Telegraphiren der Feuer*meldung wird* dies am schnellsten und sichersten erreicht. In solchen Städten, die natürlich schon zu den größeren gehören, hat man dann gewöhnlich noch verschiedene Hilfsbezirke, die mit dem Centrale in telegraphischer Verbindung stehen. Der Telegraph braucht für diese Zwecke nur Zeichen und einzelne Wörter telegraphiren zu können. Im Allgemeinen wird sich dies immer nach den lokalen Umständen richten müssen und die Organisatoren der Feuerwehr werden ihre bezüglichen Entscheidungen mit Rücksicht darauf zu treffen haben.

401. Welche Signale werden hauptsächlich durch den Telegraphen zu befördern sein?

Im Folgenden soll eine allgemein gehaltene Einrichtung einer Feuertelegraphie gegeben werden, die allerdings nach Umständen gewissen Modificationen sich fügen wird. — Die Signale zerfallen in:

1) Feuermeldungssignale.
   a) Ort des Feuers: Innerhalb der Stadt (Angabe des Bezirkes, der Straße); auswärtiger Ort.
   b) Art des Brandes: Gebäudebrand, Fabrikbrand, Kaminbrand, Scheunenbrand, Theaterbrand ꝛc. ꝛc.
   c) Umfang des Brandes: Großes Feuer, im raschen Entwickeln begriffen; kleines, unbedeutendes Feuer, z. B. eines einzelnen Hauses.

2) Hilfssignale.
   Diese Signale werden eventuell von der Feuerwehr an eine Telegraphen- oder Feuerwehrstation abgegeben, um an das Centrale oder die einzelnen Reservedepots abzugehen.
   a) Verstärkung an Löschrequisiten: Feuerspritzen, Wasserwägen, Eimer, spezielle Feuerlöschrequisiten.
   b) Verstärkung an Mannschaft: Zur Ablösung ꝛc. ꝛc.

402. Für welche Art von Feuerwehren wird daher die telegraphische Feuermeldung unbedingt zu empfehlen sein?

Für besoldete Feuerwehren. Dies aus dem Grunde, weil dieselbe ein geschlossener Körper ist, welcher unbeirrt von allen andern Einflüssen seinen Obliegenheiten nachzukommen hat.

403. **Wie sollen die Glockensignale (Sturmläuten) eingerichtet werden?**

Durch Läuten mit den Thurmglocken wird ebenfalls der Ausbruch eines Feuers angezeigt. Man muß hierbei Rücksicht nehmen, daß die eigenthümliche Folge der Glockensignale die Feuermeldung rasch erkennen läßt. Weiter läßt sich hiermit die Anzeige vom Brandort verbinden, indem durch die Anzahl der einzelnen rasch aufeinanderfolgenden Glockenschläge der Hilfsbezirk angedeutet wird, in welchem das Feuer ausgebrochen ist. Man soll jedoch nie mehr als fünf nacheinanderfolgende Glockenschläge geben, weil sonst das Erkennen des Hilfsbezirks schon undeutlich wird. So kann z. B. je ein Glockenschlag den Ausbruch eines Brandes im ersten, je zwei im zweiten Bezirke 2c. anzeigen, während die ununterbrochene Folge von Feuerglockenschlägen den Ausbruch eines Brandes in einem angrenzenden Orte andeutet. Solche Bestimmungen sollen jedoch möglichst oft zur allgemeinsten Kenntniß gebracht werden.

404. **Was für Einrichtungen lassen sich noch hiermit verbinden?**

Die ausgedehntere Feuermeldung kann noch unterstützt werden:

1) Durch Aushängen einer Fahne am Tage und einer hellen, grellen Laterne bei Nacht, um die Richtung des Feuers genau und deutlich zu machen.
2) Durch Boten, die der Thurmwächter zur Feuerwache entsendet.
3) Durch Verbindung der Telegraphie mit Sturmläuten.

405. **Für welche Feuerwehren eignet sich besonders letzteres Verfahren?**

Für gemischte Feuerwehren. Denn durch die telegraphische Feuermeldung erhält der Grundstock der besoldeten Feuerwehr sowie das Commando die rasche Mittheilung des Brandes und kann sogleich das Nöthige veranlassen, während durch die Glockensignale die freiwillige Feuerwehr zur Dienstleistung aufgerufen wird und nach den Glockenschlägen urtheilt, wo der Brand ausgebrochen.

406. **Welche andere Feuermeldung findet auf Dörfern statt?**

Die durch Feuerreiter. Bricht nämlich in einem Orte ein Brand aus, so werden einige Leute beritten gemacht, die rasch in die umliegenden Ortschaften reiten, um dort die Inwohner zur Hilfeleistung aufzurufen.

407. **Welche Feuer kann der Thurmwächter nicht so bald entdecken?**

Die im Innern der Gebäude ausgebrochenen. Darum ist es nöthig, einen Modus einzuführen, durch welchen auch diese möglichst rasch zur Kenntniß der Feuerwehr gelangen.

408. **Wodurch wird dies erzielt?**

Durch Feuermeldung durch das Publikum selbst. Um sich desto sicherer die möglichst rasche Kenntniß des ausgebrochenen Brandes zu verschaffen, kann man sich zweierlei Mittel bedienen: man kann vorerst eine gewisse Belohnung dem ersten und zweiten der Feuermeldenden zusichern, andererseits das Unterlassen und Vertuschen der Feuermeldung einer strengen polizeilichen Ahndung unterziehen. Die Orte, wo die Feuermeldung statthaben kann, sind am zweckmäßigsten durch eigens geformte, mit farbigen Gläsern versehene Lampen kenntlich zu machen, da hierdurch ihre leichte Erkennung bei Tag und Nacht gesichert ist.

409. **Welches ist das wichtigste Moment nach der richtigen Feuermeldung im Dienste der Feuerwehr?**

Die möglichst schnelle Dienstbereitschaft und das rasche, sichere Erscheinen am Brandplatze.

410. **Wie wird dies bei besoldeten Feuerwehren erreicht?**

Durch stete Dienstbereitschaft eines vollständigen Löschtrains, der immer bereit sein muß, nach Eintreffen der ersten Feuermeldung sogleich nach dem Brandplatz abzurücken.

411. **Wie wird dies bei gemischten Feuerwehren erreicht?**

Durch Abrücken des besoldeten Feuerwehrcorps an den Brandplatz und durch möglichst rasches Erscheinen der freiwilligen Feuerwehr.

412. In welcher Weise ist nun die freiwillige Feuerwehr möglichst rasch u concentriren?

Sowie der erste Feuerruf ertönt, hat sich der Feuerwehrmann, der zum Dienste berufen ist, mit seiner Feuerwehrkleidung und Ausrüstung zu versehen. Ist das Feuer m Orte selbst, so hat er, falls er beim Löschtrain direkt betheiligt ist, sich zum Depot der Feuerwehr zu begeben, und ist dies nicht der Fall, sogleich auf den Brandplatz zu eilen und sich dem Commando zur Verfügung zu stellen. Ist jedoch der Brand nicht in loco, so hat er sich unbedingt ins Depot zu begeben, um mittelst der Transportwagen auf den Brandplatz geschafft zu werden. — Speziell hierüber haben die Dienstvorschriften der einzelnen Feuerwehren das Nöthige zu enthalten.

413. Wie ist die Abrückung auf den Brandplatz einzuleiten?

Wenn von einer Abtheilung beim Feuerwehrdepot so viel Mannschaft beisammen ist, um die Fortschaffung der Geräthschaften zu ermöglichen, so begiebt sich dieselbe unter Oberleitung ihres Führers oder, sollte derselbe nicht da sein, unter der seines Ersatzmannes auf den Brandplatz. Daß möglichste Eile hierbei nothwendig ist, braucht wohl nicht erst erwähnt zu werden, doch soll die Mannschaft nicht in übergroßem Eifer der Brandstätte zustürzen, da man ohne Athem und mit erschöpfter Kraft zum ersten Angriff des Feuers auf der Brandstätte nicht tauglich ist.

414. Welches ist hierbei die erste Pflicht der Commandanten und Führer?

Möglichst rasch und wo möglich nach Signalement des Feuers die Ersten am Platze zu sein, um die nöthigen Dispositionen augenblicklich treffen zu können und die ersten Minuten zum Angriff des Feuers aufs Rascheste und Glücklichste zu benützen.

415. Was ist nöthig, damit die Abrückung auf den Brandplatz so rasch als möglich geschehen könne?

Daß sämmtliche Löschgeräthschaften schon in solcher Ordnung aufgestellt und geordnet sind, daß man ohne den mindesten Zeitverlust mit denselben abrücken kann. Für die nöthige Bespannung muß den Ortsverhältnissen angemessen Sorge getragen sein.

416. **Was ist von dem Commando auf dem Brandplatze zu bemerken?**

Ist die Feuerwehr auf dem Brandplatze angelangt, so nimmt das Commando möglichst rasch die Localität in Augenschein und entscheidet sich für die zweckmäßigste Art des Feuerangriffs. Der Commandant wählt ferner seinen Aufstellungsplatz derart, daß er sowohl den Brand, als auch seine Löschhilfsmittel möglichst übersieht. Den Standpunkt des Commandos macht man am Tage durch eine mitgeführte Fahne, des Nachts durch eine Laterne mit farbigen, am besten rothen Gläsern kenntlich. Dort sammeln sich alle, die auf die Leitung der Löschanstalten Einfluß haben; hierzu gehören der Commandant der Feuerwehr, der Ortsbürgermeister nebst der Feuercommission, der Polizeichef oder sonstige Vertreter der Behörden, die Commandanten der zu Hilfe eilenden benachbarten Feuerwehren, der mit dem Sanitätsdienst betraute Arzt rc. rc.

417. **Welchen Disciplinarvorschriften muß sich der Feuerwehrmann hierbei fügen?**

Derselbe muß, um einen geregelten Angriff des Feuers zu ermöglichen, sich streng den unten folgenden Disciplinarvorschriften fügen. Hauptsächlich soll derselbe

1) den Befehlen seiner Vorgesetzten unweigerlich und willig Folge leisten;
2) ohne bestimmten Befehl seiner Obern keinerlei Verrichtungen von entscheidender Bedeutung vornehmen; ausgenommen sind hiervon namentlich jene Fälle, welche ein rasches Handeln des Feuerwehrmanns voraussetzen, der nicht erst auf Befehl seiner Obern warten kann, da Gefahr im Verzuge ist;
3) alle ihm aufgetragenen Arbeiten mit Ruhe und Besonnenheit ausführen, jeden unnützen Lärm vermeiden und überhaupt jedes nicht zur Sache gehörige Wort unterlassen;
4) sich von seinem Posten nur dann zurückziehen, wenn derselbe derartig unhaltbar geworden, daß er aufge-

geben werden muß, da sonst das Leben des Feuerwehrmanns in Gefahr käme;

5) das zu rettende Eigenthum Anderer mit möglichster Schonung behandeln und nicht muthwilligen Schaden darin anrichten.

418. Was soll dagegen dem Feuerwehrmann gegenüber vom Commando als Pflicht erachtet werden?

Zu wahrhaft gefährlichen Unternehmungen, die eine gewisse Wagehalsigkeit voraussetzen, stets Freiwillige aus den Reihen der Feuerwehr heraustreten zu lassen. Den Feuerwehrmann auf einen gefährlichen Posten nie allein zu stellen. Für eine möglichst gesicherte Rückzugslinie Sorge zu tragen, damit der Feuerwehrmann, der am längsten in der Gefahr ausharrt, rasch sich ihr entwinden kann. — Bei länger andauernden Bränden für zweckentsprechende Abwechslung der Mannschaft zu sorgen und dieselbe mit Erfrischungen zu versehen.

419. In welcher Weise wird das Commando ertheilt?

Entweder mündlich oder mittelst Signale, die durch Hörner, Huppen und Pfeifchen gegeben werden. Die speziellen Commandos werden stets mit Worten ertheilt, während die allgemeinen Commandos mittelst Signale gegeben werden. Diese Commandos theilen sich ein in

Signale für den Spritzendienst,
Signale für den Wasserbeschaffungsdienst,
Signale für den Rettungsdienst.

420. Welche Signale werden für den Spritzendienst am unentbehrlichsten sein?

1) Das Commando des Spritzenmeisters an seine Spritzenbedienungsmannschaften (meistens mündlich ertheilt).
2) Das Verständniß des Spritzenmeisters mit dem Schlauchführer und der Wasserbeschaffung.

Hierher rechnen wir:

Signale des Rohr- oder Schlauchführers an den Spritzenmeister.

Schlauch verlängern.

Schlauch verkürzen.
Wasser nöthig (Spritze activ).
Arbeit einstellen (Spritze passiv).

Signale des Spritzenmeisters an den Schlauchführer.

Schlauch verkürzen.
Schlauch verlängern.
Schlauchkette zurück.

Signale des Spritzenmeisters an die Wasserbeschaffung.

Wasser nöthig.
Wasser überflüssig.

421. Welche Signale sind für den Wasserbeschaffungsdienst nöthig?

Wasser hier.
Wasser erschöpft.

422. Welche Signale sind für den Rettungsdienst am nöthigsten?

Mannschaft zur Unterstützung.
Mannschaft zurück.
Seil herab.
Seil hinauf.

423. Welches wird nun beim Brandplatz die vornehmste Sorge des Commandanten sein müssen?

Derselbe muß seine Spritze zweckmäßig aufstellen, d. h. dieselbe darf nicht zu nahe dem Feuer stehen, damit die arbeitenden Mannschaften nicht vom herabfallenden Feuer leiden, und muß so gestellt werden, daß die Wasserbeschaffung den Umständen angemessen leicht möglich werde. Ein Adjutant wird mit der Organisirung des Wasserbeschaffungsdienstes, der Bildung der Eimerreicherketten oder, sind Wasserleitungen vorhanden, mit dem Aufschrauben der Schläuche beauftragt. Der Commandant bestimmt die Punkte, von denen das Feuer angegriffen werden soll und die etwa erstiegen werden müssen, um den Schlauch aufzuziehen. Ein weiteres Augenmerk wird der Einschränkung des Brandes gewidmet und die geeignete Rettung von Menschenleben und Effekten veranlaßt.

424. **Welches Exercitium ist für den Brandplatz besonders wichtig?**

Das richtige Arbeiten der Spritzen. Dieselben möglichst rasch in Thätigkeit zu setzen und arbeiten zu lassen, ist Aufgabe des Spritzenmeisters.

425. **In welcher Weise wird nun die Spritze in Thätigkeit gesetzt?**

Hierbei betrachten wir hauptsächlich die Wagenspritzen, da die andern kleinen Spritzen ohnehin leicht zu handhaben sind und bei ihnen auch nicht so leicht Confusionen entstehen können, weil bedeutend weniger Mannschaft an ihnen arbeitet. Das Exercitium der Feuerwehrspritze ist schon erwähnt unter Frage Nr. 420.

Der Spritzenmeister commandirt:

Spritze einränken!

Sobald die Spritze auf den Brandplatz geführt, richtig gestellt und die Pferde ausgespannt sind, ertönt obiges Commando. Ein Feuerwehrmann dreht die Deichselstange so ein, daß das eine Vorderrad quer unter dem Wagen zu stehen kommt. Sollte der zum Einreiben der Deichsel nöthige Raum fehlen, so wird die Deichsel herausgezogen und unter die Spritze gelegt.

Anmerkung. Diese Manipulation ist wichtig und deßhalb nöthig, damit die Spritze während des Pumpens einen festen Stand habe, nicht hin- und herrolle und die Druck- oder Zugstangen nicht auf die Deichsel aufstoßen.

426. **Welches Commando folgt hierauf?**

Der Spritzenmeister ertheilt hierauf zwei Commandos:

Schlauch ankuppeln!

Spritze füllen!

Während die Spritze mit Wasser angefüllt wird, kuppelt ein Feuerwehrmann den Druckschlauch an die Spritze. Der Rohrführer richtet sich das Steigrohr mit dem Mundstücke zurecht.

427. **Welche Alternative findet hierbei statt, wenn die Spritze zugleich zum Saugen eingerichtet ist?**

Ist dies der Fall, so commandirt der Spritzenmeister:

Saugschlauch ankuppeln!

Saugschlauch einlassen!

att: Spritze füllen.

Die Feuerwehrmänner schrauben die Saugrohre in der erforderlichen Länge derart zusammen, daß beim Einhängen der Saugrohre ins Wasser der Saugkopf genügend mit Wasser bedeckt ist. Sie treiben die Schlauchgewinde mit dem hölzernen Hammer, der der Spritze beigegeben ist, von links nach rechts so fest an, bis sie sich von dem festen Zusammensitzen der Dichtungsflächen überzeugt halten. Mit einer um den an das erste Rohr angeschraubten Saugkopf geschlungenen Leine läßt man nun die Saugrohre ins Wasser. Eines der biegsamen Rohre wird mit der aus der Kastenwand hervorragenden Schraube verbunden und der genannte Strick, nachdem er nochmals mit der Schlinge um eines der obern Rohre geschlungen wurde, wird dann straff angezogen und irgendwo befestigt. Die Last der Rohre und der gesaugten Wassersäule muß von jenem Strick getragen werden. Man darf in keinem Falle die Saugrohre am Wasserkasten allein hängen lassen, denn die übermäßige Schwere würde den betreffenden Bestandtheilen der Spritze schädlich sein und Reparaturen verursachen. Es muß darauf gesehen werden, daß das Saugventil mit Seiherkopf möglichst senkrecht im Wasser hänge.

Anmerkung 1. Das gute Vonstattengehen des Aufsaugens bei Anwendung sämmtlicher Saugrohre hängt sehr von dem dichten Zusammensitzen der letztern ab. Wenn die geringste äußere Luft zutreten kann, so geht entweder das Saugen gar nicht, oder es wird sehr lange dauern, bis das Wasser empor kömmt. Es ist in dieser Beziehung nicht genug Vorsicht zu empfehlen.

Anmerkung 2. Bemerkenswerth ist jedoch, daß bei Bearbeitung der Spritze mit allen angeschraubten Saugrohren der Strahl nicht jene Höhe erreicht, als wenn das Wasser unmittelbar aus dem Wasserbehälter in die Ventile eintreten kann. Diese Erscheinung ist bedingt durch den Verlust an Kraft, welchen man erleidet, indem die Säule des noch überdies der vermehrten Reibung an den Rohrwänden ausgesetzten angesaugten Wassers gleichzeitig mit dem Auswerfen des Strahles gehoben werden muß.

428. **Was hat daher der Spritzenmeister zu thun, wenn er eine Spritze, die zugleich saugt, auf ihre volle Wirksamkeit ausnützen will?**

Will man von jener der Spritze zugehörigen normalen Triebkraft Gebrauch machen, so schraube man, da eine solche Spritze meist mit zwei Ausläufen versehen ist, die Druckschläuche an dem einen Auslauf an. Den andern Auslauf, an dem die Wendekniee sitzen, richte man nun so, daß die Ausflußöffnung derselben in den Kasten sieht. Man saugt nun das Wasser in den Spritzenkasten und sperrt al

Hierauf spritzt man das in dem Spritzenkasten befindliche Wasser aus und saugt denselben hierauf von Neuem voll 2c. Es ist ersichtlich, daß man in solchem Falle blos intermittirend spritzen kann. Hin und wieder mag jedoch der Fall vorkommen.

429. **Welche Aufgabe liegt dem Spritzenmeister bezüglich der Sperrwechsel ob?**

Ist eine Spritze mit Absperrwechseln versehen, so hat der Spritzenmeister darauf zu achten, daß derjenige, an welchem die Druckschläuche angeschraubt sind, offen, der andere dagegen geschlossen sei. Dies aus dem Grunde, damit nicht das Druckwasser unnütz verlaufe. Die Wechsel sind gewöhnlich so eingerichtet, daß die Richtung der Kurbel immer den Wasserlauf erkennen läßt, und daher das Obengesagte leicht auszuführen ist.

Es ist sehr wichtig und genau zu beachten, daß bei vorhandenen Sperrwechseln diese während der Arbeit der Maschine nicht gleichzeitig geschlossen sind, weil sonst bei fortgesetzter Bearbeitung durch die im Innern der Maschine angesammelte Pression irgend ein Bestandtheil derselben Schaden leiden oder gar zersprengt werden könnte.

430. **Was ist ferner zu thun, um die Spritze zur Arbeit vorzurichten, d. h. fertig zu machen?**

Der Spritzenmeister commandirt hierauf:

Spritze fertig machen!

Bei diesem Commando nehmen die Feuerwehrmänner die beiden Druckstangen, stecken dieselben in die Hebelaugen und stellen die Mannschaft an die Druckhebel, um sodann nach Ertheilung des Commandos:

Spritze zur Arbeit!

den Druckhebel in langen, taktmäßigen Zügen mit der größtmöglichsten Geschwindigkeit, d. h. 50—60 Doppelhüben oder Auf- und Niederbewegungen in einer Minute dergestalt zu bewegen, daß er regelmäßig auf seine Widerlager aufstößt. Das allgemein beliebte, jedoch gänzlich zwecklose Hin- und Herzucken des Hebels muß gänzlich vermieden werden, da dasselbe nur die Arbeitskräfte zersplittert.

431. Wie wird nun das Feuer angegriffen?

Hierüber lassen sich keine allgemein gültigen Regeln abfassen; nur so viel kann hier erwähnt werden, daß die Grundbedingungen stets sein müssen:

1) Das Feuer möglichst von der Luft abzuhalten und mit Wasser zu überschütten, um dasselbe in Dampf zu verwandeln.
2) Der Weiterverbreitung des Feuers durch Isolirung desselben möglichst entgegenzuwirken.
3) So viel wie möglich von dem angegriffenen Gute zu retten.

Man wird sich daher speziell stets nach den obwaltenden Umständen zu richten haben.

In Folgendem sollen jedoch die hauptsächlichsten Arten der Brände erwähnt werden und können wir hierher einbeziehen:

1) Den Gebäudebrand.
2) Den Magazin- oder Kellerbrand.
3) Den Kaminbrand.
4) Den Theaterbrand.
5) Den Kirchthurmbrand.
6) Den Wald- und Feldbrand.

Obwohl die folgenden Regeln nur allgemeine Anhaltspunkte geben und dem speziellen Ermessen genügenden Spielraum lassen, dürfte man aus ihnen doch schon zur Genüge ersehen, in welcher Weise einem Brande wirksam entgegengetreten werden muß, um seiner Meister zu werden. — So lange die Elemente nicht vereint auftreten, ist es auch dem Menschen meist nicht schwer, ihrer sich zu erwehren.

432. In welcher Weise muß vorgegangen werden, um einem Gebäudebrand wirksam zu begegnen?

Das Feuerwehrcommando wird sich nach Ankunft am Löschplatze folgendermaßen benehmen:

Es wird untersuchen, in welcher Weise das Feuer auf den einmal angegriffenen Gegenstand beschränkt werden kann.

Ist das Haus ein alleinstehendes, so wird diese Aufgabe sehr leicht zu erfüllen sein; ist dagegen dasselbe einweder von einer Seite oder von allen Seiten angebaut, vielleicht gar in einer engen Straße gelegen, so wird man, um das Feuer auf das einmal ergriffene Objekt zu beschränken, meistentheils die angrenzenden feuergefährlichen Flächen genügend mit Wasser bespritzen, um dieselben auf diese Weise zu schützen. Sollte sich dies schon im voraus oder bereits nach Anwendung unwirksam erweisen, so muß man unbedingt zum Einreißen des feuergefährlichen nachbarlichen Objektes schreiten. Besonders wird diese Nothwendigkeit dort hervortreten, wo Wind mit dem Feuer sich verbindet. Diejenigen Flächen, die keine so große Gefahr behufs Entzündung zeigen, die jedoch trotzdem vorsichtshalber geschützt werden müssen, wird man mit Hand- oder sonst zu Gebote stehenden kleinern Spritzen naß erhalten und dadurch das Feuer von ihnen abwenden. Alles übrige Wasser jedoch, was zu Gebote steht, muß in den Flammenherd geworfen werden. Dabei mache man es sich zur Regel, von einer Seite anzufangen, und zwar von jener, die der herrschenden Windrichtung gerade entgegen liegt. Hat man dort das Feuer gebändigt, so geht man mit dem Strahl vorwärts und drängt das Feuer so auf ein immer kleineres Terrain zurück. Man ist dadurch in den Stand gesetzt, das auf dem halbwegs gelöschten Terrain sich entwickelnde Feuer rasch zu unterdrücken.

433. Wie wird das Wasser in Contact mit dem Feuer zu bringen sein?

In möglichster Nähe und von einem möglichst hohen Punkte. Man muß stets sein Augenmerk dahin richten, daß eine möglichst große Quantität Wasser ins Feuer geschleudert werde, damit möglichst viel Wärme bei Verwandeln desselben in Dampf gebunden wird. Zu diesem Behufe hat der Commandant die geeigneten Punkte zum Angriff des Feuers zu bestimmen. Er muß für die nöthige Ersteigung derselben mittelst der Treppen, oder wenn dies nicht angeht, durch Leitern &c. sorgen.

434. Was wird in Bezug auf den Rettungsdienst bemerkt?

Der Rettungsdienst wird sich darauf beschränken, die bewohnten Räume möglichst gegen Ergreifen vom Feuer zu schützen. Zu diesem Behufe wird man sämmtliche Zugänge schließen, die man nicht unumgänglich zur Communication benöthigt. In je vollkommenerer Weise dies geschieht, desto wirksamer wird man seinen Zweck erreichen. Der Rettungsdienst wird stets in den dem Feuer am meisten ausgesetzten Theilen zu beginnen haben. Man wird hier zuerst mit der Rettung von Kranken, Greisen, Weibern und Kindern beginnen und darnach das werthvollste Mobiliar und die Effekten zu retten suchen, so lange dies angeht, ohne die persönliche Sicherheit der Betheiligten zu gefährden.

435. **Was soll in dieser Beziehung stets als oberster Grundsatz zu gelten haben?**

Daß der Feuerwehrmann wohl sein Leben zur Rettung von Menschen einsetzen soll, daß er sich jedoch keiner unnützen Gefahr aussetze, um Effekten und Mobilien zu retten. In dieser Beziehung ist eine Wagehalsigkeit nicht anzurathen und durchaus nicht am Platze.

436. **Was soll bei Gebäudebränden besonders beachtet werden?**

Die Verbreitung des Feuers durch Flugbrände. Um diesen, besonders in mit Schindeln gedeckten Städten und Dörfern ungemein gefährlichen und bei entstehendem Winde noch vermehrten Flugbränden entgegenzutreten, muß die Feuerwehr die entsprechenden Maßregeln treffen, um an den meisten bedrohten Orten dieselben zu vernichten. Die Feuerwehr wird daher unter ihrer Leitung die betreffenden Hausbesitzer auf die Abwendung der Flugbrände aufmerksam zu machen haben. Dieselben sollen dann an den gefährdeten Punkten die entsprechenden Leute aufstellen, um die Brände sogleich zu vernichten und zu ersticken, falls dieselben niederfallen.

437. **Wenn jedoch das Feuer im Innern des Gebäudes ausbricht?**

Dann hat man soviel als möglich sämmtliche Communicationsöffnungen abzusperren, um dem Feuer die Luft zu entziehen. Solche Brände pflegen oft, nach Art der Magazin- und Kellerbrände, sehr gefährlich zu werden, weil der sich ungemein stark entwickelnde Qualm das Löschen sehr behindert und Erstickungen verursachen kann.

438. In welcher Weise bewältigt man die Magazin- oder Kellerbrände?

Diese, durch die gewöhnlich in ihnen aufgestapelten höchst feuergefährlichen Depositen ungemein zu fürchtenden Brände nehmen, was ihre Feuergefährlichkeit betrifft, einen nicht unbedeutenden Rang ein. Bei diesen Bränden wird es Hauptaufgabe sein, sämmtliche Communicationen zu schützen und zu verschließen, um wo möglich das Feuer zu ersticken. Man muß sich hierbei jedoch vorsichtig benehmen und nicht zu früh der Luft den Zutritt wieder gestatten, da sonst das Feuer von neuem entbrennt. Das für Kellerbrände vorgeschlagene Bucher'sche Feuerlöschmittel (im Anhange ausführlich besprochen) ist wegen seiner explodirenden Eigenschaften nur dort anzurathen, wo der Bau des Hauses und die zweckmäßige Verwendung seine Gefährlichkeit mindern. Häufig kann man nicht einmal mit Wasser das Feuer in solchen Räumen löschen, wenn z. B. Oele, Petroleum, Photogen, Spiritus in Flammen gerathen, die bergenden Gefäße sprengen und einen flammenden See bilden. Das eingespritzte Wasser sinkt bei diesen, als spezifisch schwererer Körper, zu Boden und die Flüssigkeit brennt oben fort. Für solche Brände ist eine Brauskugel ein sehr zweckentsprechendes Instrument. Eine Blechkugel, mit feinen Löchern versehen, wird nämlich statt des Mundstückes auf den Schlauch geschraubt und mittelst einer Haltestange in den brennenden Raum gesteckt. Das durch sie austretende, in feine Tropfen zertheilte Wasser geht in Dampf über, bevor es zu Boden sinkt, und entzieht so dem Feuer Wärme. Diese Tropfen dürfen jedoch nicht zu fein sein, weil sonst das Wasser sich in seine Elemente zerlegt, in Wasserstoffgas und Sauerstoffgas, wovon ersteres eine brennbare Luftgattung, letzteres hingegen die wahre Feuerspeise ist. Ja, man kann, obwohl nicht häufig, auch eine Explosion zu hören bekommen, weil das sich bildende Wasserstoffgas mit der atmosphärischen Luft Knallgas giebt und als solches explodirt.

439. **Welcher Apparat wird besonders vortheilhaft bei solchen Br angewendet?**

Die Kühfuß'sche Rettungshaube. Diese unter Nr. 315 beschriebene Haube ermöglicht es dem Rohrfü den Heerd des Feuers aufzusuchen und so dasselbe ene zu bewältigen. Eine entsprechende Wirkung wird man j nur erzielen, wenn man mehrere Rettungshauben besitzt bei Erschöpfung eines Rohrführers denselben sogleich ab zu lassen.

440. **Was ist von den Kaminbränden zu bemerken?**

Ein Kaminbrand, rechtzeitig bemerkt, wird nicht ge lich, indem man vielerlei Mittel hat, um denselben z sticken.

Man bewältigt den Kaminbrand entweder dadurch, man die sämmtlichen Ausmündungen des Kamins mit K verstopft und dieselben beständig stark näßt, um sie vor Entzünden zu bewahren, oder indem man unter dem K ein starkes Feuer anzündet und Schwefel darauf verbr Im ersten Falle wird das Feuer durch die vollständige ziehung der Luft getödtet, im letztern bilden die schwef Dämpfe, die sich entwickeln, das Mittel, das Feuer z sticken, weil Schwefeldämpfe jede Verbrennung unmi machen. Letzteres Mittel muß jedoch ziemlich kräftig wendet werden, weil sonst die stets noch mitgerissene sphärische Luft trotz der Schwefeldämpfe das Feuer an

441. **In welcher Weise werden in Dörfern die Kaminbrände gelösc**

In Dörfern, welche breite, schliesbare Kamine h pflegt man auch den Kaminbränden in der Weise zu gegnen, daß man eine lebende Gans von oben in den min hineinstößt. Dieselbe sinkt durch den Kamin und st durch ihre Flügel den brennenden Ruß zu Boden, der abgelöscht wird. Dies Verfahren wird so lange fortg bis der ganze brennende Ruß abgelöst ist.

442. **Worauf hat man bei Kaminbränden besonders zu achten?**

Daß durch die ausgeworfenen Funken nicht di dachung Feuer fange und daß die in der Nähe des sich befindenden Holztheile sich nicht entzünden. Ersteres kann man auf zweckentsprechende Weise durch einfache eiserne Funkenfänger verhüten. Behufs des Letztern muß man während der Dauer des Kaminbrandes die Bedachung und den Bodenraum, sowie die Fußböden aufmerksam beobachten, ob nicht ein Balken Feuer fängt. Hin und wieder ereignet es sich auch, daß ohne Kaminbrand, durch zu große Erhitzung des Kamins, sich die in der Nähe desselben befindlichen Wechsel der Fußbödenbalken entzünden. In solchem Falle muß man mit dem Spitzhammer die Bedielung möglichst rasch aufreißen und den brennenden Balken abzulöschen suchen.

443. Was ist von einem Theaterbrand zu bemerken?

Ein Theater bietet gleichfalls durch die in ihm aufgehäuften Massen an brennbaren Stoffen ein dem Feuer sehr günstiges Element dar. Erschwert wird dieser Umstand noch dadurch, daß durch das Beisammensein so vieler Menschen ungeheure Confusionen entstehen und die meisten Unglücksfälle durch Erdrücken stattfinden. Man hat daher bei einem Theater, Cirkus oder sonstigen öffentlichen Vergnügungslokale eine entsprechende Feuerwache zu bestellen und für das Vorhandensein der nöthigen Löschgeräthe zu sorgen. Es muß für die gehörige Anzahl Spritzen und das für den ersten Angriff nöthige Wasser verfügt werden können. Die Feuerwache selbst muß mit dem Bau des Theaters innig vertraut sein, um sich rasch helfen zu können. Die meisten Theaterbrände entstehen auf der Bühne. Um daher Unglücksfälle zu vermeiden, ist die Einführung einer eisernen Sicherheitscourtine dringend geboten, die herabfällt, sobald am Bühnenraum ein Feuer zum Ausbruch kömmt. Oberhalb des Bühnenraums sind auch entsprechend große Wasserreservoirs anzubringen. Für genügende Ausgänge aus den einzelnen Räumen ist Sorge zu tragen, und hat nöthigenfalls die Feuerwache zur Eröffnung solcher das Nöthige zu veranlassen. Wenn man nicht im Stande ist, einen Theaterbrand *im Entstehen zu löschen*, so soll man sich begnügen, das *Theater so rasch* als möglich zu entleeren. Man muß in solchen Fällen froh sein, den Brand auf ein Objekt beschränken zu können.

444. Wie wird ein Kirchthurmbrand bemeistert?

Diese entweder meist aus Unvorsichtigkeit der im Kirchthurm befindlichen Leute oder durch den Blitz hervorgerufenen Brände bieten insofern dem Löschen Hindernisse, als dieselben ziemlich hoch gelegene Objekte darstellen, die man schwer erreichen kann. Man wird daher den Kirchthurm meist von einem ziemlich nahen, möglichst hohen Orte angreifen, auf welchen man eine kleinere Spritze stellt, die man von unten durch eine größere Feuerspritze füllt. Solche kleine Spritzen nebst den dazu gehörigen Wasserbottichen sollten in keiner Kirche in der Thurmstube fehlen. Die Wasserbehälter dieser Spritzen sollen jedoch nie aus Holz gemacht werden, weil auf den Thürmen im Sommer eine große Hitze herrscht und das Holz zerlechzen würde.

445. Was ist von den Wald- und Feldbränden zu bemerken?

Die Wald- und Feldbrände lassen sich in keiner andern Weise bemeistern, als durch Begrenzung derselben auf das einmal ergriffene Objekt, weil man selten in der Lage ist, genügenden Wasservorrath zu ihrer Löschung zu beschaffen. Ja, selten hat man die nöthige Mannschaft, um dieselben zu isoliren. Diese Art Brände werden um so gefahrdrohender, da man dieselben, besonders Waldbrände, erst bemerkt, wenn sie eine schon bedeutende Ausdehnung gewonnen haben. Bei Feldbränden wird man so rasch als möglich das brennende Feld mit einem Gürtel aufgeackerten Landes umgeben. Dieser Gürtel muß breit genug sein, um das Feuer genügend abhalten zu können. — Bei Waldbränden wird man den Wald so weit aushauen, daß die brennende oder nicht mehr zu rettende Partie isolirt dasteht. Man wird so viel aushauen, daß die umfallenden brennenden Bäume die andern noch nicht entzündeten nicht erreichen können. Bei Wind werden jedoch so ziemlich diese Anstrengungen fruchtlos bleiben und nur geringe Erfolge aufweisen.

446. Welche Aufgabe fällt der Feuerwehr nach dem Brande zu?

Die Feuerwehr hat nach dem Brande oder wenigstens nachdem derselbe so weit gelöscht ist, daß eine weitere Gefahr durch Wiederausbruch desselben nicht zu befürchten ist, folgende Aufgaben:

1) Die geretteten Gegenstände der mit der Bewachung derselben betrauten Commission, den Behörden oder sonstigen Personen zu übergeben.
2) Eine Abtheilung mit den nöthigsten Feuerlöschmitteln am Brandplatze zurückzulassen, um die rauchende Brandstätte zu beobachten und wiederausbrechende Flammen zu ersticken.
3) Ihre Löschgeräthschaften in Stand zu setzen und mit denselben den Rückzug zum Depot anzutreten.

447. Sollen die Feuerwehrmänner ihnen angebotene Erfrischungen annehmen?

Ja. Nach dem Brande thut es dem Mann wohl, sich von den ausgestandenen Strapatzen erholen zu können und sich zu erquicken. Die Vertheilung der Lebensmittel ist vom Commando vorzunehmen, und hat dasselbe dafür zu sorgen, daß von der Mannschaft nicht nach Ungebühr genossen wird. Bezahlung hingegen soll die Feuerwehr keine annehmen.

Siebentes Kapitel.

Aufbewahrung, Erhaltung und Anschaffung der Feuerlöschgeräthe.

448. Was ist nach beendigtem Gebrauche einer Spritze sogleich mit derselben vorzunehmen?

Nach beendigtem Gebrauche einer Spritze, es sei nun nach einem Brande oder nach einer Probe, ist die erste Verrichtung: *alles Wasser aus derselben abzulassen.* Bei größern Spritzen wird der Stoppel des Wasserkastens aufgeschlagen, bei kleinern jedoch der Kasten oder Wasserbehälter durch einfaches Umlegen entleert. Ist ein Wasserbehälter mit einer mechanischen Ablaßvorrichtung zum Entleeren versehen, so wird das Wasser durch diese entfernt.

Aus der innern Maschine wird das Wasser auf folgende Weise abgelassen: Man schraube mit dem den Spritzen beigegebenen Schlüssel sämmtliche Ablaßschrauben, sowohl am Windkessel als auch an den Gehäusen, los, und warte so lange, bis durch dieselben kein Wasser mehr abläuft. Hierauf halte man mit dem Finger das Mundstück zu, oder wenn Absperrwechsel vorhanden sind, schließe man diese zu und lasse den Druckhebel auf- und abbewegen, bis man sich überzeugt hat, daß durch die aufgeschraubten Oeffnungen alles Wasser entwichen ist.

449. **Welche Vorsicht ist bezüglich der Seiherklappen anzurathen?**

Bei manchen Spritzen finden sich unter den Stiefeln Seiherklappen, welche um ein Charnier drehbar sind. Sind solche vorhanden, so werden diese aufgestellt; mit der Hand greift man dann unter die Stiefeln und hebt die herabhängenden Ventilstengel auf: hierdurch wird das in den Spritzencylindern stehende Wasser abgelassen.

450. **Soll man die Spritzen reinigen und schmieren?**

Jedenfalls. Eine wichtige Hauptsorge für die Erhaltung der Spritzen besteht darin, daß dieselben möglichst rein gehalten werden. Nach jedesmaligem Gebrauche muß das Wasser, welches etwa über dem Kolben steht, ganz aufgetrocknet werden, die Stiefelwände ausgewischt, die Kolbenfläche gereinigt und endlich mit etwas reinem Tafelöl (ja kein Brennöl) begossen werden. Ebenso müssen alle jene eisernen Bestandtheile einer Spritze, z. B. Charniere, Hebelwellen, sich drehende Bolzen ꝛc. ꝛc., welche während des Pumpens einer Reibung ausgesetzt sind, rein erhalten und mit Tafelöl geschmiert werden. Zu diesem Behufe sind Schmierlöcher an den betreffenden Stellen angebracht. Daß die Achsen der Wagengestelle der Spritzen und Wasserwägen gut eingeschmiert werden müssen, versteht sich von selbst.

451. Sollen die messingenen Schlauchgewinde ebenfalls eingeschmiert werden?

Nein. Dies aus dem Grunde, weil der sich etwa dazwischensetzende Sand und Schmutz durch sein festes Zusammenkleben das Zusammenschrauben der Schläuche hindern und sofort Undichtheit und schnelle Abnützung der Gewinde hervorbringen würde.

452. In welcher Weise sind die konischen Dichtungen der Wendungsrohre zu behandeln?

Die meistentheils konischen Dichtungen der Wenderohre und der Sperrwechsel bestreicht man am zweckmäßigsten mit Unschlitt, wenn sie anfangen sich schwer zu bewegen. Beim Ab= und Wiederaufschrauben der Wendungskniee vergesse man nie, wenn die konischen Dichtungen mit sogenannten Dichtringen versehen sind, die Zapfen derselben in die Vertiefung des untern Theiles des Dichtungskonus zu stecken und erst hiernach den Schraubkopf langsam aufzuschrauben, damit der Ring nicht wieder herausspringt. Sobald dies übersehen wird, werden die Wendekniee rinnen, und Viele glauben dann, die Schuld liege an der Undichtheit der Konusse, während nur unvorsichtiges Zusammenschrauben die Ursache ist.

453. Soll man Wasser in der Spritze stehen lassen?

Nein; denn es ist eine sehr irrige Meinung, wenn man glaubt, die Spritze solle mit Wasser gefüllt stehen bleiben, damit dieselbe stets diensttauglich sei. Dieses Verfahren ist schon aus dem Grunde schädlich, weil sich durch längere Berührung des Metalls mit dem Wasser, das an und für sich nicht rein ist, eine schleimige Materie bildet, welche nach und nach hart wird, sich auf den Dichtungs= und Ventilflächen ansetzt, und so den guten Verschluß der Ventile stört. Hierdurch wird jedoch die Wirksamkeit der Spritze beeinträchtigt und es entstehen schließlich Reparaturen hieraus.

454. Hat hierauf auch die Jahreszeit Einfluß?

Sehr stark. Besonders wird vor dem Stehenbleiben *des Wassers* in den Spritzen zur Winterszeit gewarnt, denn sobald sich Eis im Innern der Spritze bilden kann, so läuft man Gefahr, daß dasselbe vermöge seiner Ausdehnungskraft auch die stärksten Bestandtheile zerreißt, dieselben mögen von was immer für einem Materiale sein.

Anmerkung. Dies rührt daher, weil das Wasser bei seinem Uebergange aus der Aggregationsform des flüssigen Zustandes in den festen sein Volumen um ein Bedeutendes vermehrt. Findet es nun irgend einen Widerstand, der es daran hindert, so sucht es denselben zu überwinden und bringt daher die Gefäße zum Springen.

455. Erfordern daher die Spritzen im Winter nicht eine eigene Behandlung?

Ja wohl. Man soll im Winter nie Wasser, auch nur minutenlang, in Ruhe stehen lassen. Wird daher mit einer Spritze im Winter am Brandplatze nicht gespritzt, so soll wenigstens der Druckhebel leicht hin und her bewegt werden, um durch die Bewegung des Wassers das Frieren desselben zu hindern. Man wird daher im Winter in eine Spritze nur dann Wasser zuschütten, wenn dieselbe bewegt wird.

Eine weitere Vorsicht besteht darin, daß man zwischen Ventil und Ventilspiegel kleine Stückchen Papier legt, welche jedoch so klein sein müssen, daß sie mit Leichtigkeit beim Mundstück hinausgeschleudert werden können. Dieselben verhindern das Anfrieren des Kegels an die Sitzfläche des Ventils.

456. Wenn sich jedoch schon Eis in der Spritze gebildet hat?

Dann kann man dasselbe auf zweierlei Art beseitigen:

1) Entweder man schüttet Spiritus oder Terpentinöl in die Spritze und zündet es an; die durch seine Verbrennung entstehende Wärme zertheilt das Eis; oder

2) Man schüttet, wenn sich Eis im Kasten gebildet hat, Salz auf dasselbe. Salzwasser hat die Eigenschaft, erst in weit tieferer Temperatur, circa 10—15 Grad Réaumur unter Null, zu frieren. Das Eis löst sich auf, und durch leichtes Bewegen des Druckhebels wird das Einfrieren ganz verhindert. Diese letztere Methode hat sogar den doppelten Vortheil, daß das mit Salz vermengte Wasser noch ein bedeutend besseres Löschmittel abgiebt als das sonst in den Spritzen befindliche reine Wasser.

457. **Was ist bezüglich der Schraubenmuttern zu bemerken?**

Nach jedem Gebrauche einer Spritze muß man bei allen Muttern untersuchen, ob dieselben festsitzen; besonders gilt dies von jenen der Hauptbestandtheile und von denjenigen, die Holz zur Unterlage haben. Durch das rasche Fahren und das Schlagen des Hebels beim Arbeiten lösen sich nämlich die Muttern sehr leicht. Findet man daher eine locker, so ziehe man dieselbe gleich mit einem Mutterschlüssel so weit es geht an. Diese Vorsicht versäume man nie.

458. **Was ist bezüglich der Bloßlegung der Ventile zu bemerken?**

Wenn bei einer entweder mit Ventilhähnen oder mit zerlegbaren Ventilkästen versehenen Spritze durch irgend einen Unfall eine Stockung eintritt, so untersuche man die Ventile. Dies geschieht folgendermaßen:

1) Ist die Spritze mit Ventilhähnen versehen, so schraube man die Schraubkapsel des Ventilhahnes mit dem beigegebenen Hahnschlüssel los, schlage mit einem Hammer auf den Schraubzapfen des Hahnes, ihn vorsichtig in der Mitte treffend, bis er locker wird, und ziehe ihn dann aus dem Gehäuse heraus. Auf diese Weise liegen dann die Ventile zur beliebigen Besichtigung, Reinigung oder etwaigen Reparatur vor, ohne daß man irgend eine andere Zerlegung der Spritze vorgenommen hat. Beim Einsetzen des Ventilhahnes in sein Gehäuse muß man Acht haben, daß der hervorragende Stift genau wieder in den Einschnitt des Gehäuses zu sitzen kommt. Die Schraubkapsel wird mit Vorsicht langsam wieder angeschraubt, damit man bei übermäßigem Anziehen den Schraubzapfen nicht abdreht. Wenn übrigens keine nothwendige Veranlassung zum Herausnehmen eines Ventilhahnes vorliegt, so setze man ihn nicht bei jeder Gelegenheit ein und aus.

2) Ist dagegen der Ventilkasten einer Spritze mit einem Deckel versehen, so werden die Schrauben gelöst, mit denen derselbe an dem Gehäuse befestigt ist, hierauf die Ventile herausgenommen, die Sitze gereinigt und dann die Ventile wieder eingesetzt. Beim Zusammenschrauben der Spritze hat man darauf zu achten, daß die zur Dichtung der Flächen

beim Deckel eingelegte Dichtungsflansche wieder so eingelegt wird, daß die vollkommene Dichtung der Flanschen hergestellt wird.

459. Worauf hat man zu achten, wenn die Spritze zum Ausfahren bereit sein soll?

Soll die Spritze zum Ausfahren bereit sein, so müssen:

1) Die Wendekniee aufgeschraubt und mit dem Riemen, der zu ihrer Befestigung dient, gehörig festgestellt sein.
2) Die Mundstücke in den Magazinkasten der Spritze eingelegt sein und erst am Brandort während des Wassereinfüllens aufgeschraubt werden. Dies ist nothwendig, damit durch das schnelle Fahren und Rütteln die Gewinde und konischen Dichtungen der Wendekniee sich nicht so schnell abnützen und undicht werden.
3) Der Druckhebel, sowie seine Arme, wenn dieselben zum Umlegen eingerichtet sind, müssen festgeschnallt werden.

460. Wo sollen die Löschrequisiten aufbewahrt werden?

Der Stand und Aufbewahrungsort der Spritzen muß trocken sein und von Zeit zu Zeit gelüftet werden können, damit die Holzbestandtheile nicht Schimmel ansetzen und morsch werden. Dasselbe gilt von Schläuchen und Feuerlöscheimern. Ferner müssen diese Häuser gut und leicht fahrbar sein, damit beim Ausfahren keinerlei Drängen entstehe.

461. In welcher Weise werden Spritzen probirt?

Sollen Spritzen in Bezug auf die Güte ihrer Ausführung und auf ihre Leistungsfähigkeit probirt werden, so befolge man nachstehende Anweisungen:

1) Probiren der Spritze in Bezug auf Güte der Ausführung.
2) Probiren der Spritze in Bezug auf ihre Leistungsfähigkeit.

462. Wie werden Spritzen in Bezug auf die Güte ihrer Ausführung probirt?

Man probirt zuerst die Spritze blos mit Luft, hält das Mundstück zu und läßt den Hebel auf- und abbewegen.

Hierbei beobachtet man das Werk und merkt auf, ob man die Ventile regelmäßig schlagen und kein Pfeifen oder Entweichen von Luft hört. Ist dies nicht der Fall, so weiß man, daß die Ventile sämmtlich spielen und die Spritze luftdicht zusammengefügt ist. Besser kann man sich hiervon noch dadurch überzeugen, daß man den Spritzenkasten blos circa 4 Zoll hoch mit Wasser füllt und nun die Spritze arbeiten läßt, aber noch immer das Mundstück fest zuhält. Mit dem Pumpen fährt man so lange fort, bis es für circa 3—4 Mann schon unmöglich wird, den Hebel zu bewegen. Ist dies geschehen, so darf

1) kein Wasser an den Spritzenwerktheilen, weder in Tropfenform, noch in fein zerstreuten Strahlen, zu Tage treten, da sonst an diesen Stellen Undichtheiten sich befänden;
2) darf der Hebel aus der Stellung, in die man ihn gestellt hat, nicht zurückgehen, da sonst ein Druckventil schadhaft ist und das Wasser zurücktreten läßt.

Will man sich von der Güte der Saugventile überzeugen, so läßt man ruckweise die Spritzenhebel auf- und niederbewegen, und paßt auf, ob stets die gleiche Quantität Wasser beim Mundstück entweicht. Ist dies nicht oder vielleicht nur auf einer Seite der Fall, so ist ein Saugventil schadhaft und läßt Wasser zurückfallen.

463. In welcher Weise probirt man die Spritzen in Bezug auf ihre Leistungsfähigkeit?

Man stellt an die Spritze gewöhnliche, nicht ausgesuchte, junge, kräftige Mannschaft, läßt dieselbe gleichmäßig arbeiten und hält das Mundstück horizontal oder so, daß man bei der herrschenden, natürlich wo möglich stillen Luftrichtung die größtmögliche horizontale Wurfweite des Strahles erhält. Ferner zähle man die Hübe, die der Balancier macht, und sehe zu, ob die Spritze

1) das vorgeschriebene Wasserquantum in der angegebenen Zeit auf die bestimmte horizontale Entfernung wirft. Zwei Drittheile dieser Entfernung sind nun die senk-

rechte Höhe, auf welche der Strahl zu steigen im Stande ist;

2) ob der Wasserstrahl auf eine angemessene Entfernung vollständig gebunden bleibt und nicht streut oder Wasser unterwegs verliert.

464. In welcher Weise werden die Schläuche erhalten?

Je nach der Natur des Stoffes, aus dem sie angefertigt werden.

Kautschukschläuche, sowie Schläuche aus präparirtem Hanf bedürfen gar keiner weitern Pflege als Austrocknen des Wassers; ebenso die Lederspiralschläuche aus Lackglanzleder. Dagegen erfordern die Rohhanf- und Lederschläuche eine sorgfältige Behandlung, wenn man dieselben gut erhalten will.

465. In welcher Weise werden Hanfschläuche behandelt?

Hanfschläuche werden nie eingeschmiert. Nach jedesmaligem Gebrauche rolle man dieselben nicht naß zusammen, sondern ziehe jedes Stück an einem schattigen Ort, niemals in der Sonne, in zwei herabhängenden Enden auf, so wie Fig. 82 zeigt, bis sie vollkommen ausgetrocknet sind; dann rolle man dieselben zusammen und hänge sie an einem hölzernen Nagel an einer trockenen Wand auf. Niemals dürfen Schläuche in aufgerolltem Zustande in den Trüheln einer Spritze aufbewahrt werden, denn hier würden sie aus Mangel an Luft ersticken und beim Gebrauche platzen. Ferner wird gewarnt vor dem wellenförmigen Aufhängen der Schläuche, weil sie in diesem Zustande nie ganz austrocknen können, daher bald mürbe und unbrauchbar werden. Beim Gebrauche der Schläuche vermeide man alle scharfen Biegungen.

Fig. 82.

Fig. 83.

Sehr bewährt haben sich die Schlauchaufzüge für Hanfschläuche. Diese bestehen im Wesentlichen darin, daß über eine Rolle ein Seil geht, welches an einem Ende eine aus Flacheisen geformte Flasche besitzt, in welche die Schläuche eingehängt werden (siehe Fig. 83); die Schlauchgewinde hindern dieselben am Durchfallen, und nun werden die Schläuche mittelst des Strickes aufgezogen und so lange hängen gelassen, bis dieselben trocken sind. — Hin und wieder pflegt man auch die Wand, an der die Schläuche aufgehängt sind, mit Schiefer auszukleiden, da dieser von den anstreifenden Hanfschläuchen die Feuchtigkeit rasch einzieht.

466. **Wie werden die Lederschläuche behandelt?**

Die Lederschläuche, besonders die Transportschläuche, werden, um dieselben gut und lange zu erhalten, nach jedesmaligem Gebrauche mit einer Lederschmiere eingerieben und zwar so lange, als das Leder noch Fett annimmt. Die zweckmäßige Zusammensetzung dieser Schmiere besteht aus 10 Pfund Talg, 8 Pfund Fischthran, 2 Pfund Kammfett, $^1/_4$ Pfund Holztheer, $^1/_2$ Pfund gelbem Wachs. Diese Schmiere wird von der Berliner Feuerwehr angewendet. — Die Erhaltung der Lederschläuche ist ziemlich kostspielig und beträgt pro Fuß jährlich circa 10 Ngr.

467. **Wie verhalten sich die Schläuche in der Kälte und in der Wärme?**

Kautschukschläuche bleiben sowohl in der Kälte als auch in der Wärme gegen Temperatureinflüsse unempfindlich, wenn dieselben aus gutem vulkanisirtem Gummi hergestellt sind. — Rohhanfschläuche brechen gern in der Kälte, besonders wenn sie gefroren sind. Darum thut man gut, dieselben vor dem Gebrauche in lauwarmes Wasser einzutauchen. Dasselbe ist auch nach dem Gebrauche anzuempfehlen. — Lederschläuche leiden wohl nicht durch die Wärme, werden jedoch in der Kälte unbiegsam.

468. **Was ist von der Erhaltung der Eimer zu bemerken?**

Feuerlöscheimer aus Rohhanf werden, wenn sie am Boden, wie dies immer der Fall sein sollte, mit Hängschnüren versehen sind, an diesen Schnüren umgekehrt aufgehängt, damit sie gehörig austropfen können. Lederfeuerlöscheimer werden von Zeit zu Zeit ausgepicht, und Hanffeuerlöscheimer, mit Oelfarbe angestrichen, erfordern, gleich den Kautschukschläuchen, gar keine besondere Pflege, außer eines Anstriches von Zeit zu Zeit. Es kann hierbei nicht genug betont werden, wie wichtig die sorgfältige Pflege der Eimer für deren Erhaltung ist und lehrt die Erfahrung sattsam, daß auch die besten Feuerlöscheimer bei schlechter Pflege zu Grunde gehen müssen. Man wird daher bei deren Anschaffung immer nebst den zu Gebote stehenden Geldmitteln die in Aussicht stehende Erhaltung berücksichtigen müssen. So werden sich Klappeimer wohl für Feuerwehren, nicht aber für Privatleute eignen, die denselben nicht dieselbe sorgsame Pflege angedeihen lassen.

469. Was ist von der Revision der Feuerlöschgeräthe zu bemerken?

Sämmtliche Feuerlöschgeräthe sollen mindestens zwei mal im Jahre, und zwar im April oder Mai und im September oder Oktober, einer genauen Untersuchung unterzogen werden, damit bei hereinbrechender Gefahr die entsprechenden Resultate erreicht werden können. Bei geregelten Feuerwehren werden so wie so die öfteren Uebungen eine strenge Controle der Löschapparate nach sich ziehen.

470. Welche Spritze soll man anschaffen?

Die Spritze ist eines der wichtigsten Löschinstrumente, weshalb man auch jeden Umstand dabei sorgfältig erwägen soll. Hierbei influenzіren jedoch mannichfache Faktoren, unter denen wir hervorheben:

1) Die Größe des Ortes.
2) Die Höhe der zu beschützenden Objekte.
3) Die Art der zu Gebote stehenden Wasserbeschaffung.
4) Die Art des Dienstes, zu dem die Spritze verwendet werden soll.

In nachfolgendem Schema ist versucht worden, für die Wahl der Spritzen einen ungefähren Leitfaden an die Hand zu geben.

471. Welche Spritze soll man für eine große Stadt anschaffen?

I. Verfügt die Stadt über eine Hochdruckwasserleitung oder sind die Brunnen der Mehrzahl nach unter 25 Fuß tief und ist fließendes Wasser zugänglich:

Saugwerkspritzen mit Wasserkasten.

Soll die Spritze sowohl zum Dienste für die Stadt als auch für die Vorstädte und für entfernte Hilfsbezirke dienen:
Leicht fahrbare Wagenspritzen, nicht über 20—25 Zoll-Centner schwer.

- Ist das Terrain der Stadt und die Umgebung hügelig oder bergig, mit vielleicht schlechten, engen Wegen:
  Spritze mit Landgeleise versehen.
  - Je nach den Geldmitteln, die zu Gebote stehen, soll die Spritze
    - A. mit einem 6—8 Eimer haltenden Wasserkasten, eisernem Hebel, zerlegbaren Ventilkästen, Schlauchtrommel und Zugbremsen versehen, sowie zweistrahlig sein.
    - B. mit einem 6—8 Eimer haltenden hölzernen, mit Kupfer gefütterten Kasten, Holzhebel und Radschuh versehen, sowie zweistrahlig sein.
- Ist das Terrain eben, die Straße gut:
  Je nach den zu Gebote stehenden Geldmitteln die Spritze wie unter A. oder B.

Soll die Spritze blos zum Dienste in den Bezirken der Stadt verwendet werden.

- Ist die Mehrzahl der Gebäude 3—4 Stock hoch, sind hohe Objekte zu schützen:
  C. Wagenspritze mit Federwagengestell, 12—15 Eimer haltendem Wasserkasten, 6—7zölligen Cylindern, eisernem Hebel, Schlauchtrommel, zerlegbaren Ventilkästen.
- Ist dies nicht der Fall, und die Gebäude höchstens 2 Stock hoch:
  D. Feuerwehrspritze, zweirädrig, zum Abprotzen, mit 5—6zölligen Cylindern, zerlegbaren Ventilkästen und 6—8 Eimer haltendem Wasserkasten.

Die Spritze dient blos zum Schutz für Gebäude und Gebäudeanlagen.

- Ist eine ganze Gebäude-Anlage zu schützen:
  E. Dieselbe Spritze wie unter D., jedoch mit $4^1/_2$zölligen Cylindern und Wasserkasten, höchstens 5—6 Eimer haltend.
- Ist Ein Gebäude zu schützen:
  F. Kleinere fahrbare oder tragbare Spritzen, jedoch ohne Saugwerk, mit $3^1/_2$—$4^1/_2$zölligen Cylindern.

Anmerkung 1. Bei den Spritzen A. und B. die Cylinder nicht über $4^1/_2$—$5^1/_2$ Zoll lichtem Durchmesser.

Anmerkung 2. Die sämmtlichen Spritzenwerke mit offenen zweicylindrigen Werken.

II. Hat die Stadt keinerlei Wasserleitung und ist das Wasser in einer Tiefe unter 25 Fuß nicht zu erreichen:

Spritzen ohne Saugwerk.

Die andern Unterabtheilungen wie bei Frage Nr. 471 I.

472. Welche Spritzen soll eine kleinere Stadt, ein Markt anschaffen?

I. Ist die Stadt im Besitze einer Hochdruckwasserleitung oder ist fließendes Wasser in der Nähe und sind die Brunnen der Mehrzahl nach nicht unter 25 Fuß tief:

Wagenspritzen mit Saugwerk.

II. Ist dies nicht der Fall:

Wagenspritzen ohne Saugwerk.

Die Spritze wird außer zum Schutz der Stadt auch zur Hilfe für die Umgegend benutzt.

Sind die Orte, denen man Hilfe bringen will, ziemlich weit auseinander gelegen; ist das Terrain bergig:

Wagenspritzen mit Landgeleise und Zugbremsen oder Radschuh.

Je nach den zu Gebote stehenden Geldmitteln:

Eine Wagenspritze mit eisernem Hebel, eisernem, 6—8 Eimer großem Wasserkasten, zerlegbaren Ventilkästen, $4^1/_2$—$5^1/_2$zölligen Cylindern und zweistrahlig.

Eine Wagenspritze mit hölzernem Hebel, hölzernem, gefüttertem Wasserkasten, 6—8 Eimer groß, mit gewöhnlichen Ventilen, einstrahlig, und mit zwei $4^1/_2$—$5^1/_2$zölligen Cylindern.

Sind die Orte nah aneinander gelegen, und die Straßen gut, nicht besonders bergig:

Feuerwehrspritze, zweirädrige, mit Protzwagen, zum eventuellen Einspannen für Pferde; Wasserkasten 6—8 Eimer groß, Cylinder $4^1/_2$—$5^1/_2$zöllig, einstrahlig.

473. Welche Spritzen sollen Dörfer anschaffen?

I. Ist viel Wasser in der Nähe, bis zu einer Tiefe unter 25 Fuß zu erreichen:

Saugwerkspritzen.

II. Ist dies nicht der Fall:

Wagenspritzen ohne Saugwerk.

Ist das Terrain bergig, hügelig, mit engen Wegen 2c. 2c.:

Eine Wagenspritze mit Radschuh, eisernem Hebel, gewöhnlichen Ventilen, zwei 4—$4^1/_2$zölligen Cylindern und Wasserkästen, 5—6 Eimer groß.

Ist das Terrain eben, die Straßen gut und weit:

Eine Wagenspritze mit hölzernem Hebel, gewöhnlichen Ventilen, zwei 4—$4^1/_2$zölligen Cylindern und Wasserkasten, 6—7 Eimer groß.

474. In welcher Weise soll man die Ablieferung einer Spritze bedingen?

Wenn man die Anfertigung einer Spritze bedingt, so soll man bei ihrer Ablieferung folgende Punkte genau beachten:

1) Daß der Wagenbau derselben untadelhaft sei; die Achsen aus Eisen von entsprechender Stärke, der Vorderwagen zum Durchränken, die Radreife entsprechend stark.
2) Der Kasten soll gut aufgehängt sein und darf beim raschen Fahren mit der Spritze nicht an seinen Aufhängeschrauben nachgeben.
3) Der Hebel muß während des Fahrens gehörig festgestellt werden können.
4) Die Spritze muß das angegebene Wasserquantum in der bedungenen Zeit auf die bestimmte Entfernung auswerfen.
5) Die Spritze soll mit guter Oelfarbe dreimal angestrichen oder noch besser mit englischem Lacke lackirt sein.
6) Der Kutschersitz muß bequem eingerichtet sein.
7) Die Spritze muß der in Frage Nr. 461 angegebenen Erprobung in Gegenwart der Käufer unterzogen werden und derselben vollständig entsprechen.
8) Da die Spritze ein Requisit ist, welches nur zeitweise gebraucht wird, dann jedoch unter keiner Bedingung den Dienst versagen darf, so muß der Fabrikant einen auf gewisse Zeit lautenden Haftrevers ausstellen bezüglich aller Fehler, die aus
   mangelhaftem Materiale,
   fehlerhafter Arbeit,
   schlechter Construction
   resultiren.

475. Um welchen Preis sind gute Spritzen herzustellen?

Die in Folgendem gegebenen Ziffern sind Mittelzahlen, die aus den Preiscourants der renommirtesten Fabriken gewonnen und vom Verfasser nach eigener Anschauung und Erfahrung an betreffender Stelle rectificirt worden sind.

Als Grundlage hierfür wurde das offene zweicylindrige Pumpwerk angenommen und die Abstufung nach Cylinderdurchmessern durchgeführt. — Die Preise verstehen sich für Spritzen einfachster Construction und sind die für Adaptirung der Zugaben entstehenden Mehrkosten einzeln angegeben:

Tabelle über die Wagenspritzenpreise.

Cylinderdurchmesser in Zollen	7½—7	6½—6	5½—5	4½—4
	Thlr.	Thlr.	Thlr.	Thlr.
Eine Wagenspritze mit hölzernem, kupfergefütterten oder Eisenblechkasten, mit Holzhebel, gewöhnlichem Pumpwerk, gewöhnlichem Zubehör, ohne Saugwerk................	700	550	400	250
Mehrkosten für Adaptirung der Spritze mit: Saugwerk und den nöthigen Saugröhren......	200	160	140	120
Ventilhähnen...........	60	40	30	25
zerlegbaren Ventilkästen..	20	20	18	15
eisernem Hebel.........	60	45	40	35
Schlauchtrommel........	30	30	25	20
Zugbremsen............	45	40	30	30
Federeinrichtung beim Wagengestell............	60	60	50	45

Nach dieser Tabelle kostet sonach eine Wagenspritze

mit zwei $6^1/_4$zölligen Cylindern	550	Thlr.
mehr für Ventilhähne	40	=
für eisernen Hebel	45	=
für Saugwerk	160	=
complet	795	Thlr.

Die Preise für die andern Spritzenwerke sind:

Feuerwehrspritzen, je nachdem sie mit 4—$4^1/_2$=, 5—$5^1/_2$=, 6zölligen Cylindern gebaut sind: 300, 390, 450 Thlr.

Ein Protzwagen hierzu circa 100 Thlr.

Eine Handwagenspritze circa 140—150 Thlr.

Eine zweirädrige Karrenspritze 120—150 Thlr.

Eine Schubkarrenspritze circa 40—60 Thlr.

Eine Kastenspritze circa 60—100 Thlr.

Eine Perspektivspritze circa 80 Thlr.

Eine Handspritze circa 6—20 Thlr.

Eine englische Handspritze oder Hydropult circa 10—14 Thlr.

Eine französische Pumpe 40—60 Thlr.

Eine Eichenkübelspritze circa 14—28 Thlr.

Für diese hier angegebenen Preise ist man jedoch dann berechtigt, in jeder Beziehung vorzügliche Fabrikate zu beanspruchen.

476. **Welches ist der durchschnittliche Ankaufspreis der andern Feuerlöschgeräthe?**

Oftmals ist es wünschenswerth, einen ungefähren Anhaltspunkt zur Beurtheilung der Preise zu besitzen. Wir geben demnach im Folgenden eine Zusammenstellung der Mittelpreise für gut und solid ausgeführte Feuerlöschgeräthe:

Ein Wasserzubringer mit Saugschläuchen für eine Wasserlieferung pro Minute von

12—15 Eimern,	9—10 E.,	6—8 E.,	5—6 E.
Thlr. 800,	630,	550,	400.

Ein Wasserwagen, 10 Eimer fassendes Wasserfaß nebst Bottich und sonstigem Zubehör 160—170 Thlr.

Eine Wasserwagenpumpe 40 Thlr.

Ein lederner Feuerlöscheimer 2 Thlr.

Ein hanfgewirkter Eimer, mit Cementfarbe angestrichen, 30—40 Ngr.

Ein hanfgewirkter Eimer, mit Oelfarbe angestrichen, 25—30 Ngr.

Ein hanfgewirkter Eimer, geringere Sorte, 20 Ngr.

Ein Hanfklappeimer 15 Ngr.

Ein Blecheimer aus verzinktem Eisenblech 45 Ngr.

Ein Kautschukeimer 40—45 Ngr.

Schläuche pro Fuß, je nach dem lichten Durchmesser,

Nummer	0,	1,	2,	3,	5,	6.
lichter Durchmesser	1,	$1^1/_8$,	$1^1/_4$,	$1^1/_2$,	$1^3/_4$,	2 Zoll:

Rohhanfschläuche Nr.	0,	1,	2,	3,	4,	5,	6.
pro Fuß	3,	4,	$4^1/_4$,	$4^1/_2$,	$4^3/_4$,	5,	$5^1/_4$ Ngr.

Präparirte Hanfschläuche

Nr.	0,	1,	2,	3,	4,	5,	6.
pro Fuß	9,	10,	$10^1/_2$,	11,	$11^1/_2$,	12,	$12^1/_2$ Ngr.

Lederschläuche Nr.	0,	1,	3,	5,	6.
genietete	18,	20,	25,	27,	30 Ngr.
genähte	15,	18,	21,	25,	25 Ngr.

Kautschukschläuche mit Hanfeinlagen

Nr.	0,	1,	2,	3,	4,	5,	6.
pro Fuß	11,	12,	14,	15,	16,	18,	20 Ngr.

Schlauchgewinde pro Zollpfund 25 Ngr.
Ein Feuerwehrhelm aus Schwarzblech mit Futter 2 Thlr.
Ein Feuerwehrhelm aus Weißblech mit Futter 2½ Thlr.
Ein Leibgürtel aus Hanf sammt Ringen 1 Thlr. 10 Ngr.
Ein Handseil von 50 Fuß Länge mit Karabiner 2 Thlr.
Ein Dachhaken 20 Ngr.
Eine Steigleiter, à 12 Fuß lang, 4 Thlr.
Eine Gesimsleiter, à 10 Fuß lang, mit zwei je 3 Zoll hohen, 1 Zoll dicken Holmen, an den Enden Studeln von Schmiedeisen, 3 Thlr.
Eine Gesimsbrücke, 7 Fuß lang, 1 Fuß breit, 2½ Zoll dick, mit starken eisernen, verschiebbaren Winkelfüßen und Ringen für den 8 Fuß langen Durchzugbalken zur Befestigung im Innern der Fenster, 10 Thlr.
Ein Rettungsschlauch, pro laufenden Fuß 7 Ngr.
Ein Sprungtuch, pro Quadratfuß 9 Ngr.
Ein Rettungssack ohne allen Zubehör 4 Thlr.
Eine hölzerne Signalpfeife 1 Ngr.
Eine Signalpfeife aus Britanniametall 5 Ngr.
Eine Halsbinde 20 Ngr.
Eine Laterne 25 Ngr.
Ein Signalhorn 3 Thlr.
Ein Karabiner 1 Thlr., geringere Sorte 15 Ngr.
Handbeile, Spitzhämmer, Mauerbrecher, pro Zollpfund 10 Ngr.
Eine Hakentasche 20 Ngr.
Ein Requisitenkarren 25 Thlr.
Eine Steigeruniform, complet 4 Thlr.
Eine Kühfuß'sche Rettungshaube 10 Thlr.
Ein Einreißseil, 100 Fuß lang, 1 Zoll dick, mit einem eisernen, an einer Kette befindlichen Drehhaken, 10 Thlr.
Eine Pechfackel 40–45 Ngr.
Ein französischer Schraubenschlüssel 3 Thlr.

Achtes Kapitel.

Berechnung der Feuerspritzen.

477. **Welche Berechnung hat für den praktischen Feuerlöschmann Werth?**

Der praktische Feuerlöschmann hat insofern ein Interesse an der Berechnung der Feuerlöschspritzen, als es ihm angenehm sein muß, die fertige Maschine zu prüfen, ob aus ihr der größtmögliche Nutzeffekt herausgeschlagen wurde. Auch bei Vergleichung von zwei Maschinen leistet die Berechnung sehr gute Dienste.

478. **Wie wird hier nun die Berechnung durchgeführt?**

Da es sich hier um eine Anleitung handelt, die es dem auch ohne physikalische und mathematische Vorkenntnisse ausgerüsteten Feuerlöschmanne möglich machen soll, diese Berechnung durchzuführen, so wurde hierfür eine eigenthümliche, in etwas von der streng wissenschaftlichen Form abweichende Methode gewählt, welche weiter nichts als die Kenntniß der vier Rechnungsoperationen voraussetzt. Als allgemein verbreitete Form wurde eine Wagenspritze mit zwei offenen Cylindern angenommen. Dies aus dem Grunde, weil diese doch zumeist bekannt ist, und weil sich die eincylindrigen Maschinen sowie die doppelt wirkenden leicht hierauf zurückführen lassen.

479. **Welche Aufgaben stellen sich nun bei der Berechnung dar?**

Aus den gegebenen Dimensionen einer Feuerspritze unter den günstigsten Umständen

1) die Maximalleistung,
2) das richtige Verhältniß der einzelnen, für den Gebrauch wichtigsten Theile

zu berechnen.

Solche gegebene wichtige Dimensionen sind:

1) Der Cylinderdurchmesser.
2) Der Kolbenhub.
3) Die Anzahl der Cylinder.

4) Die Angabe, ob dieselben einfach oder doppelt wirkend seien.
5) Die Größe des Windkessels.
6) Die Größe der Communicationsröhren.
Hierher gehören: a) Durchmesser der Saugschläuche.
b) Durchmesser der Druckschläuche.
c) Dimensionen der Ventile.
d) Einlaßöffnungen der Seiher.
e) Der Flächeninhalt der Gurgelröhren.
7) Die Länge des Hebelarmes, an dem die Kraft wirkt, d. h. die Entfernung vom Hebeldrehungspunkte bis zum Druckbaum, als diejenige Stelle, an welcher die Kraft der Menschen wirksam gemacht wird.
8) Die Länge des Hebelarmes, an den die Last angehängt wird, d. h. die Entfernung des Hebeldrehungspunktes vom Cylinder, wenn wir auf den Kolben den Druck ausüben wollen.
9) Die Größe des Wasserkastens.

480. **Wie kann die Arbeit der Menschen an der Spritze in Rechnung gebracht werden?**

Durch den eigenthümlichen Bau seiner Muskeln kann der Mensch, aufs Höchste gerechnet, während einer Minute einen Spritzenhebel sechszigmal auf- und abbewegen. Hierbei kann er jedoch denselben nicht mehr als höchstens $3\frac{1}{2}$—4 Fuß Weg machen lassen, d. h. er kann den Hebel, wenn derselbe in seiner Mittelstellung steht, höchstens $1\frac{3}{4}$—2 Fuß zu beiden Seiten dieser Stellung ausschieben. Soll der Mann bequem arbeiten, so darf im niedersten Standpunkte der Hebel nie unter 2 Fuß sich dem Boden nähern und im höchsten Stande sich nicht über 6 Fuß von demselben entfernen. Da es ferner erfahrungsgemäß festgestellt ist, daß der Mann beim Niederdrücken des Hebels die meiste Kraft aufwenden kann, indem er nicht nur mit der ganzen Kraft seiner Muskeln, sondern auch mit seinem eigenen Körpergewichte auf den Hebel drückt, so pflegt man auch die Arbeit so einzurichten, daß während dieses Niederdrückens des

Hebels seine Kraft zur Geltung komme. Man wählt daher einfach wirkende Cylinder, indem bei denselben beim Niedergehen des Hebels auch der Kolben niedergeht und das Wasser vor sich her drückt. Beim Aufgang des Hebels hat der Arbeiter weiter nichts als

1) den Hebel sammt Kolben zu heben,
2) die Reibung der einzelnen Theile zu überwinden,
3) die ansaugende Wassersäule zu heben,

was gegen die dem Niedergange des Hebels aufgebürdete Last gering erscheint.

Bei Doppelhebeln wird daher immer eine Seite drücken, während die andere blos den Hebel zu heben haben wird. Der Druck eines Mannes beim Niederdrücken des Hebels kann bei einer Arbeitszeit von 12—18 Minuten gleich 45—50 Pfund gesetzt werden. Soviel Männer daher an einer Spritze arbeiten, so viel mal 45—50 Pfund Kraft wirkt auf den Hebel.

481. Was versteht man unter einem Kolbenspiel und unter Doppelhub?

Unter einem Kolbenspiel oder Kolbenhub versteht man entweder das Aufziehen oder Niedergehen des Kolbens durch seinen ganzen Weg im Cylinder. Unter Doppelhub begreift man jedoch ein einmaliges Niedergehen sammt Aufsteigen des Kolbens durch seinen ganzen Weg.

Es werden daher bei Spritzen mit Einem Cylinder bei jedem Ausschlag des Hebels einfache Hübe, dagegen bei Spritzen mit zwei Cylindern Doppelhübe gemacht, da bei diesen letztern gleichzeitig während des Niedergehens des einen Kolbens der andere aufsteigt.

482. Wie viel Wasser kann eine Spritze während eines Doppelhubes geben?

So viel, als der während des Saugens vom Kolben durchlaufene Raum beträgt, und zwar bei Spritzen

mit einem einfachen Cylinder: eine vollständige Cylinderfüllung,

mit zwei einfachen Cylindern: eine doppelte Cylinderfüllung,

mit einem doppelt wirkenden Cylinder: eine doppelte Cylinderfüllung,
mit zwei doppelt wirkenden Cylindern: eine vierfache Cylinderfüllung.

483. Wie wird die Cylinderfüllung berechnet?

Man multiplicire den Durchmesser des Cylinders (in Zollen gegeben) einmal mit sich selbst, dann mit dem Kolbenhube (gleichfalls in Zollen ausgedrückt) und endlich mit der Zahl 3·14. Das so erhaltene Produkt dividire man durch 4, und man erhält die Cylinderfüllung in Kubikzollen.

Bezeichnet d den Cylinderdurchmesser, h den Kolbenhub und C die Cylinderfüllung, so ist:

$$C = \frac{d \times d \times h \times 3{\cdot}14}{4}.$$

484. Wie viel Wasser kann daher eine Spritze pro Minute geben?

Da wir angenommen haben, eine Spritze mache 60 Doppelhübe, so giebt sie so viel mal 60 Cylinderfüllungen, als nach ihrer Bauart während des Saugens bei einem Doppelhube Cylinderfüllungen erzielt werden.

Eine Spritze giebt daher pro Minute Wasser in Kubikzollen:

Mit einem einfach wirkenden Cylinder:

$$60 \times \frac{d \times d \times h \times 3{\cdot}14}{4} = 15 \times d \times d \times h \times 3{\cdot}14.$$

Mit zwei einfach wirkenden Cylindern:

$$60 \times 2 \times C = 30 \times d \times d \times h \times 3{\cdot}14.$$

Mit einem doppelt wirkenden Cylinder:

$$60 \times 2 \times C = 30 \times d \times d \times h \times 3{\cdot}14.$$

Mit zwei doppelt wirkenden Cylindern:

$$60 \times 4 \times C = 60 \times d \times d \times h \times 3{\cdot}14.$$

Von diesem Wasserquantum, das die theoretische Maximalleistung repräsentirt, sind jedoch noch 10—15 Procent abzuschlagen, weil durch das unvollständige Saugen, den nicht ganz dichten Schluß der Ventile sowie das Zurückfallen von Wasser bei Zuklappen derselben ungefähr so viel verloren geht.

485. **Wie weit wird nun dies Wasser geschleudert werden können?**

Schon in der Frage Nr. 11 wurde die Betrachtung ausgeführt, daß das durch den Cylinder verdrängte Wasser, indem es durch das Mundstück ins Freie tritt, gleichfalls einen idealen Wasserstrahl von cylindrischer Form bildet, der, wenn wir von allen Hindernissen absehen, vollständig horizontal sein würde. Der Wassercylinder oder unser Feuerspritzenstrahl hat nun aber gerade so viel Wasser, als der Cylinder während eines Hubes verdrängt. Seine Grundfläche kennen wir, denn diese ist die Fläche des Mundstückes. Wir finden demnach seine theoretische Weite, wenn wir das während eines Doppelhubes ausgespritzte Wasserquantum in Kubikzollen dividiren durch die Quadratfläche des Mundstückes in Quadratzollen.

Fläche des Mundstückes in Quadratlinien

$$\frac{3\cdot 14 \times m \times m}{4},$$

und in Quadratzollen

$$= \frac{3\cdot 14 \times m \times m}{4 \times 144},$$

wenn m die Mündung des Mundstückes und die theoretische Weite des Strahles, die wir E nennen wollen; E = dem während eines Doppelhubes angesaugten Wasser in Kubikzollen dividirt durch die Fläche des Mundstückes in Quadratzollen.

Diese so gefundene Weite wird jedoch noch zu modificiren sein durch die verschiedenen Widerstände, die den Strahl hindern, diese Länge zu erreichen. Hierher rechnen wir:

1) Die verschiedenen Reibungen, die das Wasser in den Röhren verursacht, bis es beim Mundstück ins Freie treten kann.
2) Den Widerstand der Luft, den der geschleuderte Wasserstrahl durchbrechen muß.

3) Die durch die Anziehungskraft der Erde verursachte Ablenkung des Strahles gegen die Erde zu. Bekanntlich besitzt vermöge ihrer Masse die Erde das Bestreben, sämmtliche Körper gegen ihren Mittelpunkt zu ziehen, und indem sie dieses Anziehungsvermögen auch auf den Wasserstrahl ausübt, zieht sie denselben gegen Ende seines Laufes zu sich herab.

Aus diesen Gründen muß man von der theoretisch gefundenen Wurfweite circa 25 Procent zur Ueberwindung dieser Hindernisse in Abschlag bringen. Diese so gefundene Zahl repräsentirt dann die praktisch erreichbare Wurfweite.

Will man die senkrechte Höhe finden, auf welche man den Strahl zum Steigen bringen kann, so muß man ferner hiervon $^1/_3$ abschlagen, d. h. $^2/_3$ der horizontalen Wurfweite geben die vertikale Steighöhe des Strahles.

486. Welche Kraft erfordert zu ihrem Betriebe eine Spritze?

Zu diesem Behufe müssen wir vorerst zu berechnen suchen, wie groß der Druck auf den Cylinder sein muß, um das Wasser auf diese Höhe oder Weite zu bringen.

Denken wir uns den Strahl senkrecht aufsteigend, so hat offenbar die Spritze das sämmtliche Wasser auf diese Höhe emporzudrücken. Es muß daher mit der Kolbenfläche ein solcher Druck auf das Wasser ausgeübt werden, daß es so hoch steige. Nach den Gesetzen der Hydraulik würde der Kolben dem Wasserstrahle das Gleichgewicht halten, wenn er den Druck ausüben würde:

66 × Kolbenfläche in Quadratfuß × Steighöhe in Fuß.

Da der Wasserstrahl jedoch noch mannichfache oben erwähnte Hindernisse zu überwinden hat, so muß man statt der wirklichen Steighöhe $^4/_3$ derselben annehmen, indem man annimmt, daß das vierte Drittel zur Bewältigung dieser Widerstände aufgezehrt wird.

Macht nun der Kolben während der Minute 60 Doppelhübe, so drückt er bei einer zweistiefeligen Spritze während einer Sekunde einmal Wasser empor. Es wird daher seine Arbeit während einer Sekunde gleich sein der Last, die auf ihm ruht und die er überwinden muß, multiplicirt mit dem Wege, durch welchen er diesen Druck ausüben muß.

Die Last haben wir soeben berechnet, denn diese ist der Druck, den die Wassersäule auf ihn ausübt.

Den Weg kennen wir gleichfalls: dies ist der Kolbenhub, denn während des ganzen Kolbenniederganges muß er diese Last vor sich her schieben.

Bezeichnen wir diese Last mit P, den Kolbenhub mit h, wie früher, so ist die Arbeit des Kolbens $= P \times h$. Die Arbeit, welche die Arbeiter am Hebel ausüben, ist nun gleich der Kraft eines einzelnen Arbeiters so oftmal genommen, als Leute arbeiten, multiplicirt mit dem Wege, durch welchen sie diese Kraft zur Geltung bringen.

In unserm Falle haben wir angenommen:

Kraft eines Arbeiters = 50 Pfund;
Weg, den der Arbeiter am Hebel macht 3·5 Fuß;
Anzahl der Arbeiter = n;

da jedoch der Hebel ein doppelarmiger ist, so ist mithin die Arbeit am Hebel:

$$2n \times 50 \times 3{\cdot}5.$$

Diese Arbeit muß nun mindestens gleich sein der Last, die auf dem Kolben hängt, und hieraus finden wir:

$$2n \times 50 \times 3{\cdot}5 = P \times h,$$

wobei h jedoch in Fußen ausgedrückt werden muß. Aus dieser Gleichung ergiebt sich nun die Anzahl der nöthigen Arbeiter:

$$2n = \frac{P \times h}{50 \times 3{\cdot}5} \quad \text{oder} \quad n = \frac{P \times h}{100 \times 3{\cdot}5}.$$

Anmerkung. Sollte der Hebel einen andern Ausschub als 3·5 am Druckbaum haben, so muß selbstverständlich dieser statt 3·5 in diese Formel eingesetzt werden. Diesen Ausschub findet man jedoch sehr leicht, wenn man die Entfernung des Hebels vom Boden mißt
bei seinem tiefsten Stande,
bei seinem höchsten Stande,
und von letzterem den ersteren abzieht.

487. **Welche Verhältnisse sollen die andern Bestandtheile einer Wagenspritze haben?**

Der Windkessel soll so viel Inhalt haben, daß er einen *vollständigen*, ruhigen, continuirlichen Wasserstrahl erzeugen kann. Zu diesem Behufe soll derselbe möglichst groß gemacht werden. Die geringste Größe, die man ihm geben soll, ist gleich der zehnfachen Cylinderfüllung während eines Doppelhubes.

Die Gurgelröhren, sowie die Ventile sollen $1/2$—$1/3$ so viel Querschnitt erhalten, als der Cylinder hat.

Dasselbe gilt von den Saugschläuchen; doch nimmt man letztere, auch bei ganz großen Kalibern, nicht über 3 Zoll weit, weil dieselben sonst sehr ungeschickt zu handhaben sind.

Die Druckschläuche macht man möglichst eng, damit dieselben nicht zu schwer werden.

Die Einlaßöffnungen der Seiher sollen zusammengenommen doppelt so viel Querschnitt haben, als die Gurgelröhren. Die Summe aller Querschnitte der Durchgangsöffnungen im Seiher soll daher gleich sein der Cylinderfläche. Die Größe des Wasserkastens soll so gewählt werden, daß derselbe so viel Wasser fasse, als die Spritze in 2—3 Minuten verspritzt. Für größere Spritzen kann man sich mit dem Wasserquantum für $1\frac{1}{2}$—2 Minuten begnügen, bei kleinern Spritzen dagegen, besonders bei Trag- und Kübelspritzen giebt man zu diesen Dimensionen noch gerne etwas hinzu. Die Höhe desselben über dem Boden soll, wie schon erwähnt, $3\frac{1}{2}$ Fuß nicht überschreiten.

488. Welches sind die gewöhnlichsten Dimensionen der Feuerspritzen?

In folgender Tabelle sind Dimensionen gut ausgeführter Feuerspritzen zusammengestellt und können dieselben als Anhaltepunkte bei Beurtheilung von Spritzen dienen:

	Mit zwei offenen Cylindern.					Mit einem offenen Cylinder.	
ylinderdurchmesser in Zollen	8	7	$5\frac{1}{2}$	$4\frac{1}{2}$	4	$3\frac{1}{2}$	3
olbenhub in Zollen	$8\frac{1}{2}$	9	$8\frac{1}{2}$	9	$9\frac{1}{2}$	8	$8\frac{1}{2}$
öhe der Kolben in Zollen	$4\frac{1}{4}$	4	$3\frac{3}{4}$	$3\frac{1}{2}$	$3\frac{1}{4}$	3	$2\frac{3}{4}$
öhe der Cylinder in Zollen	13	$13\frac{1}{4}$	$13\frac{1}{2}$	$13\frac{3}{4}$	14	$11\frac{1}{4}$	$11\frac{1}{2}$
tfernung der Cylindermittel in Zollen	32	34	36	37	25	—	—
assermenge, welche pro Minute ausgetrieben wird C.	25	20	12	9	6	2	$1\frac{1}{2}$
forderliche Mannschaft zur Maximalleistung	36	24	22	16	10	2	2
kann jedoch schon wirksam gearbeitet werden mit Mann	24	18	16	12	6	1	1
ahre Durchgangsöffnung durch die Ventile	25	20	15	12	8	5	4
uerschnitt der Gurgelröhren in Quadratzollen	20	16	10	8	6	$4\frac{1}{2}$	3
indkesselhöhe in Zollen	20	20	20	18	18	12	10
indkesseldurchmesser in Zollen	14	13	12	11	10	8	7
asserkastenraum in Kubikfußen	36	28	22	16	10	5	3
beigesammtlänge von Druckbaum auf Druckbaum in Fußen	20	18	18	16	14	—	—
ärke der Druckbäume in Zollen	$2\frac{3}{4}$	$2\frac{3}{4}$	$2\frac{1}{2}$	$2\frac{1}{2}$	$2\frac{1}{4}$	2	2
öhe des Drehungspunktes über dem Horizont	$4\frac{3}{4}$	$4\frac{3}{4}$	$4\frac{1}{4}$	$4\frac{1}{4}$	4	3	3
chster Stand des Hebels in Fußen	6	6	$5\frac{3}{4}$	$5\frac{1}{4}$	$5\frac{1}{2}$	5	$4\frac{3}{4}$
efster Stand des Hebels in Fußen	2	2	2	2	2	2	2
urchmesser der Vorderräder in Zollen	30	30	30	30	28	—	—
urchmesser der Hinterräder in Zollen	48	48	45	45	40	—	—
purweite in Zollen	52	48	45	42	40	—	—
dkranzbreite in Zollen	$2\frac{1}{4}$	$2\frac{1}{4}$	2	2	$1\frac{3}{4}$	—	—
hsengewicht in Zollpfunden	120	110	100	90	80	—	—
nge des Achsenstummels in Zollen	9	$8\frac{1}{2}$	8	8	$7\frac{1}{2}$	—	—
öhe der Eingußöffnung über dem Boden	$3\frac{3}{4}$	$3\frac{3}{4}$	$3\frac{1}{2}$	$3\frac{1}{2}$	$3\frac{1}{4}$	$2\frac{1}{2}$	2
ößte horizontale Wurfweite in Fußen	150	130	120	110	100	66	50
ößte Steighöhe in Fußen	100	90	80	70	65	44	34
zahl der beigegebenen Mundstücke	6	5	4	4	2	1	1
rchmesser in Linien	13—8	10—7	8—6	7—5	6—4	4	$3\frac{1}{2}$
rchmesser der Saugschläuche in Zollen	3	$2\frac{3}{4}$	$2\frac{1}{2}$	$2\frac{1}{4}$	2	—	—
rchmesser der Druckschläuche in Zollen	2	2	$1\frac{3}{4}$	$1\frac{1}{2}$	$\frac{7}{8}$	1	1
wicht der ganzen Spritze in Zollcentnern	30	28	25	20	12	3	$1\frac{1}{2}$

489. Wie wird nun die Berechnung einer Spritze durchgeführt?

Man hätte beispielsweise eine Spritze, wo der Cylinder $/_{2}$zöllig und deren Dimensionen in obiger Tabelle angeben sind, zu berechnen, so verfährt man nach dem beschrienen Verfahren folgendermaßen:

Die Cylinderfüllung bei dieser Spritze beträgt:

$$C = \frac{4\cdot5 \times 4\cdot5 \times 9 \times 3\cdot14}{4} = \frac{572}{4} = 143 \text{ Kubikzoll,}$$

mithin pro Doppelhub ausgeworfenes Wasserquantum

$$2 \times 143 = 286 \text{ Kubikzoll}$$

oder pro Minute, d. h. bei 60 Doppelhüben, ausgeworfenes Wasserquantum

$$= 60 \times 286 = 17160 \text{ Kubikzoll},$$

$$= \frac{17160}{1728} \text{ Kubikfuß} = 9 \text{ Kubikfuß}.$$

Die größte Weite des Strahles, die man bei einem 6 Linien im Durchmesser haltenden Mundstück erhält, beträgt, da $m = \frac{1}{2} = 0 \cdot 5$ Zoll ist:

$$E = \frac{286}{\frac{3 \cdot 14 \times 0 \cdot 5 \times 0 \cdot 5}{4}} = \frac{286}{0 \cdot 19} = 1505 \text{ Zoll} = 125 \text{ Fuß};$$

hiervon circa 20 Procent ab für Reibungswiderstände, giebt die größte Weite des Strahles mit

100 Fuß,

was dem mittleren Mundstück von 6 Linien vollständig entspricht. Daraus finden wir die

Größte Steighöhe mit $66\frac{2}{3}$ Fuß.

Berechnen wir noch die Kraft, die diese Spritze erfordern wird, so finden wir den Druck auf den Kolben

$$66 \times \frac{15 \cdot 90}{144} \times (66\tfrac{2}{3} + 22\tfrac{1}{3}) = \frac{93390}{144} \text{ Pfund},$$

mithin die Arbeit der Last gleich

$$\frac{93390}{144} \text{ Kolbenhube} = \frac{93390}{144} \times 9 = 5837.$$

Der Maximalausschlag des Hebels bei dieser Spritze beträgt 4 Fuß, wir haben sonach die Kraftgleichung

$$n = \frac{5837}{100 \times 4} = \frac{5837}{400} = 14 \cdot 79,$$

wofür man 15—16 Mann substituirt.

Die Größe des Windkessels erhalten wir mit:

$$\frac{3 \cdot 14 \times 11 \times 11 \times 18}{4} = 18 \times 95 = 1710 \text{ Kubikzoll}$$

Da eine Cylinderfüllung 143 Kubikzoll beträgt, so ist das Verhältniß zwischen Cylinder und Windkessel, wie: 143:1710 = 1 : 12, mithin sehr günstig.

Die Seiherlöcher finden wir, wenn wir die Löchelchen zu 1 Quadratlinie Flächenraum annehmen, diese mithin circa 1·2 Linie Durchmesser halten sollen, folgendermaßen: 144 solcher Seiherlöchelchen sind gleich 1 Quadratzoll. Die Seiherfläche soll gleich sein der Cylinderfläche, mithin benöthigen wir

$$144 \times 15{\cdot}90 \text{ Löchelchen} = 2300 \text{ Stück.}$$

Rechnen wir auf den Quadratzoll 40 Löchelchen, so bekömmt man eine Seiherfläche von

$$2300 : 40 = 57{\cdot}5 \text{ Quadratzoll}$$

für beide Cylinder, mithin für einen Cylinder eine Seiherfläche von 28·6 Quadratzoll oder ein Seiherblech von kreisförmigem Querschnitt mit 6 Zoll Durchmesser.

Anhang.

490. Giebt es außer dem Wasser noch andere Feuerlöschmittel?

Wie schon Eingangs erwähnt wurde, ist das Wasser das wichtigste Feuerlöschmittel; trotzdem werden jedoch noch andere Löschmittel zur Anwendung gebracht, und rechnen wir hierher:

Gewöhnliche Dammerde;
Wasser, mit gewissen Beimischungen versehen;
den Wasserdampf;
die Löschpulver.

491. Wie wird die Erde als Feuerlöschmittel angewendet?

Durch Aufschütten derselben auf den brennenden Gegenstand. Durch Bedecken desselben mit Erde wird die Luft von demselben abgehalten und auf diese Weise das Feuer erstickt. In solcher Weise benützt man die Erde bei Feld- und Waldbränden und in solchen Fällen, wo man dieselbe gerade zur Hand hat. Günstige Resultate erhält man durch die Erde beim Löschen von brennenden Harzen, wie dies öfters in Pechsiedereien, Theerfabriken 2c. vorzukommen pflegt.

492. Was ist von den Beimengungen des Wassers zu bemerken?

Die dem Wasser ertheilten Beimengungen werden demselben für zweierlei Zwecke eingerührt. Es geschieht dies entweder, um die Löschkraft des Wassers zu erhöhen, oder auch, um das Wasser im flüssigen Zustande zu erhalten, d. h. um dasselbe vor dem Frieren zu schützen. Ja, man hat in dieser Beziehung eigene Löschsalze, d. h. solche Gemische diverser Salze und Körper, die diese Zwecke in vollkommener Weise erfüllen.

493. **Welche sind diese Beimengungen?**

Lehm, gelöschter Kalk, Buchenasche, Pottasche, Eisenvitriol, Alaun, salzsaurer Kalk, Kochsalz, Seifenlaugen, Mischungen von Schwefelblumen, rothem Eisenocker, Eisenvitriol rc.

494. **In welcher Weise wirken nun diese Körper?**

Verschiedenartig. Dieselben können entweder durch Schmelzung auf dem glühenden Gegenstande demselben schon an und für sich Wärme entziehen, indem sie beim Schmelzen einen glasigen Ueberzug bilden, der den Zutritt der atmosphärischen Luft absperrt und dadurch das Feuer erstickt, oder es bilden sich durch ihre Verbrennung Gase, die das Entwickeln des Feuers hindern. Zu erstern gehören gelöschter Kalk, Pottasche, Eisenvitriol, Alaun rc. rc., zu letzteren Schwefel. Im Winter haben wieder die Salze den Vortheil, daß sie das Wasser flüssig erhalten, weil sie das Frieren hindern.

495. **Ist es für die Spritzen vortheilhaft, wenn das Wasser solche Beimischungen erhält?**

Durchaus nicht, weil diese Körper immer mehr oder weniger die Metallbestandtheile der Spritzenwerke angreifen und zerfressen. Es wird daher eine Hauptsorge eines umsichtigen Spritzenmeisters darin bestehen, daß er nach dem Gebrauche eines solchen Mittels stets die Spritze mit reinem Wasser gut auswäscht, damit dieselbe von diesen Salzlösungen möglichst gereinigt werde. Auch setzen sich gern noch ungelöste Bestandtheile dieser Körper zwischen die Ventile und hemmen dieselben am dichten Verschluß, die gute Wirkung der Spritzen hierdurch beeinträchtigend.

496. Wird der Wasserdampf ebenfalls zum Feuerlöschen angewendet und wo? Worin besteht seine Wirksamkeit?

Der Wasserdampf wird ebenfalls als Feuerlöschmittel angewendet. Seine Wirksamkeit besteht darin, daß ein Raum, der mit Wasserdampf erfüllt ist, sehr wenig atmosphärische Luft enthält, da dieselbe durch den Wasserdampf vertrieben worden ist. Hieraus resultirt schon seine Anwendung blos in geschlossenen Räumen, da im Freien sich der Dampf sehr rasch zertheilen würde und seine Wirksamkeit gleich Null wäre. — Die gleichzeitige Anwendung von Wasserdampf und Wasser ist jedoch mehr schädlich als nützlich, da durch das eingespritzte Wasser, ähnlich den Vorgängen im Condensator der Dampfmaschinen, der Dampf sich in Wassertropfen verwandelt, hierdurch ein luftleerer Raum entsteht, und die atmosphärische Luft, um diese entstandene Leere auszufüllen, sich eindrängt, und das Feuer auf diese Weise neuen intensiven Nahrungsstoff erhält. Der Wasserdampf wird hauptsächlich dort als Feuerlöschmittel angewendet, wo man denselben ohnehin zu andern Zwecken benöthigt. Seine Anwendung wird daher derselbe hauptsächlich in solchen Räumlichkeiten finden, die mit Dampf geheizt werden, wie Fabrikslokalitäten, öffentliche Gebäude, Schiffsräume 2c. Will man in einem solchen Raume ein entstandenes Feuer löschen, so muß man den an der Leitung vorhandenen Ablaßhahn für den Dampf öffnen, daß derselbe entströmen kann. Hierauf schließe man rasch sämmtliche Communicationen, die zu den Lokalitäten führen, um das Einströmen der atmosphärischen Luft zu verhindern. Der Wasserdampf wird nach und nach die Räumlichkeiten erfüllen, und das Feuer wird erlöschen, wenn dasselbe die in den Zimmern vorhandene atmosphärische Luft aufgezehrt haben wird. Glaubt man diesen Moment eintreten zu sehen, so kann man durch Feuerspritzen den glimmenden Bränden vollends den Garaus machen.

497. Läßt sich der Wasserdampf auch noch in anderer Weise zum Feuerlöschen anwenden?

Ja wohl, dann wirkt derselbe jedoch nicht direkt als feuerlöschendes Mittel, sondern als treibende Kraft. Dieses, von dem französischen Ingenieur Billot zuerst angegebene Verfahren läßt sich an jedem Dampfkessel anwenden, nur erheischt dasselbe große Vorsicht, indem einerseits leicht eine Kesselexplosion, andererseits hinwieder Verbrennungen stattfinden können. Der Dampf, der im Kessel erzeugt wurde und sich noch in demselben befindet, hat eine gewisse Spannkraft, und ist daher auch im Stande, einen gewissen Druck auszuüben. In erster Linie äußert sich dieser Dampfdruck auf das Wasser, welches im Kessel befindlich ist, und auf die Kesselwände selbst, die daher so stark gemacht werden müssen, daß sie seinem Drucke zu widerstehen in der Lage sind. Wird nun am Kessel ein Hahn mit Schlauchgewinde angebracht und an dasselbe ein Schlauch mit Mundstück geschraubt, so drückt, im Falle der Hahn geöffnet wird, der im Kessel befindliche Dampf das unter ihm im Kessel befindliche Wasser durch den Schlauch hinaus und bringt es zum Steigen. Dasselbe kann sonach ebenso wie das Druckwasser einer Feuerspritze zum Ersticken des Feuers angewendet werden, allerdings nicht mit demselben Erfolge, weil die höhere Temperatur desselben seine Löschkraft insofern beeinträchtigt, als es dem Feuer nicht so viel Wärme entzieht.

498. **Welche Vorsichtsmaßregeln sind bei Anwendung dieses Verfahrens vorzüglich zu beachten?**

Derjenige Mann, welcher den Schlauch richtet, hat darauf zu achten, daß er sich nicht verbrennt, und darum denselben nicht mit bloßer Hand, sondern in Lappen gehüllt zu halten. Ferner muß man, um Kesselexplosionen zu vermeiden, das Wasser im Kessel immer auf einem gewissen Niveau erhalten. Es muß daher der Kessel beständig mit Wasser im Uebermaße gespeist werden. Damit man jedoch den nöthigen Dampf zum Drucke erhält, muß die Heizung fortgesetzt werden.

499. **Für welche Fälle empfiehlt sich diese Löschmethode insbesondere?**

Für Fabriken. Besonders zur Nachtzeit, wenn die Kesselfeuerung abgestellt wurde und beinahe alle Arbeiter die Fabrik verlassen haben, hat man durch dies Verfahren ein vorzügliches Mittel zur Hand, entstehenden Bränden ohne sonstiges Aufgebot an Leuten rasch begegnen zu können.

Eine fernere Anwendung dürfte dies Verfahren bei Dampfdreschmaschinen finden. Durch das Funkenschleudern des Rauchfanges der Locomobile, und noch mehr durch Unvorsichtigkeit der beschäftigten Arbeiter läuft man bei den Dampfdreschmaschinen oft Gefahr, daß das leicht entzündliche aus- oder umgedroschene Getreide, Stroh, Spreu sich entzünde und durch seine ungemeine leichte Entzündlichkeit rasch dem Brande riesige Ausdehnung gebe.

In solchem Falle wird die obige Vorrichtung der Locomobile, welche die Dreschmaschine treibt, sich sehr rentiren; nur wird man dafür Sorge tragen müssen, daß die Locomobile gehörig mit Wasser versehen wird, um einer Kesselexplosion auszuweichen.

500. Welche Feuerlöschmittel versteht man unter dem Collectivnamen „Löschpulver“?

Hierunter begreift man solche Mischungen verschiedenartiger Körper, welche, ins Feuer gebracht, sich entzünden und eine solche Menge unbrennbarer, die Verbrennung hindernder Gase rasch entwickeln, daß dieselben die Luft verdrängen und auf diese Weise das Feuer ersticken.

Solche Löschpulver giebt es verschiedene. Das bekannteste jedoch ist das von der königlich sächsischen Regierung approbirte und empfohlene Bucher'sche Löschpulver, welches in Dosen verkauft wird, welche hiervon den Namen Löschdosen erhielten. Im Allgemeinen kann man über die Löschpulver sagen, daß sie eine dem gemeinen Schießpulver ähnliche Zusammensetzung haben. Man will nämlich durch Verbrennung der Löschpulver ein 700—800 Mal vergrößertes Volumen an Gasen erzeugen, bemüht sich jedoch, die schädlichen Wirkungen, die die Explosionskraft des Schießpulvers hervorbringt, und die mehr oder minder allen Löschpulvern anklebt, so viel als möglich zu reduciren.

501. Welches ist die Zusammensetzung des Löschpulvers?

Nach einer von Professor Heeren durchgeführten und seinerzeit veröffentlichten Analyse besteht das Löschpulver, welches die Bucher'schen Löschdosen enthalten, in je 100 Gewichtstheilen aus:

Salpeter	63,73
Schwefel	28,93
Kohle	3,80
Eisenoxyd	3,54
zusammen	100,00.

502. Wo wird man das Löschpulver hauptsächlich anwenden?

In geschlossenen Räumen, die jedoch die nöthige Sicherheit gegen eine doch etwa mögliche Explosion bilden. Durch eine solche würden nicht nur die guten Wirkungen des Löschpulvers vernichtet, indem dadurch der geschlossene Raum, auf dem so wesentlich seine günstige Verwendung beruht, aufgehoben würde, sondern es würden auch durch die Explosion selbst im voraus nicht zu berechnende Schäden an Habe und Leben entstehen können. Sehr gute Dienste leistet das Löschpulver bei Kellerbränden, insbesondere bei solchen, wo sich brennbare Flüssigkeiten befinden. Wie schon bei Bewältigung der Kellerbrände bemerkt wurde, sind diese Flüssigkeiten, wie Spiritus, Terpentinöl, Petroleum, Theer, Photogen, Brennöl, leichter als Wasser, und kann man daher mit Wasser diesen Bränden nicht zu Leibe; wirft man jedoch mit gehöriger Vorsicht in solche brennende Räume Löschdosen, so werden sich dieselben entzünden und auf der bis jetzt brennenden Oberfläche der etwa ihre Banden und Gefäße sprengenden Flüssigkeiten sich schwere Dämpfe lagern, die das Feuer rasch dämpfen werden.

503. Welche Vorsichten soll man bei Anwendung der Löschpulver und Löschdosen nie außer Augen lassen?

1) Soll man das Löschpulver mit seiner Umhüllung so vorrichten, daß man von dem sichern Entbrennen desselben sich überzeugt halten kann.

2) Muß das Lokal, in dem das Löschpulver sich entzünden soll, trotzdem daß alle Communicationen geschlossen sein sollen, einige sehr leicht aufgehende Fenster, Thüren &c. bekommen. Hierdurch beugt man am zweckmäßigsten einer

Explosion vor, indem dieselben gewissermaßen als Sicherheitsventile dienen, durch die sich die Gase erforderlichen Falles Luft machen können.

3) Hat man die Ueberzeugung, daß das Löschpulver gefangen hat, so schließe man alle Oeffnungen, damit die Luft nun vollständig abgesperrt werde; sei auch nicht zu voreilig beim Wiederöffnen derselben, weil sonst das nur abgeschreckte Feuer aufs Neue entbrennen kann. Sehr zweckmäßig ist es in solchem Falle, einen mit einer Rettungshaube ausgerüsteten Feuerwehrmann zur Recognoscirung in das Gemach zu senden, damit er sich vom Stande der Dinge überzeuge, und man die weitern Dispositionen treffen kann, ob das Feuer nun mit Wasser abgelöscht oder eine zweite Dosis Löschpulver noch zur Anwendung kommen soll. Der Feuerlöschmann kann auch zu seiner Beruhigung sich ein Sicherheitsseil um den Leib schlingen, an dem er nöthigen Falls herausgezogen werden kann.

504. **Welche Anwendung finden die „Dampfspritzen"?**

Dieselben werden hauptsächlich angewendet in großen Städten, welche

1) über eine besoldete, wohl eingeübte Feuerwehr verfügen;
2) gute, meist ebene, leicht fahrbare Straßen besitzen;
3) über eine genügende Wasserbeschaffung, sei es durch Flüsse, Teiche, Wasserleitungen, verfügen, um das durch die Dampfspritzen verbrauchte riesige Wasserquantum herbeischaffen zu können.

505. **Welchen Anforderungen muß eine gute Dampfspritze entsprechen?**

Dieselbe soll

1) leicht transportabel sein;
2) schnell mobil zu machen sein, um dieselbe rasch benutzen zu können;
3) eine leichte Handthierung gestatten.

Damit sie diesen Anforderungen entspreche, darf dieselbe ein Maximalgewicht von 30—35 Centnern nicht übersteigen, weil sie sonst schwer zu transportiren wäre, und manche Objekte, als Brücken, Kanalwölbungen, Pflaster, unter ihr einbrechen würden. Ihr Wagenbau soll so eingerichtet sein, daß sie leicht und ohne Stöße fahrbar sei, damit die Maschine nicht zu viel leide. Um rasch mobil gemacht zu werden, muß dieselbe entweder ständig geheizt werden, oder so gebaut sein, daß man binnen 10—15 Minuten so viel Dampf erzeugt hat, um mit ihr arbeiten zu können. Endlich muß der Mechanismus solcher Spritzen eine leichte Ueberwachung derselben gestatten. Vorzügliche Dampfspritzen werden gebaut durch die Londoner Maschinenfabrikanten Shand & Mason und Henry Merryweather. Erstere haben bei dem letzthin in England ausgeschriebenen Concurse über Dampfspritzen die ersten Preise errungen.

506. **Welche Hindernisse stellen sich bei uns der Anwendung der Dampfspritzen entgegen?**

1) Dieselben sind nur für solche Städte anwendbar, welche schon mit Wasserleitungen versehen sind und die genügenden tauglichen Communicationen besitzen, die eine zweckentsprechende Verwendung bedingen.

2) Die großen Kosten, mit denen sowohl die Anschaffung als auch der Betrieb solcher Maschinen verknüpft ist.

507. **Wann werden dieselben jedoch gute Dienste leisten?**

Als Reservespritze für Brände, die eine ungeheuere Ausdehnung nehmen und denen man durch die gewöhnlichen Mittel nicht mehr begegnen kann. Für diese Fälle wird dann die Dampfspritze vorzügliche Dienste leisten. Ferner kann man dieselbe als Wasserzubringer verwenden, da dieselbe ununterbrochen arbeitet und in großen Entfernungen vom Brandplatz aufgestellt werden kann, wenn man sonst die zu ihrer Bedienung nöthigen Schläuche besitzt. Im Allgemeinen jedoch ist bei unsern Verhältnissen der geeignete Zeitpunkt für Einführung der Dampfspritzen noch nicht gekommen, obwohl sich nicht läugnen läßt, daß für spezielle Fälle dieselbe nicht ohne Vortheil zu verwenden sein wird, *immerhin jedoch* nur, wo genügendes Wasser und gehörige *Bedienung* da sind, zwei Elemente, ohne die man sich ein ersprießliches Wirken der Dampfspritzen nicht denken kann. Wir verzichten daher auch darauf, hier näher auf Dampfspritzen einzugehen, da der Zweck dieser Schrift es nicht erlaubt, ihre Einzelnheiten näher zu erörtern.

508. **In welcher Weise sind die Feuerversicherungen bei der Feuerwehr interessirt?**

Die Feuerwehr, sowie das gesammte Feuerlöschwesen, hat schon für jeden einzelnen Menschen, dessen Hab und Gut, ja eventuell dessen Leben sie zu schützen berufen ist, eine große Bedeutung, umsomehr wird dieser Faktor für die Feuerversicherungsgesellschaften an Bedeutung gewinnen, da dieselben durch ein geordnetes Löschwesen wesentliche Vortheile genießen. Abgesehen davon, daß schon durch die Errichtung der Feuerwehren und durch die stete Löschbereitschaft derselben viele Brände im Keime erstickt werden, die sonst eine große Ausdehnung erlangen würden, wird durch dieselben der vorsätzlichen Brandlegung der beste Riegel vorgeschoben, denn für den Brandstifter verliert der Gedanke an Reiz, wenn er weiß, daß sein frevelhaftes Treiben durch die Wachsamkeit und Tüchtigkeit der Feuerwehr wenn nicht unmöglich, so doch möglichst unschädlich gemacht wird. Die Brandschäden mindern sich und die Feuerversicherungen können einestheils, um die allgemeine Theilnahme zum Beitritt zu erhöhen, die Versicherungsprämien vermindern, und anderntheils hierdurch den öffentlichen Wohlstand gewaltig fördern. Es ist daher vollständig im Interesse der Feuerversicherungen gelegen, wenn dieselben den Feuerwehren alle möglichen Unterstützungen angedeihen lassen, die Bildung neuer Feuerwehren begünstigen und überhaupt das Prosperiren dieser Institute nach Kräften fördern, da sie doch diejenigen sind, die daraus nicht unbedeutenden pecuniären Vortheil haben.

509. **Wie sollen nun die Feuerversicherungen die Feuerwehren unterstützen?**

Dies kann auf mannigfache Weise geschehen. Die Versicherungsgesellschaften können:

1) Jenen Orten, welche eine geordnete, tüchtige Feuerwehr besitzen, eine geringere Assekuranzprämie zugestehen.

und jenen Orten, in denen eine Feuerwehr in Bildung begriffen ist, oder um ein derartiges Institut ins Leben zu rufen, eine solche Begünstigung für die Folge zusichern.

Die Assekuranzen sind hierzu eigentlich schon moralisch verpflichtet, weil doch die Versicherungsprämie ein Faktor ist, welcher aus der statistischen Anzahl der Brände und der Wahrscheinlichkeit derselben hervorgeht. Nun vermindert sich diese Wahrscheinlichkeit, die Brände werden weniger, nehmen keine solchen Dimensionen an und verursachen daher auch keinen solchen Schaden, deßhalb müssen auch folgerichtig die Versicherungsprämien geringer werden. Tragen ja die Versicherungsgesellschaften der größern oder geringern Feuergefährlichkeit des Objektes bei ihren Prämien Rechnung, warum dann nicht auch hier?

Mit Recht muß es daher belobt werden, daß allerdings einige Versicherungsgesellschaften diesen Anschauungen Rechnung getragen haben und ihr Möglichstes auch sonst zur Unterstützung der Feuerwehren beitragen.

2) Die Anschaffung von Löschgeräthschaften für die Feuerwehren erleichtern, d. h. die Gesellschaften können entweder selbst Feuerlöschgeräthe an pecuniär minder gut stehende Feuerwehren ausgeben oder wenigstens das Anschaffen derselben dadurch erleichtern, daß sie durch Vorstrecken der nöthigen Gelder der Feuerwehr unter die Arme greifen.

3) Durch die Bildung von Feuerwehrunterstützungskassen dem einzelnen Löschmann die Erfüllung seines Berufes dadurch erleichtern, daß ihm hierdurch die Beruhigung gewährt wird, im Falle ihm ein Unglück zustoße, er Aussicht auf einen Beitrag zur Bestreitung seiner Lebensbedürfnisse und zur Erhaltung der Seinen habe.

Zur Verwaltung und Bildung dieser Kassen eignen sich Versicherungsgesellschaften am allerbesten, und findet Verfasser diesen Modus jedenfalls zweckmäßiger, als wenn die Feuerwehrunterstützungskasse von jeder einzelnen Feuerwehr verwaltet wird. Dadurch nämlich, daß bei Einer Versicherungsgesellschaft die Unterstützungsgelder verschiedener Feuerwehren cumulirt werden, wird der Erschöpfung der einzelnen Kassen vorgebeugt und ist eine reichlichere, ausgiebigere Betheiligung zu erwarten.

510. **Durch welche Beiträge werden derartige Unterstützungskassen sich zusammensetzen?**

1) Durch Schenkungen, Legate und sonstige freiwillige Vermächtnisse.
2) Durch Gelder, welche für Feuerlöschzwecke flüssig werden und für Anschaffung von Löschgeräthschaften nicht verwendet werden.
3) Durch Zuschüsse der betreffenden Gemeinden.
4) Durch Beiträge, welche die einzelnen Mitglieder der Feuerwehr zu leisten haben werden.
5) Durch Sammlungen, welche für diese Zwecke bei diversen Anlässen eingeleitet werden.

511. **In welcher Weise werden sich die Gemeinden an den Feuerwehren zu betheiligen haben?**

Durch eine möglichst ausgiebige pecuniäre Unterstützung der Feuerwehr, um derselben die Anschaffung von Löschgeräthschaften, die Entlohnung der Hülfeleistungen, wenn solche eingeführt ist, zu ermöglichen, da es ja gewiß billig ist, wenn dem Feuerlöschmann — wir meinen hier hauptsächlich die freiwilligen Feuerwehren — nicht noch solche Lasten aufgebürdet werden, da er ohnehin Zeit, Arbeit und seine eigene körperliche Sicherheit zur Rettung von Hab und Gut seiner Nebenmenschen einsetzt. Darum wird man es billig finden, daß die durch die Feuerwehr entstehenden Auslagen durch die öffentlichen Fonds zu tragen sein werden, da ja auch ihre Vortheile nur dem Allgemeinen zugewendet sind.

512. **Wird daher die Errichtung der Feuerwehren von jeder Seite zu befürworten sein?**

Gewiß. Denn diese ist eine der schönsten Einrichtungen, eine der hauptsächlichsten Aufgaben, die sich der Polizei, dem Selfgovernment zur Beförderung der öffentlichen Wohlfahrt darbieten. Sie hebt das Vertrauen des Bürgers in seine eigene Kraft, und ist ein nicht unbedeutender Faktor, die Wehrkraft des Volkes zu erhöhen und zu stählen.

513. **Aus welchen Schriften kann man sich weitere Belehrung über das Feuerlöschwesen verschaffen?**

Wir empfehlen hierüber nachzulesen:

C. Alfing. Die Schlangenfeuerlöschspritzen.

Deutsche Feuerwehr-Zeitung. Redacteur: Dr. Kapff.

J. Frick. Die Feuerspritze.

Dr. Kapff. Feuerlöschregeln zum ersten Feuerangriff.

O. Kropff. Beschreibung der Construction der Feuerspritze.

A. Link. Die Mechanik der Feuerlöschspritze.

C. D. Magirus. Alle Theile des Feuerlöschwesens.

C. L. Scabell. Das Feuerlöschwesen Berlins.

A. Scheibmaier. Entwurf, Grundlagen und Vorschriften zur Bildung freiwilliger Feuerwehren.

R. Vogelsang. Der Bürger als Feuerwehrmann.

C. Weiser. Die deutsche Feuerwehr.

CPSIA information can be obtained
at www.ICGtesting.com
Printed in the USA
LVHW100447110522
718424LV00003B/264

9 783375 009533